FLEUR AND KEATON

Des Schicksals mieser Zeitplan der Liebe

Roman

1. Auflage 2019

ISBN: 9781070599274
Independently Published

Cover
© Maja Keaton und Julie Fleur

unter Verwendung von:
#200169029 | © anna42f - Fotolia.com
#259377596 | © llenella - Fotolia.com

Kontaktanschrift
Dr. Marion Becker-Richter, c/o Maja Keaton, Kuckuckstr. 38, 45259 Essen, Deutschland

Über dieses Buch

Stell dir vor, dir läuft gerade die ganz große Liebe über den Weg, doch du hast keine Zeit ...

Claras Leben besteht aus ihrer Arbeit, der Sorge um den Menschen, der ihr alles bedeutet, und zwei gestohlenen Stunden.
Als sie während ihrer knapp bemessenen Freizeit Paul in die Arme läuft, ist nichts mehr wie zuvor. Ehe sie sich versieht, wird ihr Herz im Sturm erobert. Den Takt bestimmt jetzt nur noch einer: der amerikanische Gastprofessor Paul Darlow. Doch Clara kann sich nicht einfach Hals über Kopf in eine neue Liebe stürzen. Zu Hause wartet bereits jemand auf sie. Jemand, der sie dringend braucht ...

Über die Autorinnen

Julie Fleur

Julie, geb. 1991, ist Fotografin und Autorin. Sie hat mehrere Jahre ein eigenes Fotostudio betrieben und kennt so ziemlich jeden Film, der jemals ausgestrahlt wurde. Ihre Lieblingsgenres sind Drama, Liebe und Komödie.
Julie lebt mit Mann und Kater (und hoffentlich ohne Maus) am linken Niederrhein.

Mehr über Julie

Täglich ein neues Foto und Informationen über die Autorin finden Sie auf instagram.com/juliefleur

Maja Keaton

Maja, geb. 1963, hat Sozialwissenschaften studiert und in der Wissenschaft und für ein Filminstitut gearbeitet. Mit dem Selfpublishing kam die von Kindesbeinen an ersehnte Gelegenheit, hauptberuflich Romane zu schreiben. Ihre Lieblingsgenres sind Komödie, Liebe, Drama, Spannung.
Maja lebt mit ihrem Mann im Ruhrpott. Die wunderbaren drei Kinder sind erwachsen, Enkelkind, Enkelhund und Enkelkater auch bald.

Mehr über Maja

Hintergrundinformationen zu Maja Keaton und ihren Büchern finden Sie auf majakeaton.de. Die Autorin ist auch auf Facebook und Instagram.

Einem Großvater und Urgroßvater,
dem eine von uns die Mandelaugen zu verdanken hat, der uns nicht kannte und den wir nicht kannten.
In Liebe

Sternschnuppen

Prolog

TRÄUME ICH?

Was macht er da?

Wenn ich nicht so genau wüsste, dass ich eben erst aufgestanden bin ...

Aber ich bin hellwach. Das sind doch ... Wunderkerzen. Warum legt er die in den Kühlschrank?

Die Frage bohrt sich wie ein Messer in meinen Kopf.

Bevor ich eine Antwort finden kann, die mich nicht vollkommen beunruhigt, schließt er die Kühlschranktür, öffnet sie erneut und nimmt eine Flasche Wein raus.

Es ist sechs Uhr morgens, als er Rotwein in eine Kaffeetasse gießt, einen Schluck trinkt und ihn mit einem angeekelten Laut in die Gegend spuckt.

Ich bewege mich rückwärts aus der Küche raus und verstecke mich hinter dem Türpfosten. Mit einer Hand stütze ich mich an der Wand ab, die andere presse ich auf mein wild hämmerndes Herz.

Was geht hier vor?

Die Tasse knallt auf den Boden, das Porzellan zerbricht in tausend Stücke.

„Nein!“, höre ich mich schreien und kann mich auch endlich rühren. Ich bekomme das T-Shirt zu fassen, das er beim Schlafen trägt, über den gestreiften Pyjamahosen. „Tritt da nicht rein ... Bleib stehen ...“

Verwirrt sieht er mich an. Wenigstens ist er stehen geblieben.

„Was ist los mit dir?"

Er öffnet die Lippen. Doch aus seinem Mund kommt nur ein Krächzen.

Also schiebe ich ihn zum Tisch, dränge ihn auf einen Stuhl. Mit spitzen Fingern lese ich die Scherben auf, werfe anschließend sämtliche Handtücher, die ich auf die Schnelle finden kann, in die rote Weinlache.

Dann setze ich mich zu ihm. Ich nehme seine Hände in meine. Sie fühlen sich an wie immer. Warm und beschützend. Ich will etwas sagen, doch ein unsichtbarer Strick schnürt mir den Hals zu.

Langsam hebt er den Kopf. Es zerreißt mir das Herz, als ich in seine Augen sehe. Sie sind voller Angst.

Meine eigene Panik steigert sich noch, als er plötzlich aufsteht und wieder zum Kühlschrank geht.

Ich springe vom Stuhl und schieße hinter ihm her. Was ist nur los mit ihm? Welchen Alptraum erleben wir beide hier gerade?

Er reißt die Tür auf - und beginnt zu lachen.

„Was hast du denn gemacht? Das sind doch die ..." Er legt den Kopf schräg, bevor er mir lächelnd einen Kuss auf die Wange drückt und zu einem nachsichtigen Kopfschütteln sagt: „Warum hast du denn die Sternschnuppen im Kühlschrank versteckt, meine kleine Maus? Die habe ich doch extra für deinen Geburtstag gekauft."

Gestohlene Stunden

Einige Jahre später

1

„LIEB’ IST kein Narr der Zeit ... Ihr Ziel ist endlos, wie die Ewigkeit”, zitiert Julianne aus einem Sonett von Shakespeare.

Damit hat die kleine Rothaarige mit dem schiefen Mund den Vogel abgeschossen. Die anderen Studenten applaudieren.

„Ihr sollt mir nicht beweisen, wie viele fremde Verse ihr vortragen könnt. Ich will eure eigenen Meinungen. Ich will hören, was IHR glaubt. Ihr persönlich. In euren eigenen Worten. Ihr seid nicht hier, um andere nachzuplappern. Ihr sollt selbst Gedichte schreiben. Also? Ich höre.“

Auffordernd blicke ich in die Runde. Das halbe Semester ist schon vorbei. Nur noch zwei Monate für die Frage: Wie lang währt eine große Liebe? An der Frage arbeite ich seit Jahren. Und ich fürchte gerade, es war ein Fehler, daraus ein Seminarthema zu machen.

„Professor Morel, eine andere Frage ...?”

Zwölf Augenpaare sind erwartungsvoll oder vielmehr verwirrt auf mich gerichtet.

„Leute, ihr seid im Hauptstudium. Ich denke da gerade an ein ganz bestimmtes Stück von der großartigen Louise

Labé", versuche ich die angepasste Bande zum Selberdenken zu bewegen.

„Küss mich noch einmal, küss mich wieder, küsse mich ohne Ende ..."

Genau das. Aber wie viele Sonette kennt Julianne noch auswendig?

„Ja, küss mich, Julianne", ruft Richard.

„Okay, was war die Frage?", kürze ich das Ganze nach der ersten Strophe ab. Das mit dem Selberdenken wird heute nichts.

„Keine Frage, Professor. Für heute ist der offizielle Teil vorbei. Der Kurs nach uns will in den Raum. Wir anderen wollen aber noch nicht Schluss machen, sondern den Ort verlegen. Ich sage nur Caféé ..."

Nein.

Fast schon panisch schaue ich zu der hellblonden Barbara, die ich aus früheren Seminaren kenne. Der nicht ganz so blonde Typ neben ihr tippt auf dem Handy rum. „Patisserie Odette. Wir dürfen ins obere Stockwerk“, sagt er mit einem schüchternen Lächeln.

„Tut mir leid. Ein anderes Mal. Heute geht es leider nicht. Geht ihr. Diskutiert weiter über das Thema. Sagt alle Gedichte auf, die ihr kennt, damit ihr sie los seid. Das ist die beste Vorbereitung für die nächste Stunde, wo ihr es dann mit euren eigenen Worten sagt. Viel Spaß."

Ich überhöre das „Ich denke, in Ihren Seminaren heißt es: Ende offen“ und verlasse den Raum.

2

NACHDEM MEINE Studenten durch einen Nebeneingang verschwunden sind, nehme ich das Hauptportal.

Rechts auf der breiten Treppe umringt eine Gruppe Erstsemester, allesamt weiblich, einen Mann in meinem Alter. Wahrscheinlich geht er als ziemlich gutaussehend durch, obwohl ihm der momentan so beliebte Bart fehlt. Er hat kurz geschnittenes, dunkles Haar, ist glatt rasiert und seine Gesichtszüge sind zugleich männlich und irgendwie vergeistigt. Eine sexy Mischung, keine Frage. Ausgerechnet in dem Moment, in dem ich die Augen verdrehe, schaut er zu mir. Er hebt kurz eine Braue, bevor er sich wieder von seinen Studentinnen anhimmeln lässt.

Mein Gott, wie die war ich auch mal, denke ich und ärgere mich, dass ich auf den Pumps nicht schneller die Treppe runter komme. Bestimmt ist er einer der neuen Gastprofessoren. Zum Semester-Beginn kommen immer einige aus allen möglichen Ländern an die Sorbonne. Sie bleiben ein Semester und verschwinden danach wieder an ihre eigenen Unis. Und zu ihren Familien, den Frauen und Kindern. Nachdem sie sich hier ausgiebig mit den Französinnen amüsiert haben.

Am Fuß der Treppe tausche ich meine Pumps gegen Sneakers und laufe in einer deutlich höheren Geschwindigkeit über den Campus. Der deprimierende Regen der vergangenen Tage hat endlich aufgehört, die Frühlingssonne scheint, das will ich genießen. Und zwar allein. Ohne dass irgendjemand etwas von mir erwartet.

Wenn ich mich beeile, habe ich fast zwei Stunden für mich. Da ich so schnell wie möglich runter an die Seine will, nehme ich die Metro nach St. Michel. An dem Teil des Seine-Ufers, der gegenüber der Île de la Cité liegt, ist um die Zeit meist wenig los. Es liegt außerdem auf halbem Weg nach Hause. Also perfekt in jeder Hinsicht.

Die Sonne strahlt mir entgegen, als ich nach einer Station wieder ans Tageslicht trete. Ich rieche schon den unverwechselbaren Duft des Seine-Wassers. Manche behaupten, es würde stinken. Für mich ist es ein Parfüm, das den Namen Freiheit trägt und dessen Aroma ich nicht oft genug einatmen kann.

Mit jedem Schritt, den ich in Richtung der Treppe mache, über die man an den unteren Teil der Uferpromenade gelangt, fühle ich mich ein wenig leichter und freier.

Da ist mein Kiosk. Schon von Weitem winkt mir der alte Gerard zu, der seine Halbglatze den Touristen zuliebe unter einer schwarzen Baskenmütze versteckt, und auch sonst aussieht wie der Klischee-Franzose aus dem Lehrbuch.

„Bonjour, Clara. Wie immer?“ Als er sich zu mir vorbeugt, blitzt das marine-beige gestreifte Bretagne-Shirt unter der schwarzen Strickjacke hervor.

„Allô, Gerard. Wie immer. Und dazu eine Art & Décoration.“ Das ist unser kleines Ritual. Die Wohnzeitschrift stecke ich sofort in meine Umhängetasche. Hier an der Seine bin ich nicht la Madame le Professeur, sondern nur Clara, die es auf zwei Ferienstunden abgesehen hat. Zwei kostbare Stunden, in denen ich einen guten Kaffee trinke, in einer Zeitschrift blättere und zwischendurch einfach nur auf den Fluss starre. Hauptsache mein Gehirn geht auf Urlaub.

Ich gebe die verlangten zwölf Euro ab und bekomme einen großen Becher mit dampfendem Kaffee, den ich mit beiden Händen umschließe.

„Merci, Gerard. Schönen Tag."

„Gleichfalls schönen Tag, Clara."

Tief durchatmend laufe ich der Treppe entgegen, den einzigartigen Mix von dem Kaffee und meiner Seine in der Nase. Mit jeder Stufe, die ich hinunter steige, bin ich nur noch froher, dass ich nicht mit den Studenten gegangen bin.

3

AUF DER unteren Promenade ist es nicht annähernd so leer, wie ich dachte. Anscheinend haben sie irgendwo die Pforten eines Altenheims geöffnet. Es wimmelt nur so von Senioren und Rollatoren. So sehr ich mir den Hals auch verrenke, alle Bänke sind bereits besetzt.

Bevor meine Hoffnung vollends stirbt, sehe ich mich nochmals um und entscheide mich dann dafür, in Richtung der *Pont de l'Archevêché* zu schlendern. Über die Brücke muss ich nachher sowieso rüber. Vielleicht finde ich ja unterwegs eine freie ...

„Oh, verdammt. Sorry. Pardon. Es tut mir leid. Pardon. Je ne parle pas français."

Ein heißer Schwall süßlich duftenden Cappuccinos schwappt auf meinen beigen Trenchcoat, gefolgt von einem weiteren Schwall Entschuldigungen auf Amerikanisch und noch mehr Pardons in einer angenehm warmen Stimmlage.

Mein Kaffee befindet sich komplett auf dem weißen Leinenhemd eines hoch gewachsenen ... Dunkles Haar. Eine Spur zu glatt rasiert. Das ist doch ...

Sind ihm die Erstsemester etwa zu jung?

Vor mir steht der Gastprofessor. Beziehungsweise der Mann, von dem ich annehme, dass er einer ist.

„Es tut mir auch leid“, entgegne ich auf Englisch. „Mein Kaffee ist nämlich leer.“

„Gib mir deinen Becher. Nimm meinen Schal, um deinen schönen Mantel sauber zu machen. Warte hier. Ich bin gleich mit frischem Kaffee zurück. Das ist das mindeste, was ich tun kann. Die Reinigung zahle ich natürlich auch“, ruft er, schon auf dem Weg zu Gerard.

Perplex tupfe ich mir den Cappuccino von dem feinen Stoff. Mit einem dünnen, grau-in-grau karierten Leinenschal, der perfekt in meinen Kleiderschrank passen würde, bestimmt achtzig Euro gekostet hat und nach einem verdammt leckeren Parfum duftet.

Bois d'Argent von Dior, weiß ich ziemlich sicher, während mein Blick zu der Treppe gleitet. Der Gastprofessor ist fast oben angekommen und winkt mir entschuldigend lächelnd zu. Um ein Haar hätte ich zurückgelächelt. Schnell senke ich den Blick und widme mich meinem Trenchcoat. Der ist ja wirklich total versaut. Was zum Teufel ist in Gerards Cappuccino drin? Klärschlamm?

Es hat überhaupt keinen Zweck, dass ich versuche, das teure Teil sauber zu machen. Ich kann nur noch verhindern, dass die leicht zähe Flüssigkeit mir auch noch auf meine helle Hose tropft.

Ich sollte sowieso abhauen.

Aber anstatt das einzig Richtige zu tun, versuche ich weiterhin das Unmögliche. Das heißt, ich tue so, denn in Wirklichkeit brenne ich darauf zu erfahren, ob der Amerikaner mir gefolgt ist. Zu meiner Schande.

Da kommt er auch schon auf mich zu, in jeder Hand einen frischen Kaffee. Fast möchte ich ihn ermahnen, etwas weniger schwungvoll drauflos zu marschieren.

„Der Mann aus der Kaffeebude behauptet, du trinkst deinen Kaffee schwarz. Stimmt das?"

Nickend nehme ich den schwarzen Kaffee entgegen und gebe dafür den Schal her, der jetzt voller schleimiger Flecken ist.

„Stimmt es, dass du Clara heißt? Mit Betonung auf dem letzten A?"

Gerard, du alter Kuppler ... Und, ja, du bist mir gefolgt, Amerikaner. Jede Wette.

„Ich nehme an, wir zwei sind quitt. Viel Spaß noch in Paris."

Ich drehe mich um und gehe, bevor der Mann noch das Grinsen auf meinem Gesicht bemerkt.

Das heißt, ich will gehen, aber er überholt und umrundet mich und steht dann breitbeinig vor mir. In seinen coolen Klamotten, auf eine Art lässig, sodass man nicht weiß, ob er sich gar nicht stylt oder morgens eine Stunde früher aufsteht, damit er das Haus titelbildmäßig verlassen kann.

„Du solltest deinen Kaffee nicht im Gehen trinken", sagt er ohne eine Miene zu verziehen.

„Warum nicht?" Ich zücke eine Augenbraue.

Und dann müssen wir beide lachen. Zwei Erwachsene, mit Kaffee besudelt, von denen zumindest eine Person die Idee hatte, frische Luft zu schnappen.

Wobei mir jetzt auffällt, dass man mein Warum nicht tatsächlich auf zwei Arten verstehen kann. Je nachdem, welches Wort man betont. Als Sprachexpertin hätte ich das eigentlich im Vorfeld erkennen müssen.

Ich sollte wirklich das Weite suchen.

„Da vorn ist eine freie Bank. Wollen wir?“, meint er wie beiläufig.

Ich muss leider schon wieder lachen, denn in dem Moment setzen sich vier Rollator-Fahrer auf die Bank.

„Was ist das für ein Ort, an dem die Rentner einem die Parkbänke vor der Nase wegschnappen?“ Wie er entgeistert Mund und Augen aufreißt, um seiner Empörung Ausdruck zu verleihen, ist zum Piepen.

„Die Stadt der Liebe“, sage ich übertrieben sarkastisch.

Vermutlich ist es sein Lachen, das so warm ist wie die Frühlingsluft, das mich gemeinsam mit ihm nach einer freien Bank suchen lässt. Warum auch nicht? Letzten Endes ist er ein Kollege. Man nennt es Gastfreundschaft.

4

NATÜRLICH KOMMEN wir nur an mit Rentnern besetzten Bänken vorbei, sodass wir jetzt zu zweit die Seine entlang schlendern. Als wäre das nicht schon kollegial genug, sehe ich auch noch meine Studenten. Ich glaub's nicht. Da ist der gesamte Mittwochkurs. Alle auf einmal kommen sie die nächste Seine-Treppe herunter. Sie werden direkt in mich hineinlaufen, wenn ich mich nicht in Luft auflöse.

Es wirkt zweifellos merkwürdig, dass ich fluchtartig hinter einer Ticketbude verschwinde. Aber immer noch besser, als in die Seine zu hüpfen, denke ich mir.

Der Gastprofessor grinst auch schon um die Ecke. „Ist das ein französisches Flirtspiel, bei dem ich dir hinterher laufe?“

Das Blut schießt mir in die Wangen. Damit wäre ich altersmäßig von 39 auf 19 geschrumpft. Es wird echt Zeit zu verschwinden. Nur wie soll ich hier wegkommen?

„Die Gruppe, die die Treppe runter kommt ... Das sind Studenten von mir. Ich habe ihnen vorgelogen, ich hätte keine Zeit, um mit ihnen Kaffee zu trinken ... Ehrlich gesagt möchte ich denen nicht über den Weg laufen“, erläutere ich das Problem mit gesenkter Stimme.

„Willkommen im Club. Ich war heute auch schon auf der Flucht vor Studenten. Besser gesagt vor Studentinnen. Sie waren schneller als ich“, flüstert er, prostet mir mit dem Pappbecher zu und schon wieder lachen wir beide.

Aber ich will trotzdem nicht in diese blauen Augen sehen. Typisch amerikanisch glänzen sie mit den blitzweißen Zähnen um die Wette. Als wären da überall winzige Blendenflecke drauf.

„Ich habe dich heute an der Uni gesehen“, gibt er zu.

Ich tue, als würde ich meine Studenten im Auge behalten, die sich keine zehn Meter von uns entfernt, wie die Hühner auf der Stange, an den Rand des Kais setzen. Während er meine Tasche antippt und es sich anfühlt, als würde er mich berühren.

„Du hast die Schuhe getauscht. Am Panthéon. Unten an der Treppe. Sie sind da drin. In deiner Ledertasche.“

Wenn ich noch einen Beweis gebraucht hatte, das war er. Er ist mir gefolgt. Und ich muss zugeben, dass es mir schmeichelt.

„Anscheinend sind wir Kollegen. Fakultät Geschichtswissenschaft. Paul Darlow. Gastprofessor.“ Er reicht mir eine Hand und ich schlage überrumpelt ein.

„Clara Morel. Ich lehre romantische Literatur.“

Seine Augenbrauen flitzen nach oben. „Und das in der Stadt der Liebe ... Das ist ja ... Verrückt!“

„Tja ...“

„Ich kann es kaum glauben. Eine Romantik-Professorin! Glaubst du an Zeichen? An die Vorsehung?“

„Wie bitte?“ Ich verschlucke mich fast an meiner eigenen Spucke.

„Schicksal?“ Er grinst, bevor er blinzelt und endlich wieder wie ein ganz normaler Kollege fortfährt: „Ich komme übrigens aus Seattle. Von dort, wo es angeblich immer regnet.“

„Also ist das mit dem Regen eine ausgebuffte Lüge, um Touristen anzulocken?“

Er presst seine schön geformten Lippen aufeinander, legt den Kopf minimal schräg und gibt einen winzigen, rauen Ton von sich, den ich zuvor noch bei keinem Lebewesen gehört habe. Sowas wie Hm, nur härter und mit einem amerikanischen R und einem Ä dabei.

„*Rhämh.*“

„Ich schätze, das mit dem Regen in Seattle ist wie mit der Stadt der Liebe ... Ich habe übrigens einen Vorschlag, wie man ungesehen von hier wegkommt. So ganz unter Kollegen.“

„Du hast nicht besonders viel von Paris gesehen", bemerke ich mit belegter Stimme. Die Musik ist aus. Nur noch mein Herz klingt und schwingt.

„Wir haben doch noch den ganzen Tag." Voller Hoffnung sieht dieser Mister Darlow auf mich herab. Im Hintergrund verlassen die Alten im Gänsemarsch das Boot.

Als hätte jemand einen Eimer Wasser über mich geschüttet, fahre ich zusammen. Abrupt löse ich mich aus den Armen des amerikanischen Gastprofessors, weiche zurück, schaue auf meine kleine Armbanduhr.

„Sorry, Paul, ich muss los."

Der Steg bebt bedenklich, als ich darüber laufe. Nach einem großen Schritt habe ich wieder festen Boden unter den Füßen.

„Dann Morgen? Dieselbe Zeit? An unserem Zeitungsstand", ruft Paul mir zu.

An unserem Zeitungsstand ...

Für einen winzigen Moment schließe ich die Augen. Wenn ich jetzt umkehren würde ... Auf ein Boot steigen, die Segel setzen, immer die Seine runter, bis Le Havre und weiter ...

Als ich die nahe Treppe hinauf laufe, schaue ich zurück. Die hochgewachsene Männergestalt steht noch an der Anlegestelle.

„Vielleicht", forme ich mit den Lippen.

6

ICH KOMME zu spät.

Zwar muss ich nur auf die gegenüberliegende Seite der Seine. Aber in Paris gibt es keine Katzensprünge. Die Brücken sind lang, die Straßen verschmelzen mit dem Horizont. Wäre ich doch bloß mit meinen Studenten gegangen. Dann wäre Paul mir nicht begegnet und Leila würde nicht seit einer Stunde pausenlos auf die Uhr sehen, weil sie umkommt vor Sorge, weil sie auf mich wartet. Dann wäre die Welt noch in Ordnung. Beziehungsweise was man so Ordnung nennt.

Ich renne über die *Pont de l'Archevêché*, die Brücke der Liebenden (auch das noch), und lege auch den Rest des Weges im Lauftempo zurück.

Sobald man die Seine überquert und auf der Île de la Cité, der Stadtinsel, ankommt, befindet man sich in einer anderen Welt. Obwohl es in den schmalen Gassen hinter Notre-Dame noch immer ein bisschen wie auf einem mittelalterlichen Dorf aussieht, verirren sich hierher nur wenige Touristen. Die meisten umrunden die Kathedrale und dann fahren sie zum nächsten Hotspot.

Unsere Wohnung liegt im dritten Stock eines Mehrfamilienhauses aus dem 15. Jahrhundert. Es ist nicht annähernd so prunkvoll wie die angrenzenden Häuser mit den Fassaden aus hellem Sandstein. Außen blättert der rotbraune Anstrich ab, innen herrscht ein vergleichbarer Renovierungsstau. Den Gitterfahrstuhl kenne ich gar nicht ohne das Außer-Betrieb-Schild.

Während ich die Holztreppe hochlaufe, komme ich vorbei an der Erdgeschoss-Wohnung von dem ewig meckernden Monsieur Bouceau, was, nebenbei bemerkt, Ziegenbock heißt, wenn man das *eau* am Ende abhängt. Ich laufe an dem Zuhause der alleinerziehenden Lydia vorüber, die mit ihren Kindern direkt über dem Ziegenbock wohnt. Bis dahin habe ich den Mantel ausgezogen. Meine Finger zittern, als ich den Schlüssel ins Schloss stecke.

Meinen schönen, beigen Mantel brauche ich gar nicht erst an der Garderobe aufzuhängen. Zusammengeknüllt werfe ich ihn auf die schwarz gestrichene Kommode und lege den Schlüssel daneben. Ich atme tief durch, straffe den Rücken, streiche mir über die beige Hose. Dabei sehe ich, dass die gleichfarbige Bluse ebenfalls reichlich Kaffee abbekommen hat. Aber umziehen kommt jetzt nicht in Frage. Nicht noch mehr Zeit verlieren.

„Hallo? Jemand zu Hause?", rufe ich, während meine Hand die Klinke der angelehnten Wohnzimmertür berührt. Die könnte ich auch mal wieder anstreichen.

„Ich hoffe, meine schöne Tochter hat Himbeertörtchen mitgebracht", kommt es prompt aus dem Zimmer.

Ich atme tief durch. Das klingt nach guter Laune, was sich vermutlich schlagartig ändern wird, wenn ihm auffällt, dass ich mit leeren Händen komme.

Leila zwinkert mir zu, doch ihre Miene verdunkelt sich, als sie sieht, dass ich keinen Kuchen dabei habe.

„Tut mir leid, dass ich so spät dran bin", entschuldige ich mich bei der Marokkanerin.

„Kein Problem. Ich hatte nichts Großartiges vor. Soll ich zum Bäcker laufen? - Hoppla. Was hast du mit deiner Bluse gemacht? Ist das Kaffee?“, sprudelt es schon wieder in der gewohnt lebhaften Art aus ihr heraus.

„Da musst du erst den Mantel sehen“, seufze ich und trete an das höhenverstellbare Bett, das wir der besseren Aussicht wegen ans Fenster geschoben haben.

Gegenüber wohnt ein junges Paar. Sie sitzen oft bei einem romantischen Dinner an ihrem Fenster. So hat der Mann in dem Krankenbett, über das ich mich beuge, um ihn zu begrüßen, etwas zu sehen.

„Wo sind die Himbeertörtchen?“, schreit er mich an.

Ich lege eine Hand auf seinen Arm, die er giftig wegschlägt. „Törtchen waren ausverkauft. Ich hole dir ein paar Macarons aus der Küche, Papa“, sage ich mit zusammengebissenen Zähnen.

Frühjahr 1998

1

OH, SHIT!

Aus zusammengekniffenen Augen blinzele ich zu dem runden Miniwecker, der mir förmlich ins Gesicht brüllt: Hey, Clara, du kommst schon wieder zu spät! Und unter Aufwendung meiner ganzen, zu dieser brutalen Zeit noch nicht erwachten Kraft, nehme ich das heiß gelaufene Mobiltelefon vom Ohr und schaue auf den verkratzen Bildschirm. Das Klapphandy ist ein Geschenk meines Papas zum bestandenen Schulabschluss. Ganze 26 Minuten telefonieren wir nun schon und kein Ende in Sicht.

„Mein Liebling, ich hoffe, du nimmst das wirklich alles Ernst!", lamentiert er.

Zum Glück werde ich diese Rechnung nicht begleichen müssen. Er hat angerufen. So wie er es an jedem Morgen macht, seit ich zur Uni gehe.

„Ja, Papa", sage ich jedoch brav, da er derjenige ist, der dieses Arbeitslager finanziert. „Aber ich kann mich schlecht auf den Unterricht vorbereiten, wenn ich hier am Telefon hänge. Ich muss noch ein bisschen was vorbereiten."

Nicht meine erste Lüge an diesem Morgen. Sicher denkt er, wenn er mich nicht anruft, verschlafe ich den Unterricht. Damit hätte er vielleicht sogar recht.

Plötzlich ertönt ein elendes Jauchzen aus Richtung meiner Füße.

„Was war denn das, Clara? Liegst du etwa noch im Bett? Es ist schon acht!"

„Nein, Papa. Das war die Zimmertür, die gequietscht hat, als ich sie hinter mir geschlossen habe." Die nächste Lüge.

Mühsam ziehe ich mich an dem Gittergestell meines Bettes hoch und mustere das Desaster zu meinen Füßen. Inès hat sich in der Nacht wie eine Promenadenmischung am Fußende meines Bettes zusammengerollt und stöhnt jetzt vor sich hin. Die muss ja süße Träume haben.

Ein kleiner Tritt wird sie schon wieder zum Schweigen bringen.

Perfekt! Jetzt ist Ruhe. Zumindest im Zimmer. In meinem Kopf dagegen rumort es. Es fühlt sich an, als hätte ich drei Liter Rinderbrühe im Schädel, die langsam den Siedepunkt erreicht.

Aber ich weiß, dass es bloß anderthalb Liter Rotwein sind, die mich heute nicht wach werden lassen.

Wenn mein Papa meinen Zustand und den meines Zimmers besichtigen könnte, würde er in wenigen Minuten vor der winzigen Studentenbude, in der ich hause, erscheinen, und mich zurück in das verschlafene Nest schleppen, wo ich aufwuchs.

Ja, mein Vater ist streng und vielleicht auch etwas überfürsorglich. Aber das liegt daran, dass ich das einzige bin, was er noch hat.

„Es ist wichtig, auch die schwereren Gedicht-Veranstaltungen zu besuchen, mein Liebling."

Er wiederholt sich.

„Das weiß ich, Papa. Und ob du es mir glaubst oder nicht: Ich und ein paar der anderen Studenten, sind heute Abend bei dem Professor eingeladen."

Schon wieder eine Lüge, doch es geht nicht anders. Ich will und kann meinen Vater nicht enttäuschen.

Doch dieses Mal war es immerhin keine komplette Lüge. Eine Einladung findet wirklich statt. Jede Woche einmal. Doch meine Freunde wurden noch nie aufgefordert. Ob das nur an unserer Unpünktlichkeit liegt, weiß ich allerdings nicht.

„Ein Diskussionsabend bei einem echten Professor? Das klingt wirklich spannend!"

Trotz des Schlafdrecks in meinen Augen, muss ich schmunzeln. Die Liebe zur Literatur habe ich von meinem Vater. Studiert hat er jedoch nie. Dazu fehlte das Geld. Ein Jahr haben wir an der Bewerbung für die Sorbonne gefeilt. Als dann die Zusage kam, war mein Papa fast noch aufgeregter als ich.

„Ich bin stolz auf dich, mein Liebling."

Die salbungsvollen Worte meines Vaters verursachen einen ziehenden Schmerz in meiner Brust. Wenn ich daran denke, wie oft ich ihn in letzter Zeit belogen habe, wird es sogar noch etwas schlimmer.

Nach dem Tod meiner Mama bildeten Papa und ich ein gutes Team. Papa übernahm fast all ihre Aufgaben, damit ich mich um meine Ausbildung kümmern konnte. Im Gegenzug war ich fleißig wie nie zuvor. Als es dann hieß, ich gehe nach Paris, gab er mir den Mut, die Heimat zu verlassen. Auch wenn es mir damals unendlich wehtat, ihn allein zurückzulassen. Ich sah doch jeden Tag, wie sehr er Mama vermisste.

„Genau, Papa! Und damit du auch wirklich stolz auf mich sein kannst, werde ich jetzt ... äh ... das Haus verlassen. Ich will ja nicht zu spät kommen." Dass der Zug schon längst abgefahren ist und ich definitiv zu spät komme, muss er nicht wissen.

„Au revoir, Papa."

Ich schicke zwei Küsschen durch den Hörer und klappe das Handy zu. Dann drehe ich mich nochmal auf die andere Seite. Oh, Schande über mein Haupt, denke ich, bevor die Geister der Nacht mich umarmen.

2

ALS ICH gegen eins vollkommen natürlich aufwache, sieht es im Zimmer noch immer aus wie in einem Schweinestall. Überall liegen Pappbecher und Pizzakartons herum, die als Aschenbecher benutzt wurden. Trotz des geöffneten Fensters hängt der Rauch schwer in der Luft. Und in meiner Lunge. Die zusammengeklebten Lungenbläschen verursachen ein leises Pfeifen, wenn ich aus- oder einatme. Glaube ich. Also besser den Ball flach halten.

Ein gutes Mittel gegen Kater ist es, den Morgen zu beginnen wie man den Abend beendet hat, kichert das Teufelchen auf meiner Schulter.

Ach, was soll's. Während ich aufstehe, greife ich nach der noch nicht ganz geleerten Flasche Rotwein, die auf der Fensterbank hinter meinem Bett steht, und spüle meinen Mund mit der dunklen Flüssigkeit. Als nächstes schnappe ich mir die angepaffte Zigarette von der blauen Kommode und zünde sie an.

„Aufstehen, ihr Loser.“ Ich gebe Raphael einen liebevollen Tritt, gegen den mit Tigerstreifen bemalten, schwarzen Kopf.

Mein schwuler Freund, der unter leeren Glasflaschen und Kippenstummeln beerdigt ist, gibt einen grässlichen Ton von sich, reckt und streckt sich, als befände er sich in einem gemütlichen Bett, schläft aber trotzdem weiter.

Bis ich die Zimmertür erreiche, stolpere ich über zwei schnarchende Studenten, die ich nie zuvor gesehen habe, und für deren Anwesenheit vermutlich Raphael verantwortlich ist.

Das Badezimmer befindet sich im Flur. Ein paar von den anderen Studenten, die in dieser Riesen-WG wohnen, rasen hektisch über den Gang, während andere vermutlich bereits im Hörsaal sitzen, um sich den besten Platz in Professor Dreamys Nähe zu sichern. Wiederum andere, zum Beispiel ich und meine Freunde, werden selbst in der Nachmittagsvorlesung wieder nur einen Platz in der hintersten Reihe bekommen.

Ich werfe die stinkende Kippe in eine Toilette und pelle mich aus dem schwarzen Kleid, das noch schlimmer müffelt als mein Zimmer. Als ich mich gerade unter eine der Mannschaftsduschen stelle, gesellt sich Inès zu mir.

Ich muss grinsen. Während sie sich die Zahnbürste in den einen Mundwinkel schiebt, klemmt in dem anderen eine qualmende Zigarette.

„Ich glaube nicht, dass das seinen Zweck erfüllt.” Ich werfe mit der Seife nach meiner Freundin.

„Nicht so laut!” Sie hält sich die Ohren zu.

„Du kannst mich mal. Beeil dich. Wir müssen endlich los. Heute Morgen haben wir mal wieder verpennt, aber jetzt haben wir noch super Chancen, einen guten Platz zu ergattern."

Das war sicher nicht meine letzte Lüge an diesem Tag, doch wenn mich das Belügen meiner Freunde näher an den Professor bringt, komme ich mit meinem schlechten Karma klar.

3

„SUPER CHANCEN einen guten Platz zu bekommen, Clara?" Inès schaut mich böse an.

Ein Wunder, dass sie sich an meine Worte erinnert. Normalerweise ist sie so ausgeknockt vom Vorabend, dass sie Schwierigkeiten hat, ihren eigenen Namen auf die Kette zu bekommen.

„Immerhin sitzen wir überhaupt im Hörsaal. Das ist ein Fortschritt."

„Das hier ist die letzte Reihe."

„Sei froh, das wir überhaupt noch reingekommen sind."

Mir wird ein Mittelfinger entgegen gestreckt.

Für Inès ist der Unterricht ein Pflichtprogramm, während Raphael und mich die Leidenschaft verbindet. Einerseits für Literatur und andererseits für Professor Dreamy, der so gut wie jedem hier im Hörsaal den Kopf verdreht hat.

„Man sollte meinen, hier ginge es gar nicht um Literatur", flüstert Raphael so laut, dass es jeder hören kann, und deutet dabei auf die schmachtenden Männer und Frauen in den ersten Reihen. Purer Neid, versteht sich.

„Bei Professor-Ich-werd-schwach geht es eben um reine Poesie." Inès steckt sich spielerisch einen Finger in den Rachen.

Professor-Ich-werd-schwach ist nur einer der Kosenamen, die wir für unseren sexy Literaturprofessor haben. Doch im Gegensatz zu Inès werden Raphael und ich bei unserem Professor wirklich schwach. Nicht nur sein Äußeres, das sehr an einen etwas älteren Johnny Depp erinnert, sondern auch sein Intellekt machen diesen Mann so schmackhaft wie ein schokoladenüberzogenes Éclaire.

„Ich weiß überhaupt nicht, was ihr an dem findet. Ich finde ihn ziemlich gruselig. Ich glaube ja, er ist ein Psychopath", zischt Inès.

„Wie kommst du denn darauf?" Die Empörung in Raphaels Blick ist unübersehbar.

„Wisst ihr eigentlich irgendetwas über den Professor? Damit meine ich nicht seine Hosengröße, Raphael."

„Also, jetzt hör mir mal gut zu, Inès ..."

„Schnauze. Jeder unserer Lehrer hat einen ausgefüllten Steckbrief auf der Webseite der Uni. Nur unser Professor Dreamy hier hat die meisten Zeilen ausgelassen. Bei Hobbys steht dasselbe wie bei Job: Literatur. Wie gruselig ist das bitte?"

„Du spinnst. Daran ist gar nichts gruselig und jetzt halt selber die Schnauze. Wir anderen wollen noch etwas vom Unterricht mitbekommen." Ich schüttele den Kopf über meine offensichtlich verrückt gewordenen Freunde und wende meinen Blick wieder zur Tafel, die von hier oben so verdammt winzig aussieht.

Wenn Raphael und ich in der ersten Reihe säßen, würden wir genauso schmachten wie die anderen Studenten.

Seit Wochen versuchen wir auf einen dieser Diskussionsabende eingeladen zu werden. Und das nicht nur, weil Professor Sexy so sexy ist. Es ist ein offenes Geheimnis, dass die Schüler, die bei ihm eingeladen sind, bessere Noten haben.

Bessere Noten zumindest erhoffen sich Raphael und Inès. Meine Noten sind zwar nicht überragend, aber gut genug. Naja. Nicht gut genug für das, was ich eigentlich kann, wie mein Papa meint. Aber genau den will ich wirklich stolz machen. Deswegen muss ich zu einem dieser Abende eingeladen werden.

Leider hat Professor Sexy bisweilen bloß Augen für die erste Reihe. Bis da vorne haben wir es leider noch nicht geschafft.

Einmal waren wir bis in Reihe drei vorgedrungen, doch zwischen mir und dem Professor war die ganze Zeit über eine blöde Säule im Weg.

Außer Raphael, der behauptet, mit dem Professor den ein oder anderen wilden Blickkontakt gewechselt zu haben, glauben Inès und ich nicht daran, dass wir dem Mann jemals aufgefallen wären. Nicht durch Anwesenheit und auch nicht durch besonders gute Leistung. Meine Freundin ist ein Partytier, dem die Wochenenden zum Feiern zu kurz sind. Also veranstaltet sie häufig kleine Zusammentreffen in unserem Zimmer, die dazu beitragen, dass wir zum Beispiel immer zu spät zum Literaturkurs kommen.

Das darf nicht so weitergehen. Ich darf meiner Freundin nicht die Schuld daran geben, dass ICH zu spät zu den Kursen komme. Ich will mich und meinen Papa stolz machen. Und deswegen muss ich zu einem dieser blöden Diskussionsabende, damit ich die Chance habe, in der Gunst des Professors zu stehen. Natürlich nur wegen der Noten. Jetzt wiederhole ich mich auch schon.

„Was labert der da vorn", gähnt Inès mir ins Ohr. „Ich hätte im Bett bleiben sollen."

„Bei seinem Aussehen ist es egal, was er sagt", seufzt Raphael.

„Ihr Idioten! Nächste Woche ist auch noch ein Tag, Freunde. Dann schaffen wir es ganz bestimmt. Dann schmeiß ich euch nämlich um sechs aus den Federn! Und am Abend vorher gibt es keine Party!"

„Gebongt, Süße", zwitschert Raphael.

„Ja, toll. Dann sitzen wir vielleicht vorn. Falls DU es schaffst, auf den Wecker oder auf deinen treusorgenden Papa zu hören. Aber womit willst du Professor Ich-hau-sie-alle-um bezirzen, Clara? Mit deinen Möpsen? Allzu viel Ahnung von dem, was er da vorn quatscht, hast du doch auch nicht. Wobei das mit den Möpsen höchstwahrscheinlich nicht funktionieren wird, weil dein Professor Dreamy auf ganz andere Körbchengrößen steht." Inès nickt zu der rothaarigen Kommilitonin in der ersten Reihe.

Raphael grunzt verächtlich. „Die hat sich doch bloß Sofakissen unters Shirt geschoben."

„Sofakissen aus Fleisch? Wenn sie geht, schwabbelt es in ihrem Balconette wie in der Puddingschüssel, meine Lieben."

Ein Vielleicht-Date

1

ICH WÜNSCHTE, es hätte mich erwischt. Dass ich an seiner Stelle die Krankheit bekommen hätte. Damit er die Dinge tun kann, für die sein Herz so sehr brennt. Denn ich kann nicht für ihn leben. Ich bin dazu verdammt zuzusehen, wie ihm die Welt mit jedem Tag ein wenig mehr entgleitet. Diese Angst und Schrecken einflößende Welt, in der Dinge, Worte und sogar Menschen verschwinden.

Ich kann nur alles in meiner Macht stehende tun, um die Zeit, die ihm noch bleibt, so schön wie möglich für ihn zu machen. Und das will ich von ganzem Herzen.

„Denk an die Törtchen, Clara." Seine Stimme reißt mich aus den Gedanken.

„Himbeer oder Erdbeer?", frage ich sanft, als er mir seinen Tagesplan unter die Nase hält und auf das 17-Uhr-Kästchen tippt, in dem steht: Törtchen essen mit Clara.

„Himbeere natürlich."

Auf seinen dürren, zittrigen Beinchen verlässt er mühsam die Küche. Das Gehen fällt ihm unsagbar schwer, weshalb er das Haus nur noch selten verlässt, und wenn, dann in Begleitung und in einem Rollstuhl.

Er geht jetzt rüber in die Bibliothek, die ich im ehemaligen Esszimmer eingerichtet habe, als es im

Wohnzimmer zu eng wurde für die vielen Bücher und ein Bett.

„Ach, Papa, du hast den Plan in der Küche liegen lassen." Seufzend trage ich ihm den Zettel hinterher.

„Danke, aber den habe ich für dich gemacht", entgegnet er streng.

Bitte kein Drama am frühen Morgen.

„Schon gut, Papa. Ich nehme ihn mit. Ich wünsche dir einen schönen Tag", sage ich schnell, damit er nicht wieder anfängt, mich anzuschnauzen, denn das fürchte ich fast genauso sehr wie das Vergessen.

Ich lasse den Zeitplan unauffällig auf dem Tisch liegen, auf dem er nachher seine Bücher ausbreiten wird, räume den Frühstückstisch ab, dusche und mache mich für die Arbeit fertig.

2

SCHWARZ, WEISS, Beige. Und eine dunkelblaue Jeans. Das sind die Farben in meinem Kleiderschrank.

Während in der Wohnung unter mir der morgendliche Wahnsinn einer alleinerziehenden Mutter mit zwei Schulkindern bis nach oben dringt, nehme ich die Jeans und kombiniere dazu eine schwarze Bluse. Die halbdurchsichtige, ohne Top darunter, nur mit BH, dafür mit der dünnen, schwarzen Strickjacke oben drüber.

So sexy habe ich mich schon lange nicht mehr angezogen. Was ein Vielleicht-Date doch ausmacht ...

Als ich mit einem breiten Lächeln auf den Lippen in die spitzen, schwarzen Ballerinas schlüpfe, klopft es zweimal kurz. Sofort darauf öffnet sich die Wohnungstür.

„Ich bin's, Leila. Jemand Zuhause?"

Leila ist die Pflegerin. Außerdem macht sie den Haushalt. Praktischerweise wohnt sie in der Wohnung über uns. Sie kommt morgens um halb acht und geht nachmittags um halb fünf. Sofern ich pünktlich bin, was eigentlich immer der Fall ist. Gestern war die absolute Ausnahme.

„Teufel, siehst du gut aus", rutscht es mir raus, als ich Leila sehe, mit ihrer zimtbraunen Haut, den großen, dunklen Augen und dem zu einem dicken Knoten gebundenen Haar, das sie alle drei Wochen schwarz färbt. Ich staune jeden Tag aufs Neue, wie attraktiv sie mit ihren Mitte fünfzig ist. Und wie gut ihr erst das rote Kleid steht. „Ist das Kleid neu?"

„Nein, bloß gewaschen. Aber das Kompliment kann ich nur weitergeben. Hast du was vor?"

„Du?", gebe ich zurück und wir kichern beide. Dann beginnt der Ernst des Lebens.

„Wie ist er drauf?", erkundigt sie sich.

„Seit dem Frühstück wieder gut. Davor ging es den Umständen entsprechend."

Wir ziehen beide ein zerknirschtes Gesicht. *Den Umständen entsprechend* ist ein Code, den nur wir verstehen. Unsere zerknirschten Gesichter gehören auch dazu.

„Ich bringe *einen Neuen* mit", grinse ich schief. Auch das gehört zu unserem Geheimcode.

„Hoffentlich haben sie noch einen blauen", unkt Leila.

„Rede das Unglück besser nicht herbei." Ich hänge mir die Uni-Tasche um, stecke die Schlüssel ein und schnappe mir die kleine Pappschachtel, die ich vor dem Frühstück auf die schwarze Kommode gestellt habe.

Leila beobachtet mich dabei mit demselben verzweifelten Kopfschütteln, das ich in meinem Innern empfinde.

„Ist gut. Ich wünsche dir einen schönen Tag“, sagt sie mit diesem liebevollen Ausdruck in ihren dunklen Augen, der mir das Vertrauen gibt, die Wohnung guten Gewissens verlassen zu können.

Wobei das mit dem guten Gewissen so eine Sache ist. Meines foltert mich schon, als ich die Treppe hinunter laufe. Ich habe viel zu tun. Heute und überhaupt. Die Verantwortung, die ich übernommen habe, mein unbedingter Vorsatz, dass ich jede freie Minute mit ihm verbringen will. Sowas wie mit meiner Mutter passiert mir nicht noch einmal. Es kann so plötzlich vorbei sein. Und das war es dann. Die Zeit, die man miteinander hätte verbringen können, ist unwiederbringlich verloren.

Trotz der guten Vorsätze bin ich mit den Gedanken jetzt nur noch bei einem Thema: Bei Paul Darlow, dem Gastprofessor aus Seattle.

Und dabei, dass ich nicht fasse, was da gestern Nachmittag abgegangen ist.

Im Nachhinein kommt es mir vor wie ein Traum. Ich kann kaum glauben, dass das wirklich passiert ist. Unser Zusammenstoß. Die Schiffsfahrt. Wein und Tanz am Nachmittag ... Leute ...

Dass ich tatsächlich „Vielleicht“ gesagt habe, als er mich um ein Date bat, ist die absolute Krönung.

In meine quälenden Gedanken versunken, betrete ich den Garten hinter dem Haus. Ich laufe ganz bis zum Ende durch, bis hinter den Schuppen. Mit dem Spaten hebe ich eine kleine Grube aus und lege die Pappschachtel hinein.

„Was meinst du, Henri? Der Gastprofessor ist bloß ein paar Monate im Lande. Soll ich aus dem Vielleicht-Date ein richtiges Date machen? Und komm mir nicht mit irgendwelchem Gepiepe über meine schwarze Bluse und dass ich mich längst entschieden hätte. Das habe ich nämlich nicht. Ich bin lediglich vorbereitet."

Ich fülle das Loch mit Erde auf und trete die braunen Krümel und Klumpen fest, damit die Katze von nebenan nicht auf dumme Gedanken kommt.

„Du weißt es also auch nicht. Lebewohl da oben im Vogelhimmel, Henri."

Mir ist schon klar, dass ich dem armen Federvieh nichts von meinen wahren Gefühlen verraten habe. Von dem Prickeln, dem Flattern, der Aufregung, die mich erfasst, wenn ich nur an diesen Gastprofessor denke. Und ich denke ständig an ihn. Wo ist der Schalter, um es abzustellen?

Der gegen die Schuppenwand fallende Spaten erzeugt ein schepperndes Geräusch. Als ich mein Fahrrad aus diesem Schrotthaufen von einem Schuppen zerre, quietscht die Tür, als wäre sie seit dem Mittelalter nicht geölt worden. Was vermutlich sogar zutrifft. Solange Monsieur Ziegenbock meint, dass es das Ding tut, werden wir alle damit leben müssen. Genauso wie damit, dass ich mit meinem Fahrrad durch den Hausflur muss, weil Monsieur was dagegen hat, dass jemand seinen Drahtesel vor dem Haus abstellt. Im Übrigen darf ich das Rad laut Hausordnung nicht mal schieben, sondern muss es tragen. Der Typ hat sie nicht alle.

Ob Paul Darlow ein eigenes Haus mit einer eigenen Garage daneben hat? Hat er Familie? Eine Frau? Kinder?

„Madame Morel!“

Der hat mir noch gefehlt.

Der Ziegenbock springt mir in den Weg und baut sich mit seinen einssechzig vor mir auf.

„Wenn Sie glauben, weil Sie so schlau sind, können Sie die antiken Kacheln mit Ihren dreckigen Reifen ...“

Antik ... Haha. Diese Keramik ist kein bisschen antik, sondern einfach nur alt.

„Erlauben Sie mir, einen Fahrradständer vor dem Haus aufzustellen, Monsieur, dann muss ich das Rad nicht durch den Flur schieben.“

Ich versuche, rechts an ihm vorbei zu entwischen, doch er hebt den Arm zu einer Barrikade. Aber was er kann, kann ich schon lange.

„Sehen Sie sich die Decke an, Monsieur Bouceau. Der Stuck kommt runter“, sage ich.

Und wieder fällt der Idiot darauf herein und ich entwische ihm.

„Ich werde das Haus renovieren lassen, und zwar auf Ihre Kosten“, schreit er hinter mir her.

„Das ganze Haus auf meine Kosten? Oh je. Au revoir, Monsieur Bouceau.“

Ich wuchte das Rad aus dem Haus, schwinge mich darauf und trampele los.

Bis um zwei habe ich ja noch ein wenig Zeit, um mir das mit dem Gastprofessor zu überlegen. Oder es mir aus dem Kopf zu schlagen.

3

„CLARA, WO bist du mit deinen Gedanken?"

Abrupt bleibe ich stehen und drehe mich halb um.

„Bonjour, Arnaud. Tut mir leid, ich habe dich nicht gesehen. Ich bin spät dran."

Schräg hinter mir steht mein Boss, der Dekan. Er hat ein ähnliches Schicksal erlebt, wie ich es zurzeit durchmache. Bei seiner Mutter dauerte es zwei Jahre, bis es so schlimm war, dass sie nicht mehr selbständig atmen konnte.

„Setzen wir uns um zwölf wegen des Antrags zusammen?"

„Wegen welchen ...?"

„Die EU-Gelder, Clara."

Ach, du lieber Himmel. Der Forschungsantrag. Den wollte ich gestern fertig machen.

„Die anderen beteiligten Kollegen haben ihren Teil schon vor Wochen abgegeben."

„Es tut mir leid, Arnaud, aber es gab Probleme zu Hause."

„Der Antrag muss heute raus."

Ja, klar. Wann auch sonst. Leider habe ich noch keine einzige Zeile geschrieben.

„Kein Problem. Aber zwölf ist ein wenig knapp. Ich habe zwei Seminare gleich hintereinander. Wie wäre es um eins in der Mensa?"

„Da habe ich einen Termin beim Verwaltungsrat. Es geht nur um zwölf, sei pünktlich."

Ich habe keine Ahnung, wie ich auf die Schnelle zehn Seiten Antragsprosa zusammenschreiben soll. Und da mache ich mir Gedanken um ein Date.

Die Kollegen werden mich steinigen, wenn ich das nicht hinbekomme. Leider habe ich heute Vormittag noch weniger Zeit als gestern Abend. Um zwölf wollte ich eigentlich ins Zoogeschäft, auf dem Weg dahin den Mantel in der Reinigung abgeben und kurz zum Friseur rein. Keine Strähnchen, nur Augenbrauen zupfen lassen.

Ich fühle mich wie in meine eigenen Studentenzeiten zurückversetzt, als ich den jungen Leuten was von Zahnschmerzen vorlüge, sie in Gruppen einteile und mir Aufgaben für sie aus den Fingern sauge, die sie selbständig erledigen sollen. Damit sie dies auch tun, sage ich ihnen, dass sie in der kommenden Woche darüber Referate halten müssen. Für die es Zensuren gibt, die auf die Semesterarbeit angerechnet werden.

Noch schlimmer wird es nur noch, als ich Teile aus alten Anträgen zusammenkopiere. Um zwölf bin ich kaum fertig damit, weshalb ich den ganzen Kram ohne einen Korrekturdurchgang zu Arnauds Sekretärin maile und dem Dekan gegenüber am Telefon behaupte, wir hätten das so verabredet.

„Ich muss dich persönlich sprechen", sagt er.

„Ich verstehe, dass du mit deinen Gedanken woanders bist, Clara. Aber du musst unbedingt deine Konzentration wiederfinden. Die Kollegen reden schon über dich. Sie fragen sich, ob du in der Lage bist, dieses Projekt zu leiten", sagt er, als ich kurz darauf in seinem Büro erscheine.

„Sprichst du von den beiden Kollegen, die seit zwanzig Jahren dieselben Vorlesungen halten, so als hätte es in der

Wissenschaft keine Fortschritte gegeben? Die können mich mal."

Arnaud verzieht das Gesicht, als hätte er in eine Zitrone gebissen. „Du weißt, dass ich immer auf deiner Seite war, Clara."

„War? Und jetzt nicht mehr? Denen geht es doch bloß darum, mich aus dem Projekt rauszukicken, damit sie die Lorbeeren allein einheimsen können. Ursprünglich war das Projekt mal meine Idee. Ich habe das mit den Geldern rausgefunden und die komplette Idee geliefert. Erinnerst du dich? Die anderen sind bloß auf den Zug aufgesprungen. Und jetzt wollen sie es sich ganz unter den Nagel reißen, weil sie nämlich wissen, was für ein Renommee darin steckt."

„Es gibt da elf Studierende, die darauf warten, dass du ihre Abschlussarbeiten korrigierst, Clara."

Es geht gar nicht um das Projekt? Es gibt noch eine Baustelle?

„Da müssen sie sich bei ihren Erstgutachtern beschweren. Giaubert und Flamand haben sich drei Monate Zeit gelassen mit der Korrektur, bis sie die Arbeiten an mich weitergaben. Es ist also nicht meine Schuld. Und seit wann interessiert es hier jemanden, wie lange die Studis auf ihre Ergebnisse warten?"

„Es interessiert mich, Clara, weil unser Studiengang auch danach beurteilt wird, wie lange ein Studium durchschnittlich dauert. Aus diesem Grunde solltest du dir nicht auch noch drei Monate Zeit lassen. Guck die Arbeiten durch, Clara. Bald, sehr bald. Und ich kann dir nur empfehlen, dabei gründlich zu sein und nicht einfach dem Urteil des Erstgutachters zu folgen. Ist nur so ein Rat von einem, der es gut mit dir meint."

„Danke, Arnaud. Aber ich korrigiere immer gründlich. Du weißt, dass ich bis zu dieser Sache auch immer sehr schnell war ..."

„Dann ist ja alles in bester Ordnung. Ich muss los. Der Verwaltungsrat hält viel von Pünktlichkeit. Biete ihnen keinen Gesprächsstoff, Clara."

4

KLUGSCHEISSER ...

Allerdings geht es mir wirklich nicht ganz so gut wegen dieser Sache mit den Arbeiten. Früher war ich immer die schnellste von allen, wenn es um Korrekturen ging. Das war mit ein Grund, weshalb ich im Beliebtheitsranking der Studenten immer ganz oben stand. Seit ein paar Semestern stehe ich bloß noch im Mittelfeld. Und ich fürchte, dass die nächste Umfrage mich noch weiter nach unten katapultiert.

Auch was meinen Teil des Forschungsantrags angeht, wird mir gerade ganz übel.

Den Friseur und die Reinigung muss ich ausfallen lassen. Entschlossen, den Antrag aufzuhalten, klopfe ich ans Dekanatssekretariat. Als das „Herein" ausbleibt, drücke ich die Klinke runter. Abgeschlossen.

Erst jetzt fällt mir der Zettel auf, der mit vier halbtransparenten Klebestreifen an der Tür befestigt ist.

Am heutigen Nachmittag bleibt das Sekretariat leider geschlossen. Morgen bin ich wieder zu den üblichen Zeiten für Sie da. E.M.

Ausgerechnet heute. Bestimmt bringt Elodie Muller den Antrag persönlich zur Poststelle. Lange kann sie noch nicht weg sein.

Da die Poststelle sich in einem anderen Gebäude befindet, fahre ich mit dem Fahrrad dahin. Es ist genau ein Uhr, als ich vor der verschlossenen Tür stehe.

„Die machen pünktlich Mittag, Madame", sagt der dicke Bertrand, der mit einem Werkzeugkasten aus dem Hausmeisterbüro kommt, das sich ebenfalls im Keller befindet.

„Das ist jetzt aber ein bisschen sehr pünktlich", entgegne ich.

„Von eins bis zwei hat die Poststelle geschlossen. Das war schon immer so."

Der Hausmeister sieht mich an, als hätte ich den Verstand verloren. Vielleicht habe ich das auch, denn im nächsten Moment höre ich mich eine herzzerreißende Geschichte von falschen Unterlagen erzählen, die jetzt auf dem Weg ins Wissenschaftsministerium sind.

„Das ist eine Katastrophe", jammere ich. „Sie haben doch einen Generalschlüssel ... Würden Sie den bitte ausnahmsweise einmal, zur Rettung des Rufs unserer Uni ..."

„Die sind um zwei wieder hier. Bis dahin wird der Ruf unserer Uni ja wohl nicht den Bach runtergehen", knurrt er und stapft kopfschüttelnd davon.

Um zwei ...

Gespräch zwischen uns? Ist er witzig oder ernst? Ist er der typische Wissenschaftler, verpeilt und besessen von seiner Arbeit? Oder ist er der ehrgeizige Typ, der den Auslandsaufenthalt der Karriere wegen durchzieht? Oder will er sich nur eine Weile vor der Arbeit drücken und sich in der schönsten aller Städte amüsieren? Ehrlich gesagt durchschaue ich diesen Paul Darlow nicht ganz. Ich glaube, er hat von allem etwas. Oder er ist sowieso ganz anders.

In jedem Fall hatte ich gestern den lustigsten und nettesten Nachmittag der vergangenen drei bis vier Jahre. Soviel ist klar. Ich wäre unnormal, wenn ich das nicht gern wiederholen würde. Zwei Stunden mit einem attraktiven Mann, der mich umgarnt und überraschende Dinge mit mir anstellt, sind definitiv interessanter als zwei Stunden einsam und allein auf einer Bank zu sitzen und auf einen Fluss zu glotzen, selbst wenn er Seine heißt.

Seit gestern weiß ich, wie sehr ich die Nähe eines Mannes vermisse.

Aber, abgesehen davon, dass das Vielleicht-Date ja nun geplatzt ist, gibt es ein Riesenproblem: Ich habe bloß diese beiden Stunden. Das ist meine Freizeit. Und auch die habe ich nur unter der Woche, und wenn nichts dazwischen kommt. Kein Mann, es sei denn, er ist verheiratet, wird sich damit begnügen, sich immer nur zur Mittagszeit mit einer Frau zu treffen.

Es ist gut, dass ich es heute nicht pünktlich hierher geschafft habe. Schade, aber gut.

Vielleicht laufen wir uns ja nochmal auf dem Campus über den Weg. Nach dem Mittwochseminar. Nächste Woche. Es gibt einen Grund, weshalb er da oben auf der Treppe stand. Vermutlich gibt er zur selben Zeit ein Seminar wie ich.

Und dann erstarre ich.

Als ich, hinter ein Werbeplakat für Bootstouren versteckt, über die Mauer auf den Kai hinunter sehe, steht er auf dem alten Pflaster, in der Nähe der Ticketbude, und schlürft einen Kaffee. Unter seinem linken Arm klemmt eine aufgerollte Zeitung.

Er ist noch da.

Nicht vor unserem Zeitungsstand, aber ganz in der Nähe.

Wartet er seit über einer Stunde auf mich?

Quatsch. Er hat sich was zu lesen gekauft und die Zeit an der frischen Luft verbracht. Das Wetter ist herrlich.

Wenn ich es zulasse, wenn ich jetzt da runter gehe, habe ich ein Date mit einem klugen, witzigen, verdammt gut aussehenden Mann, der sicher nicht mit mir über die Meinung der Franzosen zu Präsident Trump diskutieren will.

„Bonjour, Clara. Wie immer?", begrüßt mich der alte Gerard, bei dem ich mein Rad abstelle, damit ich auch nach dem Date, das ich jetzt gleich im Nachhinein absagen werde, noch einen Drahtesel habe.

„Allô, Gerard. Wie immer", gebe ich zurück, während das Herz in meiner Brust wie verrückt klopft.

Der Kollege, der da unten in lässigen Baumwollhosen und einem Polohemd auf mich wartet, wird verstehen, warum ich ihm einen Korb geben muss. Er wird zugeben müssen, dass er sich auch gern mal am Abend mit einer Frau treffen und die Nacht mit ihr verbringen würde. Er wäre kein Mann, wenn er das nicht wollte. Er ...

Mein Handy klingelt.

Oh nein. Es ist Leila.

„Was hat er angestellt?", hauche ich in den Hörer.

Seattle-Tacoma International Airport

Februar 2018

18 UHR 45.

„Dringender Aufruf für den Flug FI 680 Icelandair von Seattle nach Paris über Reykjavik. Fluggäste begeben sich bitte umgehend zu Gate D. Das Boarding hat begonnen."

„Wo bist du, Riley?" Mein Blick schwingt von der blinkenden Anzeigetafel zum Display meines Smartphones, von dem mir eine bildhübsche Brünette entgegen lächelt.

„Ich bin sicher, dass du das nicht wissen möchtest, Paul."

Ich kann nichts dagegen tun, dass mein Mund aufklappt. Aber es kommt kein Wort raus. Stattdessen habe ich das Gefühl, mein Herz würde aussetzen. Seit zwei Stunden versuche ich ununterbrochen, sie zu erreichen. Und jetzt ist sie immer noch nicht hier und spricht in Hieroglyphen.

„Hattest du einen Unfall, Riley?"

„Nein. Ich bin vollkommen gesund. Aber ich fliege nicht."

„Willst du nach Paris laufen, oder was? Du verarschst mich doch. Wo versteckst du dich?" Ich drehe mich um meine eigene Achse. Menschen hetzen an mir vorbei, an unserem Check-In Schalter herrscht gähnende Leere. Bloß die Flughafenangestellte ist da und macht irgendwas an ihrem Computer.

18:55 Uhr.

„Letzter Aufruf für den Flug FI 680 Icelandair von Seattle nach Paris, Zwischenstopp in Reykjavik. Fluggäste begeben sich bitte umgehend zu Gate D."

„Hast du das gehört? Wir müssen da schleunigst rein, sonst geht der Flieger ohne uns in die Luft."

„Hast du schon eingecheckt?"

„Sehr witzig. Ich stehe hier am vereinbarten Treffpunkt in der Abflughalle rum und warte auf dich! Beziehungsweise ich versuche seit zwei Stunden, dich zu erreichen. Aber Madame taucht nicht auf, hebt nicht ab und ruft auch nicht zurück. Ich gehe jetzt zum Check-In. WO? BIST? DU?"

Ich schnappe mir meine beiden Koffer renne mit ihnen zum Schalter. Die Tasche mit dem Laptop, die quer über meiner Schulter hängt, knallt immer wieder gegen meine untere Wirbelsäule.

„Ich werde nicht kommen. Ich bleibe hier", sagt sie, als ich unsere Tickets aus dem vorderen Fach der Laptoptasche zerre, um sie auf den Tresen zu legen.

„Das ist ein Witz, Riley."

„Wo ist Mrs. Darlow?" Die Flughafenangestellte reckt ihren Hals, weil sie um mich herum gucken will. Anscheinend sucht sie meine Begleiterin hinter mir. So schlank wie Riley ist, wäre es durchaus möglich, dass sie sich hinter mir versteckt. Aber das tut sie nicht.

19:00 Uhr.

„Dringender Aufruf für Mr. und Mrs. Paul und Riley Darlow. Mr. und Mrs. Paul und Riley Darlow, bitte kommen Sie umgehend zu Gate D."

„Entschuldigen Sie bitte, Madam, ich kläre gerade, wo Mrs. Darlow ist", sage ich zu der Flughafenangestellten. Ich zeige auf mein Handy und wuchte dann meine beiden Koffer auf das Gepäckband, damit sie mit der Arbeit weitermachen kann. „Hast du das gehört, Riley? Sie rufen uns schon persönlich auf.“

„Dann beeil dich, damit du den Flieger nicht verpasst. Ich komme nicht mit. Ich habe jemanden kennengelernt.“

Herbst 1998

1

„DIESER HUT steht ihm verdammt gut", flüstert Raphael mir zu und greift sich dramatisch an die Stelle, an der sich - so zumindest nennt er es - sein übergroßes, schwules Herz befindet.

Ich gebe einen leisen Seufzer von mir, als mein Blick abwechselnd zu den langen, filigranen Fingern und dann zu dem kleinen Knackpo wandert, der sich unter Professor Dreamys olivgrüner Leinenhose abmalt.

Es sind eindeutig Künstlerhände, die ich da bewundere. Mein Lieblingsprofessor ist gerade dabei, lyrische Stilmittel an die Tafel zu schreiben. Und obwohl ich in diesem Moment ganz andere Dinge im Kopf habe, bin ich so frei, einen Teil dazu beizutragen.

„Hier sprechen wir von Tropen. Wie die Metapher, die Metonymie, die Synekdoche, Ironie und Litotes", bringe ich vollkommen fehlerfrei über meine Lippen.

„Streber", zischt Inès mir zu.

Es sind die ersten Worte an diesem Morgen, die ich von meiner Freundin höre. Sie ist mal wieder sauer auf mich. Gestern Abend habe ich ihren Besuch um Punkt 22 Uhr aus unserem Zimmer verbannt. Auch sie muss erkennen, dass ich es nur gut mit ihr und unseren bevorstehenden Klausuren meine.

„Wer war das?", klingt es plötzlich in meinen Ohren. Erstaunt beobachte ich, wie sich der Professor zu mir herumdreht.

Wäre ich eine Zeichentrickfigur, würde meine Kinnlade genau jetzt auf der Tischplatte vor mir landen.

Ich bin komplett verstummt. Zu faszinierend sind diese Augen aus nächster Nähe. Sind die Irrlichter darin golden oder Silber? Welche Farbe ist das überhaupt? Das irritierendste überhaupt ist der kluge Blick, den ich überhaupt nicht deuten kann. Und ich weiß auch nicht, ob der Professor sich wirklich niemals die Haare kämmt, oder ob er die braune Mähne mit voller Absicht so strubbelig aussehen lässt. Dieser Mann ist viel zu schön für einen Professor in seinem Alter. Seine Kollegen sind entweder kahlköpfig und übergewichtig, oder riesig und kauzig. Sie tragen alle braune Tweetjacken mit Kunstlederflicken auf den Ellbogen. Nicht wirklich heiß. Ganz im Gegensatz zu Professor Charming, der immer aussieht, als hätte er die Nacht in einem Atelier verbracht, und das meine ich ganz positiv.

Der Professor blickt mich fragend an. Warum lächelt er? Freut er sich über die Antwort einer unglaublich begabten Studentin? Oder lacht er über das plötzlich taubstumme Mädchen, das vor ihm auf der Bank kauert und in seinem Angesicht dahinschmilzt?

Als er dann noch eine Frage stellt, setzt mein Hirn vollkommen aus.

„Wie war Ihr Name doch gleich?" Prof. Sexys dunkle Augen mustern mich interessiert und ich spüre, wie seine Pupillen meinen kompletten Körper abfahren.

„Raphael", ruft mein Sitznachbar ihm zu, obwohl die Frage offensichtlich an mich adressiert war.

Vollkommen entgeistert sehe ich zu meinem Sitznachbarn, während sich der Professor zurück zur Tafel dreht und seine Meinung über uns kundtut.

„Oh Mann, Leute. Wo sind wir hier eigentlich? Wer nicht zu seinem Wissen, seinen Antworten oder seiner Meinung steht, gehört genauso wenig in diesen Kurs wie vorlaute Studenten, die die Antwort eines anderen als ihre ausgeben. Was für ein Kindergarten."

Danke, Raphael ...

Nur wegen mir sitzen wir heute in der ersten Reihe des Hörsaals. Ich war es, die die Typen aus dem Zimmer verjagt, den Wecker gestellt, meine Freunde geweckt und zur Uni geschleppt hat. Es ist mein gutes Recht, dem Professor als erste meinen Namen zu nennen.

Doch das interessiert nun auch niemanden mehr. Raphael hat uns die Chance verbaut, einen guten Eindruck bei dem Professor zu hinterlassen. Und das diabolische Lachen von Inès macht ihre Chancen auch nicht größer.

„Was sollte das?", zische ich Raphael verständnislos zu. Wütend gebe ich ihm einen Hieb in die Seite. Seinem dämlichen Gesichtsausdruck nach zu urteilen, bekommt der von meiner Frage aber gar nichts mehr mit. Seit Professor Sexy ihn angesehen hat, weilt er nicht mehr unter uns. Die anderen und ich sind bloß noch verschwommener Umriss. Er scheint sogar Professor Sexys kritische Bemerkung überhört zu haben.

„Hallo, Erde an Raphael ..."

Ich stupse meinen ehemals besten Freund an, ernte jedoch keine Reaktion. Auch der Professor ignoriert mich wieder, als säße ich in der letzten Reihe. Seine Augen sind nun auf die hübsche Rothaarige zu seiner Linken gerichtet, deren Beitrag nicht annähernd so geistreich ist wie meiner. Im Gegensatz zu mir schafft sie es jedoch, dem Professor zu antworten, als er eine Rückfrage stellt.

„Man könnte verstehen, warum er eingeschlafen ist."

Wie bitte?

Inès verdreht die Augen und deutet auf Raphael, der nicht auf ihren pieksenden Finger im Oberarm reagiert. Dabei muss gerade sie mit den Augen rollen. Auf dem karierten Blatt vor ihr ist jedes zweite Kästchen ausgemalt. Ich frage mich sowieso schon länger, warum sie sich für diesen Kurs angemeldet hat. Beziehungsweise warum sie sich überhaupt an der Uni eingeschrieben hat.

Wenn Inès nur halb so viel Begeisterung in den Unterricht stecken würde wie in Partys und Affären, wäre sie vermutlich Jahrgangsbeste. Ob wir Freundinnen sein würden, wenn wir nicht im selben Zimmer gelandet wären, weiß ich übrigens nicht.

Eins aber weiß ich, wenn die Rothaarige weiter so baggert, stehe ich auf und werfe der Lolita irgendetwas an den hohlen Kopf. So hätte ich mir zumindest die Aufmerksamkeit des Professors gesichert.

Direkt nach dem Kurs rennen Raphael, Inès und ich der Menschentraube hinterher, die den Professor umklammert wie eine riesige Anakonda.

Zwar haben wir uns in der ersten Reihe nicht gerade von unserer besten Seite gezeigt, doch aufgeben werde ich garantiert nicht.

Mit meiner Antwort habe ich den Professor beeindruckt. Meine Chancen eingeladen zu werden, müssten also mindestens so gut sein wie die der rothaarigen Sandrine, die eher durch ihre Titten und den Namen eines Reinigungsmittels auffällt als durch ausgeprägten Intellekt.

Aber wie behauptet man sich gegen diese Speichellecker, die sich für den Unterricht aufstylen wie für einen Modelcontest?

„Mit vollem Körpereinsatz", antwortet Raphael, als hätte ich meine Frage laut ausgesprochen.

Gesagt, getan. Mit vollem Körpereinsatz drängelt sich Raphael durch die Menge und zieht mich so schnell mit sich, dass ich die Hand von Inès nicht mehr erreiche.

Als ich ihr einen entschuldigenden Blick zuwerfe, kassiere ich bloß wieder einen Mittelfinger. Nein, ich glaube, wir wären keine Freundinnen.

Im nächsten Augenblick beobachte ich, wie Raphael einen seiner trainierten und trotzdem dünnen, schwarzen Arme um Professor Sexys Schultern legt. Die Hoffnung, dass der nicht nur auf Frauen steht, lässt Raphael sich nicht nehmen. Und dann flüstert er dem Professor irgendetwas ins Ohr, das uns aller Voraussicht nach sämtlicher Erfolgsaussichten beraubt.

2

„WARUM HÄNGST du dir nicht gleich ein Schild um den Kopf, Raphael? Hey, alle mal hersehen, ich bin der schwulste von allen!"

Meine dickköpfige Umstandsfreundin ist bockig und lässt sich das auch gerne anmerken. Diesen Nachmittag verbringen

Inès, Raphael und ich in einem kleinen Kaufhaus, in dem es die bunteste Kleidung von ganz Paris zu kaufen gibt.

Ich stecke meinen Kopf aus der Umkleidekabine, um zu sehen, was Inès mit ihrer kratzbürstigen Aussage meint. Mit verschränkten Armen sitzt sie auf einem kleinen Hocker und schüttelt den Kopf über Raphaels geblümtes Hemd, das so eng sitzt, dass seine Nippel den Stoff fast durchstechen.

„Weil ich es durch dieses unglaubliche Hemd viel deutlicher sagen kann." Raphael macht eine Drehung wie beim Ballett.

Ich muss lachen. Sogar Inès kann sich ein Grinsen nicht verkneifen, würgt es aber schnell wieder ab.

„Und was ist mit dir, du Schwebekopf? Komm endlich raus aus der Kabine, Clara!"

Raphael reißt den roten Vorhang der Kabine auf, ohne auch nur daran zu denken, dass ich vollkommen nackt sein könnte. Zum Glück ist das nicht der Fall.

„Schatz, du siehst unglaublich aus! Dreh dich." Mein Kumpel pfeift aus Leibeskräften. Auch die anderen Kunden im Laden drehen sich zu mir und begaffen das kurze, lilafarbene Samtkleid mit den Spaghettiträgern, das mir tatsächlich unglaublich gut steht.

„Wollt ihr einen Dreier mit dem gruseligen Professor starten?"

Wenn Inès weiter so mit dem Kopf schüttelt, fliegt er ihr demnächst vom Hals.

„Ich werde ein weißes Shirt drunter ziehen", verteidige ich mich und ernte damit einen finsteren Blick von Raphael.

„Die ist doch bloß neidisch", sagt er so laut, dass Inès es auf jeden Fall hören muss, und gibt mir einen Klaps auf den

Hintern. „Außerdem ist er nicht gruselig, sondern von Geheimnissen umwoben, die ich gern lüften würde."

„Was hast du dem armen Mann bloß ins Ohr geflüstert, dass er sich gezwungen fühlte, EUCH einzuladen?"

„Ziemlich rotziger Ton, Inès. Ich habe doch bereits gesagt, dass ich ihm bloß Claras Namen genannt habe. Immerhin brauchte er den, um uns einzuladen."

„Ja ne, ist klar. Ich wünsche euch viel Spaß auf eurem Diskussionsabend. Ich für meinen Teil habe noch eine Party vorzubereiten. Au revoir, ihr Nieten."

Mit wieder mal erhobenem Mittelfinger verschwindet Inès in Richtung der Rolltreppe.

„Vergiss die. Die spinnt doch bloß rum, weil heute Abend niemand da ist, der ihr die Haare halten kann, wenn sie wieder über der Schüssel hängt. Außerdem, ein Dreier? Ich würde den geheimnisvollen Professor Knackarsch doch niemals mit dir teilen!"

Ich nicke abwesend. So langsam dringt es nämlich in den hellen Teil meines Bewusstseins vor: Wir haben es tatsächlich geschafft. Wir sind bei dem Professor eingeladen.

Die Frage ist nur, warum ich dort in einem lila Samtmini aufkreuzen will, anstatt mit einem Kopf voller Wissen.

Unerwarteter Besuch

1

24 STUNDEN nach dem geplatzten Vielleicht-Date, sitze ich an meinem Schreibtisch in der Uni, die Semesterarbeit eines begabten Studenten vor mir, und starre zum Fenster hinaus.

Leilas Schneidezahn wird von der Attacke keinen bleibenden Schaden davontragen. Eigentlich ist außer dem Schrecken infolge des Ellenbogens eines alten Mannes, der sich plötzlich im Mund der Pflegerin befand, sogar rein gar nichts passiert. Das Zahnfleisch hat nicht mal geblutet, der Zahn sitzt vermutlich fester als das Fundament von Notre Dame und die Röntgenuntersuchung war ohne Befund. Mit viel gutem Willen erkennt man eine winzige rote Stelle an Leilas Oberlippe, ungefähr dort, wo das kleine Lippenherz sich befindet.

Doch wenn so etwas noch einmal vorkommen sollte, auch wenn es keine Absicht ist, weiß sie nicht, ob sie noch bei uns arbeiten kann. Dies sagte Leila AlAsmari mir gestern Abend, nachdem sie und ihr Mann aus der Zahnklinik zurückkehrten. Ihr Mann Hassan nickte sehr finster dazu. Ausgerechnet der. Dieser Macho hat seit Jahren eine Affäre mit der alleinerziehenden Lydia aus dem ersten Stock. Wenn Hassan da nicht mal den Samenspender gespielt hat.

„Der guckt doch immer so. Mach dir deswegen keine Sorgen", meinte Leila und guckte ausnahmsweise genauso finster wie ihr Mann.

Wenn ich nur daran denke, was alles hätte passieren können, wird mir noch nachträglich ganz schlecht. Zumal Monsieur AlAsmari den Vorgang als Dienstunfall meldete.

Zum Glück arbeitet Leila mit Vertrag bei mir, ganz offiziell, alles hat seine Ordnung. Doch vor allem geht es Leila gut, das ist das wichtigste.

Trotzdem drehe ich am Rad. Dem bestimmt zehnten inneren Impuls für heute folgend, rufe ich die arme Frau auf dem Handy an. Die Bilder, die sich vor meinem inneren Auge abspielen, sind furchtbar. Blut, Geschrei, Kämpfe. Ganz schrecklich.

Nach dem elften Klingelton hebt Leila endlich ab, obwohl ich schon gar nicht mehr damit gerechnet hatte, dass sie überhaupt noch in der Lage ist, nach dem Hörer zu greifen.

„Mach dich doch nicht ganz verrückt, Clara", brüllt sie, als wäre ich taub. Sie schreit so, weil der neue Henri im Hintergrund um sein Leben zwitschert.

„Es tut mir so leid wegen gestern", sage ich.

„Es ist alles in Ordnung", brüllt sie. „Unser Hase blättert in verschiedenen Büchern. Heute Abend darfst du ihm sicher wieder stundenlang vorlesen. Und dem Vogel geht's sogar zu gut, wenn du mich fragst."

„Wie meinst du denn das?"

„Hatten die keinen mit einem etwas dezenteren Organ? Also, wenn er den ... Egal. Vergiss das. Erledige du deine Arbeit. Wenn etwas ist, melde ich mich. Versprochen. Hassan hat sich auch wieder eingekriegt. Also entspann dich. Ciao!"

Warum klingt Leilas Redeschwall nur wie eine Drohung? Ich bin mir tatsächlich sicher, dass sie es nicht so meint. Es scheint wieder alles beim Alten zu sein. Aber mir kommt es vor, als würde das berühmte Damoklesschwert direkt über meinem Kopf schweben.

Ich entschuldige und bedanke mich, und fange sehr unkonzentriert an, den Zeitschriftenartikel aus Japan zu lesen, der heute morgen in meinem Postfach lag. In dem Artikel geht es um die Bedeutung von Sex in japanischen Ehen.

Habe ich diesen Quatsch wirklich bestellt? Wenn ich den Inhalt des Artikels auch nur halbwegs verstehe, ist Sex in japanischen Ehen so gut wie nicht existent. Wobei ... Mit dem Punkt kann ich mich identifizieren. Wann habe ich eigentlich das letzte Mal ...

Kaum bin ich über die erste Seite hinaus, klopft jemand an meine Bürotür.

Der Forschungsantrag liegt noch in meiner Tasche.

Ganz ruhig, nichts anmerken lassen. Arnaud kann nicht wissen, dass ich den Antrag aus der Post geholt habe. Er kennt die Poststelle gar nicht. Und seine Sekretärin geht so früh am Tag nicht da runter. Wenn es überhaupt auffällt, dann frühestens gegen Mittag, wenn Elodie Muller die Vormittagspost wegbringt und in der Poststelle sämtliche Mägen knurren.

„Ja, bitte?“, rufe ich schließlich.

Die Tür öffnet sich zur Hälfte. Und dann ...

Herzstillstand.

2

EIN PLÖTZLICHER Druck von innen, als würde sich ein riesiger Ballon in meiner Brust aufblähen. Dann absolute Ruhe.

Aber dann geht es doch weiter. Mit Herzpoltern statt mit Stillstand.

„Wie ich sehe, erkennst du mich, Clara mit langem A am Ende. Ich hoffe, ich störe nicht ..."

Der Gastprofessor aus Seattle grinst mich an und versetzt mich damit endgültig in den Ausnahmezustand.

Ich nehme die Lesebrille ab und springe auf, als könne ich damit die Schmetterlinge in meinem Bauch betäuben, meine zitternden Knie beruhigen und die flatternden Hände lähmen. Dabei fällt mir etwas aus dem Haar. Die andere Lesebrille.

„Es tut mir leid wegen gestern", sage ich den Satz, den ich momentan zu jedem sagen könnte, mit dem ich es zu tun habe. Ich meine es auch genau so, obwohl ich eigentlich sagen wollte: Es tut mir leid wegen vorgestern. Das hätte nicht passieren dürfen. Ich hätte nicht mit dir auf dieses Boot gehen dürfen, denn ich habe keine Zeit für eine Beziehung, nicht mal für eine Affäre. Die Erklärung habe ich mir in der vergangenen Nacht zurecht gelegt, während ich Arbeiten korrigiert habe. Aber statt das zu sagen, klappe ich augenrollend meine beiden Brillen zusammen.

Woher hätte ich auch wissen sollen, dass Gastprofessor Paul Darlow mich in meinem Büro besucht? Und schon heute. Er erwischt mich eiskalt.

„Du hast nur vielleicht gesagt. Oder hast du unser Vielleicht-Date vergessen?“

Grinsend zeigt der amerikanische Gastprofessor auf meine Brillen, deren Gläser ich gerade mit meinen schweißnassen Händen ruiniere.

„Ich schwöre, dass ich das Problem nur mit Brillen habe. Aber es ist wahr, ich habe wirklich vielleicht gesagt.“

Jetzt wäre der Zeitpunkt, die Sache klarzustellen. Madame hat momentan keine Zeit für etwas so Ungewisses und Zeitraubendes wie die Liebe. Schauen Sie doch in ein bis zwei Jahren nochmal vorbei, Mr. Darlow. So lange geben die Ärzte meinem Sorgenkind nämlich noch. Und ich hoffe wirklich, dass sie sich irren und der kranke Buchliebhaber, um den ich mich kümmere, der erste Alzheimer-Patient ist, der zu seinem Hundertsten eine Medaille vom Bürgermeister überreicht bekommt.

Doch ich lächele und mein hämmerndes Herz schickt Impulse an mein in Rosenblütenblättern schwimmendes Hirn. Es sagt, dass alles offen ist. Vorgestern ist der Gastprofessor mir gefolgt, weil er mich nett fand, gestern hat er auf mich gewartet und heute kommt er her. Keine Spielchen, kein Zappelnlassen, kein Beleidigtsein. Der Mann gefällt mir immer besser. So unkompliziert und dann sieht er auch noch viel zu gut aus mit seinen kurzen, dunklen Haaren und den männlichen Gesichtszügen. Und diesem Body, an den ich mich beim Tanzen schmiegen durfte.

Nur ich selbst gefalle mir immer weniger.

Paul Darlow ist zwar Gastprofessor an der Sorbonne, womit er irgendwie schon ein Kollege von mir ist. Aber bitte? Was mache ich mir vor? Was tu ich hier? Warum koste ich es immer weiter aus, dass er mir Avancen macht, anstatt ihm die Wahrheit zu sagen?

Wäre er nicht so schrecklich attraktiv, hätte ich ihn längst verdächtigt, mich zu stalken.

„Mir tut es auch leid. Aber der Kaffee bei Gerard ist wirklich gut. Und erst das Angebot an Lesestoff. Seit langem war ich nicht mehr so gut über das Weltgeschehen informiert. Es ist unfassbar, wie viele englischsprachige Zeitungen der Mann im Angebot hat. Außerdem hat dein Kaffee-Freund mir ein paar Dinge über dich verraten. Das gleicht dein Nichterscheinen ein ganz klein wenig aus."

Ich kann nicht verhehlen, dass ich erschrecke. Wenn mein Leben sich weiter in der Art entwickelt, werde ich es bestimmt nicht mehr lange machen. „Was hat er denn über mich erzählt?"

Ich sehe, wie er einen Moment zögert.

„Nur Gutes", grinst er dann. „Aber ich will dich nicht von der Arbeit abhalten. Ich wollte nur klären, ob dein Vielleicht reine Höflichkeit war und du mich in Wirklichkeit lieber niemals wiedersehen willst ..."

In dem Moment wird mir bewusst, dass er noch immer in der Tür steht. Die er schließen sollte, und zwar von außen.

Es ist wirklich schwer für mich, die richtige Entscheidung zu treffen. Was ist schon richtig oder falsch?

„Ich bin unhöflich. So langsam sollte ich dich mal herein bitten. Allein schon, damit die Kollegen, die draußen auf dem Flur rumlaufen und dich da stehen sehen, als wartest du auf den Bus, nichts zu reden haben. Du siehst nämlich nicht aus wie ein Student. Und wenn ich so weitermache, komme ich aus den Entschuldigungen gar nicht mehr raus."

„Ach, das fände ich gar nicht so schlimm ..."

Ich beiße mir auf die Unterlippe.

„Möchtest du eintreten, Paul? Ich würde mich gern mit einem Kaffee bei dir entschuldigen, weil du gestern umsonst auf mich gewartet hast. Ich habe hier eine Nespresso-Maschine. Die Kapseln sind wirklich gut. Und dann können wir reden."

Das war gut. Sehr vernünftig.

Doch er tritt nicht ein. Er grinst noch einen Kilometer breiter und verkündet freudestrahlend: „Jetzt bin ich erleichtert. Aber auf laue Worte gebe ich nichts, Frau Dichterin. Ich hätte da einen Vorschlag für eine angemessene Entschuldigung."

3

PAUL DARLOWS Vorschlag für eine angemessene Entschuldigung lautet: „Nach Feierabend zeigst du mir dein Paris. Natürlich nur, wenn du Zeit hast. Und natürlich auch nur, wenn dir der Nachmittag gestern genauso gut gefallen hat wie mir."

Ich bin froh, als wir endlich so weit von der Uni entfernt sind, dass uns kaum noch einer meiner Kollegen oder Studenten über den Weg laufen wird.

„Ist es weit bis zu deinem Geheimtipp, Clara-mit-A?"

Der Gastprofessor hat den Kopf schräg gelegt. Das sieht so hinreißend und zugleich so männlich aus, dass ich schon wieder alles andere vergesse. All die Bedenken und ganz besonders mein Verstand flattern davon wie die Tauben auf den Plätzen vor den berühmten Denkmälern, wenn die Kehrmaschine kommt. Die Stimmung zwischen uns hat längst wieder das locker-ausgelassene Niveau von vorgestern erreicht. Die ganze Zeit habe ich vergeblich nach dem Aus-Knopf gesucht und gebe es für heute auf.

„Du kannst dich gern auf den Gepäckträger setzen. Dann sind wir schneller da", kichere ich wie ein Backfisch und verdränge den letzten aufblitzenden Gedanken an die noch übrigen acht Seminararbeiten. Um die kümmere ich mich heute Nacht. Und den Umschlag mit dem Forschungsantrag werfe ich auf dem Heimweg in einen Briefkasten. Und die Reinigung ist nun wirklich vollkommen unwichtig. Alles easy.

„Du willst mich mit deinem himmelblauen Rad durch Paris chauffieren?" In gespieltem Entsetzen reißt Paul Darlow seine Augen auf, die nur ein bisschen dunkler sind als mein Fahrrad.

„Farblich passt es zu meinem beigen Jumpsuit", sage ich und bin mir nicht mehr sicher, ob ich mein Rad meine oder seine Augen.

„Absolut. Und der - Jumpsuit oder wie du das Teil nennst - passt hervorragend zu deiner ... Figur."

„Wolltest du gerade sexy Figur sagen?" Ich flirte mit ihm. Jetzt kann ich es endgültig nicht mehr abstreiten.

Und er flirtet mit mir. Das war von Anfang an klar.

„Äh ... Nein", grinst er.

„Nicht? Jetzt bin ich aber beleidigt."

„Atemberaubend. Ich wollte sagen: Atemberaubende Figur."

„Äh ... Ich bin mir nicht sicher, ob mein Englisch so gut ist", stammele ich und werde rot.

„Dein Englisch ist hervorragend. Und dieser klitzekleine Akzent ... Jetzt geht an dem Wörtchen kein Weg mehr vorbei ... Dein Akzent ist eindeutig sexy."

„Stopp! Ich werde keinen Sekt aus deinem Bauchnabel schlürfen, Paul Darlow!"

„Es passt sowieso nicht viel rein, es ist bloß ein kleiner Nabel. Aber wenn man so einen Strampelanzug trägt wie du, gehört man eindeutig hinten drauf."

„Was? Was hast du vor?", kreische ich auf, als er mich mit einem Arm packt, als wäre ich nicht schwerer als die Tasche, die quer über meiner Schulter hängt. Und in der noch immer der Forschungsantrag ist. Den darf ich nicht vergessen.

„Wonach sieht es denn aus?"

„Nach einem Fahrraddiebstahl", rufe ich gespielt empört und sitze bereits rittlings auf dem unbequemen Gepäckträger. Paul schwingt sich auf den Sattel.

An meinen Seiten kribbelt es noch von seiner Berührung, als würden zwei Armeen Feuerameisen darüber krabbeln. Macht er das jetzt immer so? Mich einfach packen, wenn er Lust dazu hat?

„Festhalten!", befiehlt er mir und zieht nacheinander an meinen Armen, damit ich ihn eng umschlingen muss.

4

DIE GRENZE ist endgültig überschritten. Was wir beide hier veranstalten, ist nichts, was Kollegen miteinander tun.

Es ist überhaupt nichts, was Erwachsene tun.

Das Fahrrad schlingert wie verrückt, als Paul anfährt. Ich kreische albern, weil ich die Töne einfach nicht zurückhalten kann. So etwas Verrücktes habe ich das letzte Mal getan ...

Wann? Wann war ich das letzte Mal so übermütig? Wann habe ich mich das letzte Mal so unbeschwert gefühlt?

Die Wahrheit ist, dass ich mich nicht erinnern kann.

„Du musst mir sagen, wenn ich irgendwo abbiegen soll", ruft er mir über die Schulter hinweg zu.

Gott, ist das schön. Wir fahren wie die Kinder durch die Straßen von Paris.

„An der nächsten Straße rechts."

„Und das sagst du erst jetzt?"

„Bis dahin sind es noch mindestens ein paar hundert Meter."

„Was ist das denn für eine Längenangabe?", macht er sich über mich lustig.

„Ich bin Literaturwissenschaftlerin, keine Städteplanerin."

„Da hast du auch wieder recht. Und ich bin Geschichtswissenschaftler und kein Radrennfahrer."

„Ich habe nichts dagegen, dass du schneckenlangsam fährst", necke ich ihn.

„Es geht mir weniger ums Tempo, als vielmehr um die Technik. Hoffentlich schaffe ich es um die Ecke. Du sorgst für eine ganz schöne Unwucht da hinten."

Ich gebe ihm einen Klaps auf seinen nicht vorhandenen Bauch und es kribbelt in meinen Fingern.

„Hast du dir weh getan?", grient er, während das Fahrrad einen gefährlichen Schlinger macht und ich schon wieder kreische. Der Mann macht mich glatt zwanzig Jahre jünger. Oder dreißig.

„Zu schwach, um abzubiegen, aber was von Sixpack erzählen", höhne ich.

„Heb das Hemd hoch und sieh nach", fordert er mich lachend auf. „Aber sei nicht enttäuscht, wenn du tatsächlich ein Sixpack findest."

„Wir sind übrigens da."

„Was? Hier ist es?" Er sieht sich fragend um.

„Oui, Monsieur. Es ist an dem roten Schild, an dem du gerade vorbeigeschneckt bist."

„Pass auf, wie weit du es treibst", sagt er zu mir, bevor er abrupt bremst und ich nur nicht vom Rad falle, weil ich mich wie eine Ertrinkende an ihn klammere und ihn am liebsten gar nicht mehr loslassen würde.

Das wäre was. Ich für immer an den Rücken von Professor Paul Darlow gekettet.

„Sie haben Ihr Ziel erreicht. Bitte absteigen", verkündet er mit Roboterstimme.

„Nie wieder ohne meinen Kindersitz", stöhne ich, als ich festen Boden unter den Füßen habe und mir hinter Paul über meinen Hintern reibe.

Unterdessen schaut er ungläubig zu dem Schaufenster der Galerie, in dem es außer einer leeren Leinwand nichts zu sehen gibt.

„Die haben den besten Kaffee von ganz Paris." Ich nehme Paul Darlow mein Fahrrad ab und binde es mit einer Kette gründlich an einer Straßenlaterne fest. Wer mein Rad klauen will, muss die Laterne ausgraben.

„Wenn die Bilder alle so aussehen wie das im Fenster, brauchen die den besten Kaffee."

„Du hast Vorurteile, Amerikaner! Die leere Leinwand ist eine Metapher. Komm schon. Mir nach."

„Das ist also dein Kunst-Geschmack", meint er schmunzelnd, als wir uns an der Theke Coffee to Go in Porzellantassen holen, damit wir die 33 Kuss-Bilder eines, wie ich finde, talentierten Nachwuchskünstlers nicht trocken besichtigen müssen.

„Habe ich dir nicht verraten, dass ich an einem romantischen Thema arbeite?"

„Wie lange währt eine große Liebe. Seit wann quälst du dich schon mit der Frage?"

Wir stoßen grinsend mit unseren Kaffeetassen an.

„Also, was ist deine Meinung?"

„Zeig mir dein Lieblingsbild, dann verrate ich dir, was ich von der großen Liebe halte und davon, wie lang sie währt. Dann hast du endlich eine Antwort auf deine Frage. Es muss ja grauenhaft sein, bei einer solch elementaren Frage dermaßen im Dunkeln zu tappen."

„Och nee, du bist einer von diesen Realisten ... Aber von mir aus, ich zeige es dir. Danach bist du aber dran. Und speis mich nicht mit so einem lapidaren Satz ab wie dem, dass wahre Liebe ewig währt oder Liebe so lang ist wie ein ..."

Oh Mann. Ich war kurz davor, etwas total Albernes zu sagen. Zum Glück ...

„P-p-p-p-enis."

Jetzt ist es doch raus. Was ist nur mit mir los? Dieser Mann macht mich vollkommen kirre.

„Oh", Paul macht ein erschrockenes Gesicht. „Das letzte wollte ich sagen. In Zentimetern."

Ich schlage spielerisch nach ihm. Dummerweise weicht er nicht aus. Jetzt hat er schon wieder Kaffee auf dem Hemd.

„Sollte ich mich daran gewöhnen?“, meint er bloß und nimmt ansonsten keinerlei Notiz von dem riesigen Kaffeefleck auf dem blauen Stoff.

Ich seufze. „Sorry.“

„Gehen wir morgen Hemden und Jacken shoppen?“, strahlt er mich plötzlich an, sodass ich schon wieder nach ihm schlagen will.

Aber vor allen Dingen will ich ihn küssen.

5

„DU STEHST übrigens vor meinem Lieblingsbild“, sage ich und bereue, dass ich ihn nicht geküsst habe. Zumal er der erste und einzige Mensch ist, den ich je mit in meine Lieblingsgalerie genommen habe.

Er zeigt auf die kleinformatige Zeichnung. „Sprichst du von dem?“

„Wie findest du es?“

„Die Frage ist: Wie finde ich heraus, wo das Motiv ist?“ Er fasst den Rahmen an und sieht darunter nach. „Vielleicht ist das Motiv ja aus dem Rahmen gefallen“, sagt er unschuldig.

„Kannst du eigentlich auch mal ernst bleiben, Paul?“

„Lieber nicht, die gesamte Menschheitsgeschichte ist voll von Kriegen, Mord und Totschlag ...“

„Aber auch mit Liebe“, fahre ich ihm lachend dazwischen.

„Damit viele Babys geboren werden, denn irgendwo müssen die Soldaten ja herkommen."

„Du bist also wirklich ein Realist ... Ich wage mich kaum noch zu fragen, was du nun zu meinem Lieblingsbild sagst?"

„Tut mir leid, Clara, aber mit dem Bild ist es wie mit meinem Französisch. Strichweise vorhanden."

„Dann werde ich dir diese skandalöse Ansammlung von Strichen mal erklären."

„Skandalös?"

Ein paar Zentimeter vor dem Bild gleite ich mit einem Finger über eine Linie. Es ist absurd, doch für mich fühlt es sich an, als glitte der Gastprofessor mit seinem Finger über meine Schultern.

„Pssst. Das hier ist der Rücken eines Mannes. Du erkennst ihn an der breiteren Schulterlinie."

„Ja ... Unbedingt ..."

„Das hier ist sein Kopf. Ihrer ist dahinter ..."

„Es handelt sich um ein Paar?"

„Oh ja."

„Dann ahne ich den Skandal ..."

Der Mann bringt mich zum Lachen. Nachdem ich jahrelang nicht wirklich viel gelacht habe.

„Hier siehst du, wie er seine Arme um ihren Rücken legt. Wenn du genau hinsiehst, erkennst du an dieser Stelle ihre Hände ..."

„Nein, tut mir leid. Ihre Hände erkenne ich nicht", sagt er und schüttelt so vehement den Kopf, dass ich es ihm fast abnehme. Aber nur fast.

„Du siehst diese Striche, oder?"

„Das sollen Hände sein?"

„Es ist ein federleichter Kuss. Nur ein Hauch, aber so voller Innigkeit, dass man vom bloßen Anblick dieser Striche eine Gänsehaut bekommt. Da fragt man sich doch, wie es erst in echt geprickelt hat. Für die Zeichnung gab es nämlich ein Vorbild“, sage ich, ohne ihn aus den Augen zu lassen.

„Tatsächlich?“

Ich nicke.

Paul legt den Kopf schräg. Was heckt er denn jetzt aus?

„Weißt du, wie viele Nachahmer es gibt?“

Oh, nein ... Oh, ja ...

„Nicht?“

Schluckend schüttele ich den Kopf. Wir lachen beide nicht mehr.

Paul legt seine Arme genau wie auf der Zeichnung über meine Oberarme. Dann küsst er mich.

Federleicht.

Kaum dass seine Lippen meine berühren.

Ich will auf der Stelle sterben.

Oder immer so weitermachen.

„So? Machen die Striche das so?“, raunt er ganz nah vor meinem Mund, so dass unsere Lippen sich gegenseitig in Schwingungen versetzen.

„Genau so“, hauche ich.

„Hey, gehört ihr beiden zur Ausstellung oder geht das vorbei?“, ruft uns jemand aus einer Dreier-Gruppe zu, die wie wir die Galerie besucht. Ich liefere Paul die Übersetzung und wir fahren auseinander. Lachend. Wir lachen wieder. Aber nur kurz.

„Schade“, meint Paul. „Von mir aus hätte der Künstler uns so mumifizieren und in einen Rahmen stecken können. Das war schön.“

„Ja", antworte ich leise. „Das war schön."

Dann schaue ich auf meine Armbanduhr, gebe Paul einen ganz schnellen Kuss und sage das Unvermeidliche: „Ich muss gehen."

„Aber wir sind doch gerade erst gekommen." Er hebt ganz leicht eine Augenbraue.

„Tut mir leid. Du bist bei mir reingeschneit und ich habe mir alle Zeit genommen, die ich hatte ..."

Gott, warum stammele ich plötzlich herum?

„Ja. Das stimmt. Ich habe dich überrumpelt. Alles gut, Clara ..."

Blödsinn. Gar nichts ist gut.

Ich will es ihm erklären. Jetzt sofort. Aber in Pauls Nähe ist mein Mund verschlossen wie ein Tresor, wenn es darum geht, ihn mit der Wahrheit zu konfrontieren.

Ehe ich mich versehe, kauft er eine Postkarte mit dem Motiv meines Lieblings-Kuss-Bildes und kritzelt seine Handy-Nummer darauf.

„Ruf mich an, wenn du mehr Zeit für mich hast, als nur auf einen Kaffee."

Er gibt mir einen Kuss auf die Wange und ich nehme ihm die Karte ab, die er zwischen zwei Fingern hält.

Und dann ist er auch schon raus aus der Galerie. Noch vor mir.

Und ich stehe da, mit dieser Kunstkarte in der Hand, bin verwirrt wie ein Knäuel Kabelsalat, und frage mich, was ich denn jetzt machen soll.

Herbst 1998

1

EINE HALBE Stunde zu spät klopfe ich an die massive Holztür, die zu Professor Sexys Wohnung führt.

Ich habe es mit der akademischen Viertelstunde übertrieben und die Metro verpasst. Wenn ich weiter so unpünktlich bin, wird sich für mich im Leben sicher keine Tür so einfach öffnen.

Doch in diesem Moment geht eine auf.

Die rothaarige Schlampe Sandrine steht vor mir. War ja klar. Die Titten fallen ihr fast aus dem Kleid. Falsche Wimpern hat sie sich angeklebt. Fährt Professor Sexy wirklich auf sowas ab?

„Du bist zu spät", erinnert der Karottenkopf mich unnötigerweise daran, dass ich Raphael hätte begleiten sollen, als er eine Stunde früher als ich aufbrach, um sich den besten Platz zu sichern. Ich bin gespannt, ob er es auf den Schoß des Professors geschafft hat.

Wer interessant sein will, muss sich rar machen, habe ich entgegnet. Der Schuss geht offensichtlich nach hinten los.

Als ich das Wohnzimmer betrete, das angenehm nach Tabak und diesem Parfum duftet, das Professor Dreamy immer trägt, sind alle Plätze in seiner unmittelbaren Nähe besetzt. Die gesamte Streberfraktion umzingelt ihn, all die

Leute, die es immer in die erste Reihe schaffen, sind anwesend.

Was hier wohl los wäre, wenn ich mich auf die Lehne des orangefarbenen Sessels setzen würde, auf dem er thront wie ein stolzer König, der auf die wissbegierigen Untertanen hinab sieht? Ein Gedichtband, den mir die rote Waschmittel-Lady über den Schädel zöge, wäre mir mindestens sicher. Aber sowas traue ich mich sowieso nicht.

Die Wohnung erinnert mich an das Haus, in dem ich aufwuchs. Unter der Obhut meines Papas, der genauso auf Literatur steht, wie jeder Anwesende in diesem Raum. Riesige Bücherregale, vollgestopft mit Reihen und Stapeln von Büchern, bedecken sämtliche Wände.

„Guten Abend", sage ich mutig in die Runde und setze mich auf einen Holzstuhl am äußersten Ende der Diskussionsrunde.

Ich spüre leider überdeutlich, wie sich mein Herz einen Weg durch meinen Hals bahnen will, als die klugen Augen des Professors auf mich treffen.

„Bitte nenn mich Gabriel. Ich möchte, dass diese Abende so locker wie möglich ablaufen, Clara", antwortet er und lässt mich damit rot anlaufen. Er hat mich beim Namen genannt und ich soll ihn duzen.

Raphael hat also wirklich die Wahrheit gesagt. Mein bester Freund, der weniger mit meiner Ankunft oder der Diskussionsrunde beschäftigt ist, als mit dem Typen mit der großen Brille, der direkt neben ihm sitzt, ignoriert mich vollkommen. Ganz im Gegensatz zu dem Professor, der ab sofort nur noch Gabriel für mich heißen wird. Nicht Sexy, nicht Dreamy und auch nicht Charming, bloß noch Gabriel. So wie der Engel der Geburt und der Hoffnung.

Ich sitze am anderen Ende des Raumes und trotzdem begegnen sich unsere Blicke immer wieder. Der Mann, in den ich mich möglicherweise gerade ein bisschen verknalle, ist ein ganz anderer als im Hörsaal. Er ist nahbar. Er bietet uns Einblicke in sein Privatleben, was mir sehr gut gefällt. Sein erstes Gedicht hat er mit neun Jahren verfasst. Wahnsinn. Sein Vater war Schriftsteller, die Mutter Opernsängerin, der Patenonkel Maler, wie die Oma. Eine Familie voller Künstler. Eltern, die bis zum Tod zusammen blieben, genau wie meine. Zumindest in dieser einen Sache sind wir uns ähnlicher, als ich je geglaubt hätte.

Neugierig sehe ich mich um. Vielleicht entdecke ich ein paar Erinnerungsstücke. Hinweise, die mir noch ein bisschen mehr über ihn verraten. Doch bis auf ein paar Literatur-Auszeichnungen finde ich nichts. Auch keine Fotos.

Da ist nicht mal etwas, das nach einem Erbstück aussieht, an dem ein Mensch mit seinem ganzen Herzen hängen könnte. Sowas wie eine Porzellankanne in Katzenform oder ein ausgestopfter Papagei beispielsweise. So etwas besitze ich. Aber hier gibt es weit und breit nur Bücher. Ich werde den schönen Worten des Professors also Glauben schenken müssen.

Doch was ... Gabriel ... uns als nächstes verkündet, gefällt mir gar nicht und ich wünschte, es wäre eine Lüge.

„Ja, auch ich glaube an die große Liebe. Immerhin werde ich in sechs Monaten heiraten", sagt er.

2

ZWEI STUNDEN sind vergangen, in denen übermotivierte Studenten über Jean Cocteau und seine Werke *Lampe d'Aladin* und *Le prince frivol* diskutieren, als ich mich, noch immer schockiert über Gabriels Geständnis über die Liebe und seine baldige Heirat, auf den Weg zum Badezimmer mache.

Dass Gabriel an die große Liebe glaubt, lässt meins und auch die anderen Herzen in dieser Runde schmelzen. Ein Literat mit Badboy-Aura, der auch noch unfassbar gut aussieht und an die große Liebe glaubt. Wo gibt es denn sowas?

Na, hier, geschätzte zehn Meter Luftlinie von mir entfernt. Das einzige Problem ist die andere Frau, die ihn vor mir geschnappt hat. Warum also noch dasitzen und ihn anschmachten? Der Zug ist abgefahren.

Diese Wohnung ist ein Altbau, die Wände sind mindestens vier Meter hoch und auch der dunkle Anstrich lässt die Räume nicht kleiner wirken. Ein paar Ölgemälde, Zeichnungen und Radierungen hängen im Flur, alles Originale, doch auch hier finde ich keinerlei Fotos oder profane Andenken, wie jeder normale Mensch sie hat. An der Innenseite der Klotür hat jemand in krakeliger Schreibschrift ein Gedicht verewigt. Gerade weil die Schrift so unperfekt rüberkommt, fast schon kindlich, wirken die Worte umso beeindruckender. Dies ist wahrlich die Wohnung eines Künstlers.

Aber ist das auch eine Wohnung, in der eine Frau wohnt? Die Wände sind wirklich furchtbar dunkel. Anthrazit, Orange und Flaschengrün zieht sich durch die Räume. Mir gefällt's nur, weil ich finde, dass es Gabriels Inneres spiegelt. Eine andere Person sehe ich hier nicht. Insbesondere keine Frau.

Eine Frau würde doch die ein oder andere Deko hinterlassen. Irgendetwas mit einer weiblichen Note.

Als ich mir die Hände wasche, fallen mir farbige Flacons ins Auge. Alles Männerparfüms. Nur eine einzelne Zahnbürste steckt in dem Glas am Rande des Waschbeckens. Gabriels Verlobte scheint hier jedenfalls nicht zu wohnen, was mir ein unerklärliches Grinsen ins Gesicht treibt. Als mir dann aber die Worte von Inès einfallen, verschwindet das Grinsen sofort wieder. Ist das die Wohnung eines Psychopathen? Denkt er sich die Geschichten über seine Familie bloß aus und die Verlobte ist bloß ein Synonym für die Leiche, die er im Keller versteckt?

Okay, okay ... Jetzt geht die Fantasie mit mir durch. Gabriel ist einfach ein Mann, der seinen Freiraum braucht. Besonders da er tief im Inneren weiß, dass die Tussi, die er heiraten will, eben doch die Falsche für ihn ist.

Und was die Fotos und Andenken angeht? Bücher sind doch Staubfänger genug. Wahrscheinlich steht in jedem eine persönliche Widmung drin.

Also ... Welcher der Flacons enthält wohl den Duft, nach dem diese Wohnung riecht?

Nacheinander halte ich die schweren Glasflaschen an meine Nase. Alle Düfte sind betörend, doch keiner von ihnen ist der, der diese Wohnung durchdringt.

Ich nehme die größte Flasche von allen, damit nicht auffällt, dass etwas fehlt, und platziere einen Spritzer auf meinem BH.

Hoffentlich merkt es niemand. Auch wenn ich vermute, dass jeder dieser nach Aufmerksamkeit gierenden Studenten bereits eine Geruchsprobe genommen hat, vor allem die peinliche Sandrine, wird es Zeit zu verschwinden. Wirklich etwas beitragen kann ich zu der Diskussion sowieso nicht. Auch wenn ich am liebsten nie wieder Gabriels Wohnung verlassen würde, ist es mir doch zuwider, den anderen Studentinnen beim Baggern zuzuschauen.

In dem Moment, als ich mich entschließe zu gehen, fällt mir der Flacon aus den Händen und landet auf dem Fliesenboden.

Ich fahre am ganzen Leib zusammen. Das klang ja gerade, als hätte ich den Medizinschrank von der Wand gerissen.

Warum muss ich auch alles anfassen? Schnell hebe ich die Flasche auf, an der sich zum Glück nicht mal eine Macke befindet. Dabei fällt mein Blick auf die zwar nicht schöne, dafür aber wahrscheinlich umso wertvollere alte Fliese.

Meine Augen weiten sich, als ich sehe, dass eine Ecke abgebrochen ist. Die Bruchstelle ist zackig und an den Rändern ist die Lasur weggebröselt. Wenn ich das Stück in die Lücke lege, fällt fast noch mehr auf, dass da was nicht stimmt.

Was soll ich denn jetzt machen? Ausgerechnet in dem Moment klopft jemand an die Tür.

Mein Kopf ruckt hoch.

„Alles gut da drinnen?"

Gabriels dunkle Stimme dringt durch die dicke Holztür. Mein Herz landet augenblicklich in meiner Unterhose.

Selbst im Mannschaftsbad im Studentenwohnheim gibt es Badematten. Warum nicht auch hier? Ich kann nichts anderes tun, als das Stückchen Fliese in meine Tasche wandern zu lassen.

Wenn man kein Glück hat, kommt auch noch das Pech dazu

1

MEINE LIPPEN brennen von dem Kuss, als ich über die *Pont de l'Archevêché* radele, die Brücke der Liebenden.

Die Menschen geben die Hoffnung nicht auf. Nachdem die Stadtverwaltung 2016 alle Liebesschlösser abgenommen hat, weil das Gewicht für die Brücke zu hoch wurde, hängen wieder zahlreiche Schlösser am Geländer. Wenn ich einen Wunsch frei hätte, dann den, dass ab sofort all meine Nachmittage verlaufen mögen wie der heutige.

Ein Mann, der sich von einem geplatzten Date nicht nur nicht abwimmeln lässt, sondern dran bleibt, ist ein Glückstreffer. Paul Darlow hat definitiv meinen Tag gerettet.

Jetzt erstmal zur Post und danach werden der alte Mann, der trotz allem noch immer seine Bücher liebt, und ich einen kleinen Ausflug unternehmen. Die frische Luft wird uns beiden guttun und ihn so müde machen, dass er früh einschläft und ich noch ein paar Arbeiten korrigiert bekomme.

Mitten auf der Brücke weiche ich einem Haufen Touristen aus, die um einen Guide herumstehen. Plötzlich rennt, lachend und kreischend, eine Frau hinter der Gruppe hervor. Vermutlich ist es ihr Freund, der ihr folgt, sie packt und an sich reißt, um sie gegen das Geländer zu drücken und sie zu küssen. Ich muss heftig bremsen, damit ich die beiden nicht ramme. Nur wenige Zentimeter vor ihnen komme ich mit meinem Fahrrad zum Stehen.

Doch ich bin nicht die einzige, die beinahe in das Liebespaar reinfährt. Mir ist der Junge mit dem Skateboard entgangen, der die beiden elegant umfahren will und dafür voll in mich reinknallt.

Die Heftigkeit des Aufpralls lässt mich nach Luft schnappen, ich kann das Fahrrad nicht halten. Es kippt gegen das Geländer, der Lenker bohrt sich in die Ansammlung von Vorhängeschlössern. Ich kann gerade noch verhindern, dass mein Bein zwischen die Pedale und die vielen Schlösser gequetscht wird. Leider fällt durch den Schwung meine Uni-Tasche aus dem Korb und fliegt gegen die Hüfte der Frau.

„Scheiße, habt ihr keine Augen im Kopf?“, brüllt der Typ, der seine Freundin nun nicht mehr küsst. Stattdessen packt er sich meine Tasche und wirft sie in hohem Bogen in die Seine.

„Bist du wahnsinnig geworden?“, brülle ich den Kerl an. „In der Tasche sind mein Geld, meine Schlüssel ...“

Der Forschungsantrag ...

Ich will ihm an die Gurgel, doch er schubst mich brutal zurück und rennt mit seiner Freundin lachend davon.

„Alles okay mit Ihnen?“ Der Junge mit dem Skateboard hält sich an mir fest. Oder ich mich an ihm. So genau kann ich das nicht sagen.

„Nein! Da unten säuft gerade meine Tasche ab ... Mit dir alles okay?“, stoße ich erschrocken hervor, als mir klar wird, dass ich in das pickelige Gesicht eines Teenagers starre. Der Junge ist höchstens 14. Er kann nichts dafür.

„Ja. Alles gut. Sie können mich dann loslassen, Madame."

„Ja. Ja, natürlich."

Wir schwanken beide, als wir die Hände voneinander nehmen. Im nächsten Moment beuge ich mich über das Geländer.

„Wollen Sie jetzt da reinspringen?", fragt der Junge.

„Wenn ich das nicht tue, war's das mit meiner Karriere. Da sind Sachen drin, die ich überhaupt nicht mit mir rumschleppen darf."

Entsetzt starre ich runter zu dem Ausflugsboot, das meine Tasche soeben mit der Spitze trifft. Als das Boot unter der Brücke durch ist, schwimmt meine Tasche noch auf dem Wasser.

„Vielleicht haben wir Glück und kriegen die Tasche. Kommen Sie", brüllt der Junge und rast auf seinem Skateboard davon.

Da der vordere Reifen meines Fahrrads durch den Aufprall aussieht wie ein Kreis mit einem 90-Grad-Winkel, ist es unmöglich, mit dem Teil zu fahren. Also lasse ich es auf der Brücke liegen und laufe dem Teenager hinterher.

2

DAS FLUSSWASSER kippt schwallartig über meine Füße, als der Junge mir die Tasche gegen die Beine wirft.

Die Ledertasche ist in Richtung des Ufers geschwommen. Mit einem abgebrochen Ast hat er sie aus dem Wasser gezogen. Doch damit ist mein Glück für heute zu Ende. Mit seinem Skateboard unter dem Arm - und meinem Portemonnaie in der Hand - türmt der hilfsbereite Teenager.

Das Geld ist nicht das Problem. Mehr als hundert Euro in bar habe ich sowieso nie dabei. Ich hätte es ihm ohnehin gegeben, um mich wegen der Tasche zu bedanken, die er aus dem Fluss gezogen hat. Er hat mir den Job gerettet. Wie man eine Kreditkarte sperrt, weiß ich nach drei geraubten Handtaschen auch. Ich werde lediglich einen neuen Personalausweis besorgen müssen und die Monatskarte für die Metro. Aber hoffentlich kann ich die vier Hausarbeiten retten, die ich zum Korrigieren mitgenommen habe. Am meisten Sorgen macht mir jedoch der Forschungsantrag.

„Gib mir doch wenigstens meinen Personalausweis", schreie ich dem Jungen hinterher. Wie zu erwarten, reagiert er nicht. Also lasse ich ihn ziehen, denn etwas anderes bleibt mir sowieso nicht übrig.

Als ich wieder auf der Brücke bin, um mein Fahrrad zu holen, liegt nur noch der geknickte Vorderreifen da.

3

„WEISST DU eigentlich, wie oft ich versucht habe, dich zu erreichen", empfängt mich Leila.

Wortlos öffne ich die nasse Tasche und reiche ihr mein totes Smartphone. „Es war eine Runde in der Seine schwimmen. Du bekommst hundert Euro, wenn du es zum Leben erweckst. Das Geld musst du vorher bloß auf die Wäscheleine hängen."

Im Laufschritt hole ich den Fön aus dem Bad und renne gleich darauf ins Schlafzimmer.

Leila folgt mir.

„Was zum Teufel ist passiert?" Mit offenem Mund sieht sie zu, wie ich den Umschlag mit dem Forschungsantrag und die Semesterarbeiten auf meinem Bett verteile und den Fön einstöpsele.

„Nichts, was sich nicht wieder gerade biegen lässt. Warum hast du mich angerufen? Hat er wieder was angestellt?"

Die Pflegerin schlägt sich mit der Hand gegen die Stirn. „Das hätte ich jetzt beinahe vergessen."

„Dann kann es ja nicht so schlimm sein", murmele ich, was Leila aber nicht hört, da ich den Fön eingeschaltet habe.

„Er hat unseren kompletten Vorrat an Klopapier abgewickelt, ins Klo gestopft und dann hat er so lange gespült, bis das Wasser unter der Klotür raus lief."

Ich starre Leila an, die verlegen die Hände ringt.

„Ich war beim Geschirrspülen. Darum habe ich es erst bemerkt, als Lydia hochkam, weil bei ihr im Bad das Wasser von der Decke tropfte. Es tut mir so leid. Er wollte sich die Hände waschen. Heute ist er wirklich gut drauf. So entspannt, so verständig und lieb. Darum habe ich ihn allein ins Bad gehen lassen."

„Ist das Wasser nur in Lydias Wohnung gelaufen? Oder ..."

„Nein, nein. Alles gut. Das ganze Wasser ist bei Lydia in der Decke."

„Was für ein Glück."

Leila seufzt.

Wir müssen beide grinsen.

„Du bist mir nicht böse?" Die Augen der Pflegerin sind riesig.

„Das kann genauso gut passieren, wenn ich mit ihm allein bin. Hauptsache der Ziegenbock weiß nichts davon", sage ich ziemlich scheinheilig, weil ich im Grunde genommen froh bin, dass ich nun was gut habe bei ihr, nach dem Schrecken mit dem Zahn. Aber was soll ich denn tun, wenn sie kündigt? Wie soll ich dann arbeiten gehen?

„Nein. Und sie will es ihm auch nicht verraten. Lydia meint, sie lassen es trocknen und wenn ein Fleck bleibt, dann streichen sie einfach mit ein bisschen Farbe darüber. Hassan kann ihr dabei helfen."

Ich bin immer wieder erstaunt, wie Leila damit umgeht, dass ihr Mann und unsere Nachbarin eine Affäre haben. Aber seitdem Leila mir mal ins Gesicht schrie, dass mich das nichts anginge, verkneife ich mir sämtliche Kommentare dazu. Insbesondere den, dass beide Frauen diesen Wichser vor die Tür setzen sollten.

„Okay. Das ist auch gut. Mir ist nicht mal aufgefallen, dass der Boden nass ist."

„Weil er es nicht mehr ist. Du weißt doch, wie das in der alten Bude ist. Da läuft einfach alles durch die Ritze und landet manchmal in der Wohnung darunter. Diese verdammte alte Bude. Aber wo sollen wir sonst hin? Wir können ja froh sein, dass wir unsere Wohnungen haben."

Ich ringe mir ein gequältes Lächeln ab.

„Er war ja auch nicht lange allein im Bad. Wie gesagt, ich hatte gerade das Spülwasser eingelassen, als es schellte. Es gibt allerdings ein weiteres Problem.“

Der Hinweis auf das weitere Problem kommt so schnell, dass ich kaum noch erschrecke.

„Bevor er das Klopapier ins Klo stopfte, kam Henri irgendwie dazwischen ...“

4

WANN WAR das nochmal gewesen, als ich mir wünschte, ab sofort mögen sämtliche Nachmittage verlaufen wie der heutige?

„Kannst du eine Stunde länger machen, Leila? Dann besorge ich einen neuen Vogel und Törtchen ...“

„Hast du schon wieder die Törtchen vergessen?“

„Ja, Leila, stell dir vor“, platzt es aus mir raus, denn inzwischen bin ich doch wieder ziemlich angefressen. „Nachdem ich auf der Brücke einen Unfall hatte, warf irgendein Idiot Unterlagen, die der Uni gehören, in die Seine. Ein anderer Idiot fischte die Sachen dankenswerterweise wieder aus dem Wasser. Leider verschwand er daraufhin mit meinem Portemonnaie, während ein weiterer Idiot auf der Brücke mein Fahrrad stahl. Bloß das kaputte Vorderrad lag noch da. Und jetzt muss ich dringend bei der Bank anrufen, die Sachen, die der Uni gehören, trocknen, einen Forschungsantrag zur Post bringen ...“

„Das hast du heute alles erlebt?“

Das und noch einiges andere. Und wenn zwischendurch nicht der amerikanische Gastprofessor in meinem Büro aufgetaucht wäre, würde ich jetzt wirklich gern in die Seine springen. Allerdings würde ich vorher meine Füße in Eimer stellen, die ich wiederum vorher mit Zement füllen würde.

„Gibst du mir eine Stunde, Leila?"

Leila schüttelt den Kopf.

„Ich würde gern ... Aber ... Es tut mir wirklich leid. Heute ist Freitag und in zehn Minuten fahren Hassan und ich nach Lille. Seine Nichte Fatima heiratet. Wir kommen erst Sonntagabend zurück."

„Ach, du lieber Himmel. Das hatte ich ja vollkommen vergessen. Dann beeil dich. Ich wünsche euch eine wunderschöne Hochzeitsfeier. Bis Montag."

Irgendwann, nachdem ich einen zeternden alten Mann in seinen Rollstuhl verfrachtet habe, mit ihm beim Bäcker war, wir hinter Notre Dame, an der Spitze der Stadtinsel, Himbeertörtchen verspeist haben, werfe ich den miefenden, welligen Umschlag mit dem Forschungsantrag in nassem Zustand in den Briefkasten. Ganz langsam spazieren wir nach Hause, schaffen es noch langsamer in den zweiten Stock, haben ein quälend langsames Abendessen.

Die Frage „Warum ist es so still, Clara?", reißt mich aus meinen Gedanken.

„Was meinst du, Papa?"

„Hier drin ist es still wie in einem Grab."

Er mustert mich nachdenklich. Seine Augenbrauen, die einst dunkel waren, sind fast vollständig ergraut und struppig. Sein Haar insgesamt erinnert mich an das Fell eines Rauhaardackels.

„Wir gehen morgen zum Friseur“, sage ich, die Erinnerung an einen starken Mann verdrängend, der einst mich umsorgte.

„Herrscht darum diese Trauerstimmung?“ Er will sich ein Stück Baguette abbrechen, doch das Brot fällt ihm runter.

Ich helfe ihm und frage mich, woher er plötzlich dieses Wort nimmt. Trauerstimmung ... Was meint er denn? Spürt er, was mir im Kopf rumgeht?

„Danke“, sagt er überraschenderweise und beißt in das knusprige Brot, das wir zusammen mit den Törtchen gekauft haben.

„Jetzt ist es schon ein bisschen lauter, kleine Maus“, grinst er im nächsten Augenblick.

Oh je. Ich hätte einen neuen Vogel kaufen müssen.

Hoffentlich fällt ihm nicht auf, dass das Vieh nicht mehr in seinem Käfig sitzt. Denn dann liegt ein sehr, sehr langer Abend vor uns. Ein Abend, an dem ich keine einzige Sekunde Ruhe habe.

„Welcher Tag ist heute?“, fragt er mich, was immerhin besser ist, als wenn er nach Henri fragen würde.

Ich tue, als müsste ich schwer nachdenken und gebe die Frage zurück.

„Hm“, überlegt er. „Wenn wir morgen früh zum Friseur gehen, kann es doch nur ...“

„Ja?“

„Ich komm nicht drauf.“

„Gib nicht so schnell auf. Rate einfach. Du kannst höchstens sechsmal daneben liegen“, ermuntere ich ihn.

„Um Himmels Willen. Sagt man nicht, alle guten Dinge sind ... vier?“

„Drei, Papa. Und morgen ist Samstag. Wir gehen erst zum Friseur und danach zum ... Fahrradladen."

Um ein Haar hätte ich Zoohandlung gesagt.

Und dann fällt mir ein, dass ich noch die Kreditkarte sperren muss.

5

ZWEITAUSEND EURO sind vom Konto runter.

Aber es ist bloß Geld. Ich würde das alles und noch viel mehr hergeben, wenn er wieder gesund werden könnte. Wenn wir beide ein normales Leben führen könnten.

Während ich das Geschirr mit der Spülbürste traktiere, wandert mein Blick zu der Postkarte, die ich mit einem Magneten an die Kühlschranktür gepinnt habe. Die Karte mit dem unkenntlichen Kussfoto auf der Vorderseite, und Paul Darlows Telefonnummer auf der Rückseite.

Da ich die Karte in die Jacke gesteckt hatte und nicht in die Uni-Tasche, hat sie keine Berührung mit der Seine gemacht. Sie ist bloß ein bisschen zerknittert. Von seinen Händen, meinen Händen und dem Transport in der Jackentasche.

Die Telefonnummer habe ich mit einem dicken Filzstift geschwärzt, damit mein vergesslicher Mitbewohner nicht plötzlich auf die Idee kommt, da mal anzurufen.

Allerdings kenne ich die Ziffernfolge auswendig. Obwohl ich sie bisher nicht ein einziges Mal gewählt habe. Ich habe wohl zu oft draufgestarrt. Weil es in einer anderen Welt wunderbar gewesen wäre, wenn er mir diese Karte gegeben hätte. Weil der Kuss wunderbar war. Viel zu schön. Sein Kuss. Unser Kuss. Der echte Kuss.

Küss mich noch einmal, küss mich wieder, küsse mich ohne Ende ...

Louise Labés so gefühlvolles, großartiges, die Sache wie den Nagel auf den Kopf treffendes Gedicht geht mir gar nicht mehr aus dem Kopf. Es ist wie ein Ohrwurm, den ich mit tausend Melodien vertont habe.

Wie auf Kommando höre ich hinter mir das Tapsen der alten Füße. Ich lasse den Topf, aus dem ich angebrannte Milch kratze, sinken, und drehe mich um.

Das erste, was ich sehe, ist das alte Kinderbuch mit der Zeichnung des Hasen darauf, dem er den Kosenamen zu verdanken hat, den Leila und ich ihm gegeben haben. Mon Lapin, mein Hase.

Hinter dem Bilderbuch versteckt sich ein leicht runzliges Männergesicht, das nach und nach zum Vorschein kommt, als er das Buch sinken lässt. Ein Augenpaar sieht mir bettelnd entgegen. Nur mit Mühe kann ich meine Tränen zurückhalten, denn in diesen Augen stirbt das altvertraute Blinzeln mit jedem Tag ein bisschen mehr. Vielleicht ist es auch schon ganz verschwunden und ich sehe nur noch den Schatten eines längst erloschenen Blinzelns. So wie man am Himmel einen Stern sieht, der schon vor Jahrmillionen erloschen ist.

„Liest du mir vor, meine kleine Maus?"

Wie könnte ich ihm diese Bitte abschlagen? Wie könnte ich ihn in ein Heim stecken, wo er abends niemanden bitten kann, ihm vorzulesen? Wie könnte ich jemals zulassen, dass er

Abend für Abend allein in einem fremden Bett liegt und sich fragt, warum er so allein ist, doch niemals eine Antwort erhält?

„Deine Mutter hat diese Gedichte auch so sehr geliebt", sagt er und lächelt dieses Lächeln, das mir so schrecklich fremd vorkommt.

Ich lasse die Spülbürste sinken. „Geh schon ins Bett. Ich wasche mir nur eben die Hände. Dann bin ich bei dir, Papa."

6

UM ZEHN schläft er endlich. In der Küche steht ein Berg schmutziges Geschirr, die inzwischen getrockneten Hausarbeiten stapeln sich wellig und unkorrigiert auf dem kleinen Tisch, der vor dem bodentiefen Schlafzimmerfenster steht.

Ich bin zu müde, um meine Arbeit zu erledigen. Aber zum Schlafen bin ich zu wach. Ich muss mir etwas Gutes tun, denn sonst drehe ich noch durch. Also trage ich ein paar Kerzen ins Bad und lasse mir ein Schaumbad ein. Zum Lavendelduft ein Glas Weißwein. So sollte es gehen. Ich bin kein Kind, das verpassten Chancen nachtrauert, ich bin eine Frau, die mit beiden Beinen im Leben steht und die Dinge tut, die getan werden müssen.

Das Smartphone nehme ich mit. Ich werde Paul anrufen. Zehn Uhr abends ist unter Wissenschaftlern keine unübliche Zeit. Auch wenn ich ihn vielleicht besser am Tag anrufen sollte, um ihm zu erklären, dass mein Zeitmangel nichts mit ihm zu tun hat. Aber am Telefon, wo ich sein Gesicht nicht sehe, seinen Duft nicht atme und seine Haut nicht spüre, stelle ich es mir leichter vor.

Obwohl ich alles so gut durchdacht und mir die Worte sorgsam zurecht gelegt habe, klopft mein Herz so unanständig laut, dass ich nach dem ersten Freizeichen am liebsten auflegen würde. Und mit jedem weiteren Freizeichen klopft es noch lauter.

Doch Paul hebt nicht ab.

Ich starte eine Playlist mit Liedern von Julien Doré und lege das Telefon neben das Weinglas auf den antiken Holzhocker.

Plötzlich sind meine Finger unter Wasser. Ich brauche Trost. Nur ein bisschen. Und ich will auch wissen, ob es überhaupt noch funktioniert, denn es ist lange her. Viel zu lang für eine 39-Jährige.

Aber ich erfahre es nicht.

Die Musik verstummt. Das kann nur eins bedeuten. Jemand ruft mich an.

Ich reiße die Hände aus dem Badewasser und fahre hoch. Wasser schwappt über den Wannenrand.

Es ist Pauls Nummer, die auf dem Display steht.

Das Handtuch liegt klatschnass auf dem Boden. Ich drücke die Hände in meine Haare, aber sie sind noch zu nass für das Telefon.

Ich springe geradezu aus der Wanne, werfe ein paar Handtücher in die Überschwemmung. Dabei sehe ich mein Gesicht im Spiegel. Rot wie die Feuerwehr. Aufgewühlt.

Die Nummer von der Rückseite der Kuss-Postkarte blinkt auf dem Display.

Ich atme tief durch und schiebe den kleinen, grünen Hörer mit dem Zeigefinger nach rechts. Während ich das Telefon an mein Ohr presse, steige ich wieder in das heiße Badewasser.

„Sorry. Ich bin nicht so schnell rangekommen. Schön, dass du anrufst. Wie geht es dir? Was machst du gerade?", erklingt Pauls Stimme an meinem Ohr.

Ich saufe fast ab.

„Um ehrlich zu sein, liege ich in der Wanne."

„Was für ein Zufall. Ich auch", kommt es zurück.

„Das ist ein Witz."

„Natürlich."

„Ja, natürlich. Echte Männer baden nicht."

„Weißt du das aus einem Gedicht?"

„Ich kenne kein einziges Gedicht, in dem eine Wanne vorkommt", lache ich.

„Also hast du das mit den wasserscheuen Männern erfunden!"

Wir flirten schon wieder. Kaum, dass wir telefonieren, geht es los.

„Ich bitte dich! Ich weiß es von Gemälden. Da liegen immer nur die Frauen im Wasser, niemals die Männer."

„Meinst du richtige Gemälde? Oder sprichst du von diesen Strich-Dingern?"

Er lacht, doch dann wird er plötzlich ernst. „Der Kuss hat mir gefallen. Unser Kuss."

Mir wird übel. Wenn ich es ihm jetzt nicht sage, wird es noch schwerer.

Aber es geht nicht. Der Kloß in meinem Hals verstopft den Ausgang für die Wahrheit.

„Mein Handy hat bloß noch ein Prozent Ladung“, lüge ich. „Das Badewasser ist kalt und ich muss noch Arbeiten korrigieren. Es ist ziemlich stressig bei mir momentan. Ich wollte mich auch eigentlich nur mal kurz gemeldet haben, damit du nicht denkst ...“, stammele ich feige herum und breche auch noch mitten im Satz ab, weil ich gar nicht mehr so genau weiß, was ich eigentlich sagen will.

„Ich denke nicht, Clara. Ich freue mich, dass anrufst.“ Er lässt eine Pause, bevor er mit klarer Stimme fortfährt: „Ich möchte dich wiedersehen. Mir hat das gefallen, auf dem Boot, in der Galerie ... Du gefällst mir, Clara. Aber ... Ruf mich an, wenn du ausgeschlafen bist und deine Arbeit erledigt hast, ja? Machst du das?“

Obwohl ich liege, zittern mir die Knie, die Hände, alles.

„Ich, du ... Mir hat es auch gefallen. Sehr sogar, aber ...“ Meine Stimme bricht und ich lege auf.

„Ich werde niemals mehr Zeit haben als auf einen Kaffee, Paul.“

Denn wenn du erst weißt, wie ich lebe, was bei mir los ist, dann bist du genau so schnell weg wie alle anderen.

Frühjahr 1999

1

„GEHT DAS auch ein bisschen schneller?"

Noch fünfzehn Minuten bis zum Vorlesungsbeginn. Wenn ich mich nicht beeile, sind die guten Plätze weg. Meine Freunde hingegen scheint es gar nicht zu interessieren, wie eilig ich es habe.

Nicht, dass es Inès jemals interessiert hätte. Auch Raphael ist für das frühe Aufstehen kaum zu begeistern. Seit er mit diesem Max verbunden ist wie mit seinem siamesischen Zwilling, sieht man ihn nur noch selten im Unterricht. Zu den Diskussionsabenden wird er natürlich gar nicht erst eingeladen.

Es war Liebe auf den ersten Blick, als sich Raphael und dieser blauäugige Typ in Gabriels Wohnung begegneten. Das beteuert er mir am laufenden Band. Ein halbes Jahr ist das nun her.

Doch ich weiß, was da wirklich geschehen ist. Ich verliere Raphael nicht zum ersten Mal auf diese Weise. Auf dem Gymnasium ist das schon einmal passiert. Ein Typ ist nett zu ihm, Raphael ist verliebt und dann ist er monatelang nicht mehr auffindbar. Obwohl ... Ein halbes Jahr hat es noch nie angehalten. Das ist schon fast eine Langzeitbeziehung.

„Und wohin willst du, Inès?"

Sie schlägt einen anderen Weg ein als Raphael und ich.

„Excusez-moi, Madame, aber ich bin nicht so wild darauf, den Professor sieben Tage die Woche anzuschmachten!"

Unauffällig schaue ich mich um, ob irgendjemand die feindselige Anmerkung mitbekommen hat, und hole dann zum Gegenschlag aus.

„Vielleicht solltest du dich aber besser ein bisschen mehr mit dem Studium beschäftigen, als mit diesen Typen, die nur das Eine im Sinn haben." Ich trete ein bisschen näher an sie heran, um leiser sprechen zu können, denn die ersten neugierigen Ohren haben sich aufgestellt.

„Von Monat zu Monat lässt du das Studium mehr schleifen. Jede Woche eine andere Party und ein neuer Kerl, der dich vom Lernen abhält. Davon lasse ich mich ab sofort nicht mehr runterziehen."

„Und was hast du im Sinn, Clara? Ganz bestimmt nicht das Studium." Inès legt ihre Hände an meine Schultern und gibt mir einen kleinen Schubs.

Gerne würde ich ihr meinen Ordner über den Kopf ziehen, doch ich will keine Schlägerei riskieren. Dann dreht sie sich um und haut ab. Jeden Moment rechne ich mit ihrem berühmten Mittelfinger. Doch wenn Inès wirklich sauer ist, hebt sie ihn nicht.

„Du kommst aber mit, oder?" Erwartungsvoll schaue ich zu Raphael, der mich mit großen Augen anblickt.

„Nur wenn du versprichst, dich morgen Abend auf der Party blicken zu lassen."

„Um dir und Max beim Knutschen zuzuschauen?"

Raphael lacht, als hätte ich einen Witz gemacht, und schiebt mich dann in Richtung Hörsaal.

2

„VIERTE REIHE, alles wegen Inès." Schnaufend klatsche ich meinen Ordner auf den Tisch und stelle mir vor, es wäre ihr Kopf.

„Sei froh, dass Max uns einen Platz freigehalten hat. Immerhin hast du die Diskussion mit Inès angefangen, also ist es eher deine als ihre Schuld."

Natürlich ist Raphael auf ihrer Seite. Er ist eine ebenso treulose Tomate wie Inès. Meine Mama hatte recht, als sie mir damals ans Herz legte, mich nicht nur auf einen guten Freund festzulegen. Sobald der weg ist, steht man nämlich allein da. Ich bin ja sogar zwei Freunde los.

Ich drücke mir den Zeigefinger auf die Lippen und ignoriere die rollenden Augen, die Raphael und sein Liebhaber sich zuwerfen.

Gabriel betritt den Raum. Schlagartig wird es still im Hörsaal. Die Menge hängt so gebannt an seinen Lippen, als würde er jeden Moment den Sinn des Lebens verkünden. Aber das tut er nicht. Der Professor fasst bloß den Stoff der letzten Stunde zusammen.

Allerdings hat sich etwas verändert. Tiefe Augenringe zeichnen Gabriels schönes Gesicht. Das enthusiastische Lächeln, das sonst auf seinem Gesicht liegt, wenn er über Literatur spricht, ist ebenfalls verschwunden.

„Was ist mit ihm?", frage ich Raphael, der über den Klatsch und Tratsch immer genauestens Bescheid weiß.

„Der Professor und seine Verlobte haben sich getrennt", flüstert Raphael prompt.

„Was? Keine Hochzeit?", kommt es etwas zu laut aus mir heraus, und ein paar der Streber, inklusive Redhead Sandrine, schauen verärgert zu mir.

„Warum hast du mir davon nichts erzählt?"

„Rate mal, Clara. Du bist so verrückt nach dem Professor, hinterher machst du noch etwas Dummes?"

Ich schüttele den Kopf über Raphaels absurde Anklage und versuche Gabriels Unterricht zu folgen, an dem er heute keine Freude zu haben scheint.

„Ich bin nicht verrückt nach ihm, Raphael. Ich sehe zu ihm auf, weil er ein toller Poet und ein großes Vorbild für mich ist."

„Und warum schleppst du dieses Ding immer mit dir rum?" Raphael greift nach meiner Hand, in der sich wie jeden Tag, die kleine Fliesenscherbe befindet, die ich aus Gabriels Badezimmer habe.

„Hör auf damit." Ich ziehe meine Hand weg und drücke die Faust fester zusammen. Und spüre, wie sich die Fliese langsam in meine Haut drückt.

„Das ist ein Glücksbringer."

„Der dich in sein Bett bringt? Du bist doch verrückt, Clara!"

Ich lasse die Scherbe in der Hosentasche verschwinden. Unauffällig krame ich in meiner Tasche nach einem Taschentuch und drücke es auf die blutende Stelle, in der eben noch das kleine Stück Fliese steckte. Zum Glück bekommt Raphael davon nichts mit, weil er Max irgendetwas ins Ohr flüstert, vermutlich wieder eine Gemeinheit über mich und meine Gefühle für den Professor.

„Du und Inès seid ja bloß neidisch, dass sich an euren Noten nichts verbessert hat. Vielleicht hättest du doch öfter zu den Treffen kommen sollen. Morgen Abend ist zum Beispiel eins. Aber nein, du willst ja lieber mit Max und Inès tanzen und das Studium ignorieren."

„Also gehst du mal wieder zu ihm?" Raphael blickt mich an, als wäre ich eine der Wasserratten, die am Seine-Ufer herumkreuchen. „Inès hatte recht. Du hast nur noch Augen für Gabriel und wir bleiben auf der Strecke! Weißt du was, Clara? Geh zu deinem Professor. Auf der Party bist du jedenfalls nicht mehr willkommen."

„Du bist kindisch, Raphael", zische ich.

Mein ehemals bester Freund schnappt sich seinen Rucksack, in dem sein Arbeitsmaterial seit Wochen unbenutzt schlummert, und steht auf.

„Falls dir später auffällt, dass Gabriel für morgen Abend abgesagt hat, brauchst du dich übrigens nicht bei uns melden! P.S.: Check mal deine Mails!"

Im nächsten Augenblick greift Raphael nach der Hand seines verwirrten Lovers und verschwindet mit ihm aus dem Hörsaal.

3

DEN GANZEN nächsten Tag kann ich Raphael nicht erreichen. Auch Inès ist nirgends zu sehen, obwohl wir dasselbe Zimmer teilen.

Meine Freunde gehen mir aus dem Weg. Aber sind wir überhaupt noch Freunde?

Raphael treffe ich eigentlich bloß noch im Unterricht, und nicht einmal dort war er heute. Inès glänzte gleichfalls durch Abwesenheit.

Geht man so mit Freunden um, die keine Lust haben, mehr als einmal in der Woche Party zu machen? Meine Vorstellung von Freundschaft sieht jedenfalls anders aus.

Hastig ziehe ich an meiner Zigarette, werfe sie auf den Boden und trete sie aus. Dann atme ich tief durch und klopfe an Gabriels Wohnungstür.

Heute bin ich pünktlich, mehr als pünktlich. Um ehrlich zu sein, bin ich sogar fünf Minuten zu früh dran. Doch es ist zu spät umzukehren. Gabriels Schritte sind bereits auf dem schicken Fischgrätparkett zu hören.

Die Schritte verstummen, die grüne Holztür öffnet sich. Gabriel schaut mich verdutzt an. Die braunen Haare stehen zu Berge, die Brille sitzt schief und in seiner Hand schaukelt eine Weinflasche.

„Clara, was machen Sie hier?"

Der Professor mustert mich vom Scheitel bis zur Fußspitze. Heute trage ich meine Haare offen. In weichen Wellen fallen sie mir bis weit über die Schultern. Das weiße Shirt unter dem lila Spaghettiträger-Kleid habe ich weggelassen. Obwohl ich noch nie dick war, habe ich fünf Kilo abgenommen und bin stolz darauf. Der ganze Babyspeck ist weg.

„Haben Sie die Rundmail nicht erhalten? Heute findet kein Treffen statt."

Gabriel nimmt einen Schluck aus der Rotweinflasche und tritt einen Schritt zurück, als ich selbstbewusst auf ihn zu gehe.

„In so einer Phase sollte niemand allein sein, Gabriel", sage ich zu ihm, auch wenn das vermutlich ziemlich bescheuert klingt, mir so eine lächerliche Bemerkung nicht zusteht und ein Mann wie er ganz bestimmt andere Sätze gewöhnt ist.

Mein Herz schlägt mir bis zum Hals, als ich ohne Einladung an ihm vorbei schreite. Natürlich habe ich die Rundmail erhalten. Immerhin hat Raphael mich schon gestern darauf hingewiesen, aber das traurige Gesicht meines Lieblingsprofessors brachte mich dazu, über die freundliche Ausladung hinwegzusehen.

Wenn ich verlassen worden wäre und sogar den Spaß am Schreiben verloren hätte, würde ich mir wünschen, dass jemand da wäre, der mich tröstet, der mir zuhört und mich auffängt. Als Mann wird er doch auch sicher gern abgelenkt. Immerhin schießt er sich mit Wein ab.

Wie ich höre, schließt Gabriel die Wohnungstür hinter mir und folgt mir ins Wohnzimmer. Der Raum ist verraucht. Neben dem orangenen Sessel qualmt eine seiner selbstgedrehten Zigaretten in einem Aschenbecher. Aus der Musikanlage kommt ein Violinkonzert. Fehlt bloß noch eine riesige, weiße Leinwand, die Gabriel mit kalten Farben bespritzt, passend zu seiner Gefühlslage.

Als ich mitten im Zimmer stehe, drehe ich mich zu ihm. Er lehnt am Türrahmen, sieht zu, wie ich mich langsam zu der Musik bewege.

„Das ist Johann Sebastian Bach, ein deutscher Komponist", bemerkt Gabriel zwischen zwei Zügen aus der Flasche. Er geht an mir vorbei und dreht die Musik lauter.

„Air ist mein Lieblingsstück von ihm." Damit gebe ich ihm zu verstehen, auf derselben Wellenlänge zu schwimmen, beziehungsweise zu tanzen, wie er. Als er sich zu mir dreht, schaue ich mir die große Sammlung von Dichtern und anderen Literaten in seinem Bücherregal an. Es sind zu viele, um sie zu zählen.

„Hast du die alle gelesen?"

Mein Herz dreht fast durch, als ich zuschaue, wie Gabriel sich auf mich zu bewegt. Seine Schritte sind zögerlich und wirken unsicher. Wahrscheinlich hat er mehr als genug Wein getrunken. Hoffentlich fällt er nicht über meine Tasche, die ich vor den Sessel gestellt habe.

Ich führe meine Literaten-Erkundungstour unter Gabriels Beobachtung fort. Dann sehe ich hinaus, durch das große Fenster hinter seinem Lieblingsplatz. Wie fast überall in Paris blicke ich auf eine durchgehende Reihe von fünf- bis siebenstöckigen Mehrfamilienhäusern. Ein Paradies für jeden Spanner, da die Straße schmal ist, doch Gabriel ist keiner von denen. Er holt sich Inspiration in seiner Fantasie oder von Liebhaberinnen. Kein Wunder, dass er heute so niedergeschlagen ist. Seine Inspiration ist geflohen, genau wie meine Freunde. Wir zwei sind einsame Seelen, die darauf warten, getröstet zu werden.

„Warum lachst du?", frage ich, als ich mich umdrehe und zum ersten Mal an diesem Tag einen freudigen Ausdruck in Gabriels Gesicht erblicke.

„Ich bewundere, wie rastlos du bist und von einem Platz zum nächsten flatterst, wie ein kleiner Vogel."

„Vielleicht liegt es daran, dass du mir bis jetzt noch nichts zu trinken angeboten hast."

Ich lasse ihn nicht aus den Augen und er beobachtet mich. Wie ein kleiner Vogel, sagt er. Kann es sein, dass ich ihn inspiriere?

Könnte ich seine Muse sein?

Clara aus dem 3000-Seelen-Dorf, das niemand kennt. Ich bin doch so unbedeutend in dieser großen Stadt, in der jeder meiner Mitstudenten davon träumt, von jemandem wie Gabriel entdeckt zu werden.

Und doch will ich nichts mehr, als seine Muse zu sein. Dieser Wunsch ist in mir, seit ich ihn zum ersten Mal sah. Nur dass ich ihn damals nicht ernst genommen habe.

„Dann werde ich dir jetzt ein Glas holen, kleiner Vogel." Gabriel zwinkert mir zu und verlässt den Raum.

Wie ferngesteuert stelle ich mich vor den orangenen Sessel. Langsam rutscht das lila Kleid von meinen Schultern und fällt mit einem leisen Rascheln auf den rohen Holzboden. Vollkommen nackt setze ich mich auf den samtigen Stoff, auf dem Gabriel sonst an jedem der Diskussionsabende saß.

Ich will nicht mehr unbedeutend sein, zumindest nicht für dich, Gabriel. Lass mich deine Inspiration sein.

Paris-Clichy

Paul, April 2018

DIE JUNGE Frau, die aus der Wohnung der Merveilles rauskommt, ist jedenfalls nicht Yves Gattin.

„Sie möchten hier rein?“, fragt sie mich augenzwinkernd.

„Oui. Merci.“ Wir geben uns die Klinke in die Hand. Ich schließe die Tür hinter mir und wundere mich über gar nichts.

„Bonjour, Paul. Wie war das Wochenende?“

„Bonjour, Yves.“

Mein Gastvater und Kollege verschwindet nackt im Bad. Die Tür bleibt halb offen.

„Du bist keine zwei Monate in einer wunderschönen Stadt und fährst übers Wochenende nach Hause?“

„So sind wir verrückten Amis ...“

Yves flucht, als er in die freistehende Badewanne klettert und der Duschvorhang an seinem platten Hintern kleben bleibt.

Ich werfe die Reisetasche in mein Zimmer und bin froh, dass ich allein gekommen bin. Acht Quadratmeter mit einem restaurierten Louis XV-Stuhl, einem Sekretär aus dem 14. Jahrhundert, an dem angeblich der englische König Eduard III seine Korrespondenz erledigte, und einem 140 cm breiten Bett von Ikea, sind mehr eine Abstellkammer als ein Zimmer. Der größte Teil meiner Klamotten liegt in den Koffern. Der Anzug für offizielle Anlässe hängt auf einem Kleiderbügel an einem Nagel an der Wand.

„Du brauchst eine Affäre“, ruft Yves unter der rauschenden Dusche.

„Ich brauche einen Kaffee.“

Und eine eigene Wohnung. Die Enge in diesen Pariser Wohnungen ist unerträglich. Wohnraum ist unglaublich teuer und noch viel knapper. Aber ich wollte ja unbedingt Familienanschluss, weil ich dachte, das wäre besser für mein Französisch. Ist es auch. Aber wer hätte geahnt, dass selbst Professoren so beengt hausen? Die Tiny House Bewegung wäre jedenfalls nichts für mich.

„Weißt du, ich würde auch gern mal mit einer klugen Professorin vögeln. Ehrlich. Das Alter ist es nicht. Attraktivität und eine sexy Ausstrahlung sind keine Frage von Jahren“, kommt mein gastfreundlicher Kollege nach der Dusche auf das Thema zurück. „Aber es gibt zu wenige Professorinnen an der Sorbonne, weil wir mit der Gleichberechtigung nicht wirklich vorankommen. Also müssen wir auf die Studentinnen ausweichen.“

Ich bin mir nicht sicher, ob mein Französisch gut genug ist, dass ich das gerade richtig verstanden habe. Ist wohl besser, wenn ich dazu schweige.

„Dich umschwärmen sie doch wie die Motten das Licht, Paul. Warum greifst du nicht zu?“, fragt Yves.

Was soll man dazu sagen? Ich habe Auslandssemester in Valencia, in Rom, in Cambridge, São Paulo und in Heidelberg verbracht. Dort waren die Professoren eindeutig seriöser.

„Oder stehst du nicht auf die jungen Hüpfer? Tja, dann musst du auf Madame Levassier zurückgreifen.“ Mein sexbesessener Kollege lacht sich halb tot, weil er sich vermutlich gerade bildhaft vorstellt, wie ich zwischen den dürren Beinen seiner 60-jährigen Kollegin mit der grauen Wallemähne kauere.

Diese verstörende Vorstellung muss ich sofort mit einem Schluck Kaffee runterspülen. Außerdem ersteht vor meinem inneren Auge das Bild einer Kollegin aus dem Fachbereich Literatur auf. Das heißt, auferstehen muss es nicht, da es mir ständig vor Augen schwebt. Leider hat sie sich seit zwei Wochen nicht bei mir gemeldet. Da habe ich anscheinend irgendwas falsch angestellt. Ein Jammer, denn die Frau ist ein Traum.

„Fährst du heute zur Uni, Yves?"

„Wozu?"

„Vorlesung, Konferenz, Sprechstunde ...?"

Yves winkt ab. „Den Montag halte ich mir immer frei."

„Heute ist Dienstag."

„Genau. Den heutigen Dienstag habe ich mir extra für dich freigehalten. Für meine einzigartige Führung durch Notre Dame. Willst du duschen, bevor es losgeht? Oder kommst du in deinen verknitterten Reiseklamotten mit?"

Eine zufällige Begegnung

1

KENNST DU das? Du hast den festen Vorsatz, einen bestimmten Fehler nie wieder zu begehen. Du willst so viel Zeit wie nach Abzug von Schlaf und anderer Notwendigkeiten übrig bleibt, für eine bestimmte Angelegenheit verwenden. In meinem Fall für eine Herzensangelegenheit, für den Menschen, der mich so sehr braucht. Und dann bist du mit deinen Gedanken ganz woanders.

Soll ich? Oder soll ich nicht?

Rufe ich ihn an? Oder lasse ich es?

Und wenn ich ihn anrufe, was sage ich dann? Und wann soll ich ihn anrufen? Wann, wann, wann?

Den ganzen Samstag bin ich beschäftigt. Ich muss zur Polizei, den Fahrraddiebstahl melden, was nichts bringen wird. Das sagen die Polizisten mir gleich zu Anfang, aber ich bestehe auf der Anzeige. Ich muss einkaufen, weil über Nacht sechs Liter Milch wie vom Erdboden verschwunden sind. Wegen der Polizei schaffen wir es nicht zum Friseur. Und dann die Sache mit Henri.

„Nenn mich bitte nicht in der Öffentlichkeit Papa“, sagt der Mann im Rollstuhl, als ich ihn frage, ob ich ihn vor dem Zooladen stehen lassen kann, um rasch Vogelfutter zu kaufen.

„Wie soll ich dich denn sonst nennen?"

Auf diese Frage erhalte ich keine Antwort. Also nehme ich ihn samt Rollstuhl mit in das Geschäft und parke beide zusammen neben der Kasse.

„Bonjour, Madame. Wir haben gestern vier neue reinbekommen."

Der Verkäufer, ein junger Schwarzer aus dem Senegal, kennt mich natürlich, da ich mit ziemlicher Sicherheit die einzige Stammkundin bin, die alle paar Tage einen blauen Kanarienvogel kauft. Wobei die Vögel nicht wirklich blau sind, sie sind eher gräulich, doch im englischsprachigen Raum nennt man die Farbe blau. Ich würde Rudy gern bitten, meinen Begleiter abzulenken und den Vogel selbst aus der Vogliere holen, aber da der Mann, der seit gerade nicht mehr Papa genannt werden will, nicht draußen warten wollte, ist das nun ein wenig schwierig.

„Ein Päckchen Futter, bitte." Ich zwinkere Rudy so heftig zu, dass er denken muss, ich hätte was im Auge.

„Futter steht, wo es immer steht." Rudy zeigt freundlich über die Regalreihe hinweg, die das Geschäft in der Mitte in zwei lange Hälften teilt.

„Ich brauche trotzdem Ihre Hilfe", beharre ich.

Rudy guckt mich misstrauisch an und folgt mir zur Vogliere.

„Die sehen ja alle aus wie Henri", sagt Nicht-Papa, der plötzlich neben uns steht.

Frag mich mal einer, wie ich aus der Sache rausgekommen bin.

Am Ende hat es jedenfalls geklappt, und zwar obwohl das Vieh den gesamten Heimweg über in seiner Schachtel wie bekloppt zwitscherte.

Zu Hause angekommen, mit der Kopie einer Diebstahlsanzeige, sechs Litern Milch und einem trällernden Kanarienvogel im Gepäck, erhebt sich vor unserem Haus ein Baugerüst. Polnische Bauarbeiter klopfen den Bröselputz von der Fassade.

Am Sonntag klopfen sie im Hausflur die antiken Fliesen von den Wänden und vom Boden, sodass ich mich das gesamte Wochenende nicht darauf konzentrieren kann, die ein oder andere Hausarbeit zu korrigieren. Geschweige denn, dass ich auch nur ein einziges Telefonat führen könnte.

„Was steht hier eigentlich?", fragt eine Stimme auf meinem Scheitel, als mir am Sonntagabend beim Vorlesen die Augen zufallen.

Ich erschrecke bis ins Mark, blinzele und blicke direkt auf das Hasenbuch, das aufgeklappt in meinem Schoß liegt.

„Du bist eingeschlafen, kleine Maus."

„Tut mir leid."

„Nicht schlimm. Aber ich würde trotzdem gern wissen, was hier steht. Und nenn mich Papa!" Er tippt auf den Text, in dem es darum geht, dass der kleine Hase sich im Wald verirrt.

Sein verwirrter Blick lässt das Herz in meiner Brust zu einer Rosine schrumpeln. Ich glaube, jetzt hat er endgültig das Lesen verlernt.

Um Mitternacht weiß ich nicht mal mehr, wie ich ins Bett gekommen bin. Mein Handy meldet einen entgangenen Anruf. Ich schalte das Gerät aus.

Egal, wofür ich mich auch entscheide, es wird mir das Herz zerreißen. Das ist der letzte Gedanke am Ende eines furchtbar lauten Wochenendes, bevor ich in einen unruhigen Schlaf falle.

2

WIE GERÄDERT schleiche ich mich am Montagmorgen durch den Hintereingang in die Uni rein und am Nachmittag wieder hinten raus. Ich esse nicht in der Mensa und, anstatt zur Seine zu fahren, um frische Luft zu tanken, kaufe ich mir bei *Jour de Vélo* ein identisches Modell meines gestohlenen Fahrrads und radele damit nach Hause.

Als ich es am Dienstagmorgen an der Uni abschließe, sehe ich Paul. Er schlendert mit einem Kollegen über den Campus und beschleunigt mein Herz von Null auf Hundert. Zur Hälfte werde ich von einer Hecke verdeckt. Ich ducke mich, sodass er mich nicht sehen kann. Es ist nicht allein Feigheit. Gestern Abend hat er wieder versucht, mich auf dem Handy zu erreichen, aber auch da bin ich schon nicht dran gegangen. Ich bin noch nicht bereit für ein Wiedersehen, obwohl ich mir nichts lieber wünsche als das. Ich muss nachdenken, was schwer ist, wenn man eine Menge längst überfälliger Arbeiten zu korrigieren hat, und überall im Haus Hämmer und Meißel im Einsatz sind.

Nicht zu vergessen den neuen Henri, der noch lauter ist als der vorletzte, der schon Krach gemacht hat für drei.

Am Mittwoch sage ich mir, dass Paul und ich uns erst zweimal getroffen haben. Das kann man nicht wirklich als Beziehung werten. Nicht mal als richtige Dates.

Oder?

Ach, was weiß ich denn. Ich raufe mir die Haare und nehme ein Bad. Vielleicht bringt warmes Wasser mich weiter.

Am Telefon, bei unserem Wannen-Telefonat, sagte Paul, ich solle ihn anrufen, wenn ich ausgeschlafen bin und meine

Arbeit erledigt habe. Wenn er wüsste, was bei mir los ist, könnte er sich denken, dass das niemals der Fall sein wird. Schon gar nicht in dieser Zeit.

Und so folgt ein Tag dem nächsten. Die Zeit vergeht mit Arbeit, Kümmern und noch mehr Arbeit. Ein paar Nachtschichten sind auch dabei, damit ich endlich die Seminararbeiten korrigiert bekomme.

Nicht, dass ich nicht mehr gern täte, was ich tue, wenn ich mich aus der Uni rein- und ausgeschlichen und sämtliche Orte gemieden habe, an denen Paul Darlow mir begegnen könnte. Ich will und werde ihn niemals in ein Heim geben. Es geht einfach nicht, ich könnte es nicht. Auch wenn ich die Zeit mit ihm gerade nur selten genießen kann und deswegen ein furchtbar schlechtes Gewissen habe.

Im Nu ist eine Woche vorüber und auch das nächste Wochenende vergeht, ohne dass ich den Gastprofessor zurückgerufen habe. Dann ist noch ein Tag herum. Und ein weiterer. Und dann ist schon wieder das nächste Wochenende vorüber.

Auf dem Weg in mein Büro, kollidiere ich beinahe mit dem Dekan. Er streicht sich über sein schütteres Haar und sieht auf mich herab. War ich eigentlich schon immer so klein?

„Sag mal, Clara, warum schleichst du hier rum wie ein Geist? Du warst nicht in den Fachkonferenzen, kein Mensch weiß, wo du bist. Ich habe dich seit ... Hm. Seit wie vielen Wochen haben wir uns nicht gesehen?“

Ich möchte mich in ein Mauseloch verkriechen.

„Bonjour, Arnaud. Es ist stressig zu Hause. Doch du hättest nur mal in eine meiner Veranstaltungen kommen müssen, wenn die Sehnsucht allzu groß war ...“

„Die war in der Tat ziemlich ...“

„Du hast die freie Auswahl zwischen vier Seminaren und zwei Vorlesungen. Da hättest du mich in jedem Fall angetroffen“, fahre ich ihm über den Mund.

Der Boss runzelt die Stirn. Meine Antwort gefällt ihm nicht. Mir würde es auch nicht gefallen, wenn mich jemand so anginge.

„Melde dich ab, wenn du nicht in die Konferenz kommen kannst, Clara.“

„Du hast ja recht, Arnaud. Es tut mir leid. Falls ich nochmal verhindert sein sollte, werde ich an die Abmeldung denken.“ Ich fege mir mit der Hand ein paar Haarsträhnen aus dem Gesicht.

Er entspannt sich ein wenig. „Wie ich höre, hast du die Hausarbeiten endlich Korrektur gelesen.“

„Vor zehn Tagen habe ich sie beim Prüfungsamt korrigiert abgegeben. Hast du was von dem Forschungsantrag gehört?“ Ich klinge zickig. Meine Umwelt hat es wirklich schwer mit mir.

„In der Tat. Er ist vollkommen unleserlich im Ministerium angekommen, anscheinend ist er beim Transport in eine Pfütze gefallen. Madame Muller geht der Sache nach. Also, Clara, ich muss los.“

„Was heißt denn: Madame Muller geht der Sache nach? Warum druckt sie den Antrag nicht einfach aus und schickt ihn ans Ministerium?“

„Das ist längst geschehen. Wir sehen uns, Clara“, ruft er mir im Davongehen zu.

Und in dem Moment wird mir klar, dass die Sekretärin nur die alte Version des Antrags hat. Insbesondere hat sie von mir bloß den unkorrigierten, dahin gehauenen Entwurf.

3

AUF DEN Schrecken brauche ich einen Kaffee und ein Croissant. Ich hole mir beides im Uni-Café, um das ich die vergangenen beiden Wochen einen großen Bogen gemacht habe. Alles um dem Mann, von dem ich mich gern auf dem Gepäckträger meines Fahrrads in die nächste Galerie kutschieren lassen würde, nicht begegnen zu müssen.

Fehler.

Fehler, Fehler, Fehler!

Die Ereignisse der vergangenen Wochen, die Bauarbeiten am Haus, eine Rechnung für Leilas Schneidezahn, der jetzt doch wackelt, erschöpfen mich so sehr. Nebst dem normalen Wahnsinn. Dazu keinen einzigen freien Nachmittag. Das geht so nicht weiter.

Aber das schlimmste, das allerschlimmste, ist die Tatsache, dass ich den Gastprofessor nicht vergessen kann. Und dass ich ihm nicht wenigstens mal eine kurze SMS geschickt habe. So unbedeutend waren unsere beiden Begegnungen und das einzige Telefonat nicht, als dass es okay wäre, ihn so zu behandeln.

Doch zwei Wochen Funkstille bedeuten: Ich habe kein Interesse. Kulturelle Unterschiede zwischen Franzosen und Amerikanern sind in dem Fall ausgeschlossen.

Da Paul bloß ein Semester in Paris ist, sind zwei Wochen eine ganze Menge. In zwei Wochen passen vierzehn Französinnen, wenn er jeden Tag eine andere beglückt. Er wird es längst selbst ausgerechnet haben. Er hat mich abgeschrieben. Schließlich hat er seine Anrufversuche fünf Tage nach dem Wannen-Telefonat aufgegeben. Hätte ich doch auch. Jeder hätte das getan. Ich selbst wäre auch nicht noch einmal in das Büro einer Kollegin marschiert, um sie zu einem Ausflug zu animieren.

Zwei Wochen ...

Vielleicht hat er sich auch mit einem meiner direkten Kollegen unterhalten und weiß inzwischen sogar, was mit mir los ist. Dann verstehe ich seine Zurückhaltung umso mehr.

Trotzdem frage ich mich, was wohl passiert, wenn wir uns irgendwo begegnen.

Oh Mann. Ich habe genug andere Probleme, als mich vor einem amerikanischen Gastprofessor zu verstecken und mich gleichzeitig nach ihm zu sehnen.

Zum Beispiel die Sache mit dem Forschungsantrag. Ich habe keinen Schimmer, was ich deswegen unternehmen soll.

4

AM NÄCHSTEN Tag betrete ich die Uni wieder durch das Hauptportal. Ich lasse mir extra viel Zeit auf den Wegen in den Seminarraum und ins Büro.

Selbst in der Mensa halte ich mich länger auf als nötig, obwohl das Essen so fad ist wie immer. Zwischen Massen von Studenten und Lehrkörpern könnten wir uns ganz zufällig über den Weg laufen.

„Hey, Paul. Was für ein Zufall! Essen wir was zusammen? Ich muss dir ein paar Dinge erklären. Zum Beispiel, warum ich mich so lange nicht bei dir gemeldet habe, dass ich mich am Ende gar nicht mehr getraut habe, dich anzurufen."

Keine Ahnung, was ich ihm erklären würde. Irgendeine Story über unfassbar viel Arbeit, das geht immer.

Allerdings werde ich ihm auf gar keinen Fall sagen, dass ich nicht allein lebe, dass ich eine enorme Verantwortung für einen kranken Mann übernommen und darum kaum Zeit habe, diese jedoch gern mit ihm verbringen möchte.

Eine letzte Chance gebe ich dem Zufall, indem ich mich vor den Büros der Geschichtsfakultät herumtreibe. Als auch das nicht fruchtet, radele ich, nach einem ausgiebigen Kaffee und einer Zeitschrift an der Seine, zum Supermarkt, um Erwachsenenwindeln zu kaufen.

Ausgerechnet in dem Moment, in dem ich das Windelpaket in den Korb stelle, schlägt der Zufall zu und Paul Darlow betritt den Laden.

Das darf nicht wahr sein. Was macht er denn ausgerechnet hier? Und ausgerechnet jetzt?

Keine Ahnung, wie ich auf die Idee komme, aber ich hätte nicht mal gedacht, dass der Mann überhaupt einen Supermarkt betritt. Und dann auch noch diesen. Paris hat mehr als zwei Millionen Einwohner. Wenn man die Vororte mitzählt, aus denen die Pendler zum Arbeiten in die Stadt kommen, ist man bei zehn Millionen. Dazu die vielen Touristen.

In meiner akuten Panik verstecke ich mich hinter dem hintersten Regal. Von dort habe ich eine gute Übersicht über den Laden, gleichzeitig sieht mich hoffentlich niemand.

Wo wohnt Paul denn? Gleich bei mir um die Ecke?

Während mein Herz rast und ich zugleich schwitze und friere, beobachte ich ihn. Er nimmt keinen Einkaufswagen, nicht mal einen Korb. Das heißt doch, dass er nur eine Kleinigkeit braucht. Wenn er mich sieht, mit diesem Windelpaket, wird er jedenfalls Fragen stellen.

„Pardon, Madame ..."

Jemand will an das Regal, hinter dem ich mich verstecke. Es ist ein Tourist, denn sonst würde er wohl kaum Wein mit Schraubverschluss kaufen.

Paul nimmt in der Tat nur eine Kleinigkeit, eine Flasche Wasser, und geht damit sofort zur Kasse. Leider drängelt er sich nicht vor, doch er guckt sich auch nicht aus Langeweile um, als er mit nur einem Teil in der Schlange wartet.

Wenn er sehen könnte, wie ich mich vor ihm verstecke. Wenn das überhaupt jemand sehen würde. Das wäre in der Tat peinlich.

Weil die Schlange an der Kasse überhaupt nicht kürzer zu werden scheint, bin ich gezwungen, mich noch länger zu verstecken. Selbst wenn der Amerikaner und ich eine Zukunft hätten, wäre es zu früh für die Realität. Nach zwei Dates und einem Telefonat würde sie ihn überfordern. Nicht zu vergessen die zwei Wochen Funkstille. Paul Darlow würde mich mitleidig ansehen und dann würde er schreiend davonlaufen. Jeder Mensch, der halbwegs bei Verstand ist, würde das tun.

Aber wir haben keine Zukunft. Und, verdammt, hier geht es um einen Teil meines Lebens, zu dem Paul Darlow keinen Zutritt haben soll. Er ist Gast an der Sorbonne, in meiner Stadt, in meinem Land. Wenn der Sommer vorbei ist, kehrt er heim. Nach Seattle, in seine Stadt, in sein Land. Das wird das Ende unserer Affäre sein, die es jedoch niemals geben wird, wenn er erfährt, was in meinem Leben los ist. Wenn wir uns überhaupt je wiedersehen.

Aber ich will Zeit mit ihm verbringen. Das schreit mein Herz. Auch wenn der Zug dafür abgefahren ist.

Er hätte mich nicht küssen dürfen. All die Dinge, die er mit mir angestellt hat, hätte er nicht tun dürfen. Sie gehen mir nicht aus dem Kopf. Ich bin so ausgehungert nach ein bisschen Aufmerksamkeit, nach Blicken, in denen Begehren liegt, nach Zärtlichkeit.

Leider weiß ich auch, dass das mit uns nichts für zwei Stunden am Nachmittag ist. Ich bin ja nicht von gestern oder sonstwie hirnverdreht. Niemand würde das akzeptieren. Aber wie soll ich zwei Männer unter einen Hut bringen?

Und wie lange verstecke ich mich schon hinter einem Regal im Supermarkt?

Als Paul raus ist aus dem Laden, zittere ich schlimmer als an dem Abend in der Wanne. Erst jetzt wird mir in vollem Umfang bewusst, wie sehr ich mich nach einer Umarmung von ihm sehne, wie sehr ich seine Lippen auf meinen spüren will. Wie sehr mir die Leichtigkeit gefällt, die das Leben in seiner Nähe hat.

5

WIE EIN aufgescheuchtes Huhn laufe ich durch die Gänge, lege einen Liter Milch, eine Schachtel weiße Pralinen mit Crisp nebst reichlich Zeug, das wir nicht brauchen, in den Wagen. Nach einer Weile traue ich mich, den Supermarkt zu verlassen.

Und da steht er dann. Groß, schlank, glattrasiert und gut aussehend, in schlammfarbenen Chinos und einem weißen Baumwollhemd mit hochgekrempelten Ärmeln. Direkt neben meinem neuen Fahrrad.

Mein Herz hämmert gleichzeitig vor Panik und vor Glück. Den Fluchtgedanken, der mich spontan befällt, kann ich sofort begraben. Und das nicht, weil Paul Darlow mir auf Flip-Flops wohl kaum folgen kann, sondern weil er mich gesehen hat und mir übermäßig freudig überrascht entgegen strahlt, und ich gar nicht weiß, wo ich hinsehen soll, und doch nur ihm ins Gesicht starre.

Allerdings ist er nicht allein. Ein Kollege ist bei ihm, reicht ihm bis zum Kinn, Anzugträger. Dass da jemand bei ihm ist, der mich kennen könnte, ist zwar auch nicht gut, aber es ist zumindest besser, als wenn er mir beim Nachhausebringen des Einkaufs behilflich sein wollte.

Wobei ich es mir wunderbar vorstelle, wie wir beide einkaufen und das beladene Fahrrad gemeinsam nach Hause schieben. Das nur so nebenbei bemerkt.

Er tätschelt mein Fahrrad, ohne mich aus den Augen zu lassen. „Ich dachte, das kennst du doch ... Allerdings hatte ich es älter in Erinnerung ..."

Wie er strahlt, wie aufmerksam er ist. Ich strahle zurück, ich kann gar nicht anders. Warum habe ich ihn nicht am nächsten Tag nach dem nächtlichen Anruf direkt wieder angerufen?

Warum habe ich überhaupt aufgelegt?

„Wenn ich mich mal in etwas verliebe, schaffe ich es mir sofort wieder neu an, wenn es kaputt geht ... Oder gestohlen wird ..."

Ich lächele, während ich das sage.

Bestürzung macht sich auf seinem Gesicht breit. „Sie haben dir dein Fahrrad geklaut?"

Ich nicke.

Dann schüttelt er den Kopf, weil er vorübergehend vergessen hat, dass er in Begleitung ist.

„Du bist es tatsächlich. Was für eine schöne Überraschung. Clara - Yves - ihr kennt euch?", stellt er mich seinem Kollegen aus der Geschichtsfakultät vor. Wenn der nicht ganz blöd ist, hat er längst gesehen, was mit uns beiden los ist. Die Funken, die zwischen uns fliegen, leuchten wie Glühwürmchen.

Zum Glück ist die Sorbonne mit fast 40.000 Studierenden eine Mega-Uni und ich kenne Yves Merveille nur flüchtig. Sonst wäre es mir wahrscheinlich unangenehm, dass Paul mir zur Begrüßung nicht gerade auf die Wangen küsst. Seine Augen funkeln, als seine Lippen meinen Mundwinkel berühren.

Gott, ich will die Arme um seinen Hals werfen und ihn hier und jetzt küssen, dass mir und ihm der Atem wegbleibt. Aber, wie gesagt, da ist der Kollege, mit dem ich mich normalerweise nicht mal duzen würde.

„Ich grüße dich, Clara", sagt er. Er nickt mir zu. Dann sind wir wohl jetzt näher miteinander bekannt.

„Bonjour, Yves. Was macht ihr in der Gegend?", frage ich höflich, während ich die Tasche mit dem Kleinkram in den Korb verfrachte und das Windelpaket auf dem Gepäckträger festklemme. Paul wird sich denken können, dass ich keine kleinen Kinder habe, denn von der Verpackung grinst ihm ein gut aussehender älterer Herr entgegen.

„Wusstest du nicht, dass Yves nicht nur mein Gastvater, sondern auch der beste Guide ist, wenn man sich für jeden einzelnen Stein von Notre Dame interessiert?" Paul sieht sofort, dass ich mit dem Gepäckträger kämpfe und kommt mir zur Hilfe. Es läuft. Das Fragezeichen steht ihm auch schon ins Gesicht geschrieben.

„Die brauche ich einmal im Monat", zische ich ihm zu.

„Ich bekomme Angst", zischt er zurück.

„Scherz. Die sind für einen Nachbarn", produziere ich eine handfeste Notlüge, bevor ich mich zwischen die Windeln und Paul schiebe und das Thema wechsele: „Nein, ich wusste nicht, dass mein Kollege Experte für das Heim von Quasimodo ist. Aber es ist gut zu wissen. Wenn ich mal Besuch aus dem Ausland bei mir habe, komme ich gern darauf zurück."

„Es wäre mir ein Vergnügen, Kollegin. Paul, wollen wir zurück oder möchtest du später nachkommen?", stellt der

Kollege die gruseligste Frage überhaupt. Und dabei grinst er auch noch, als wäre er dabei gewesen, als Paul mir den federleichten Kuss in der Galerie gab.

Bin ich froh, dass Prof. Yves Merveille nicht zu meinem Fachbereich gehört. Aber so schnell habe ich das Schloss meines Fahrrads trotzdem noch nie aufgeschlossen.

„Geht ihr zusammen zurück. Ich habe jetzt gleich ein paar Termine. Dringende Termine, die unaufschiebbar sind. Leider. Also, ich wünsche euch beiden noch einen schönen Nachmittag. Wir telefonieren später, Paul, wenn ich mit der Arbeit fertig bin, wie besprochen. Es hat leider ein wenig länger gedauert“, flüstere ich ihm zu und küsse ihn aufs Ohr. Und schon trete ich wie eine Verrückte in die Pedalen. Oh. Mein. Gott.

6

ES IST nicht vorbei. Es gibt Hoffnung.

Nur dass damit die Lügen wieder angefangen haben. Vor vielen Jahren, irgendwann im Laufe meines Studiums, habe ich begonnen, Lügen zu hassen.

Aber ohne Lügen keine Aussicht auf eine Affäre mit Paul. Und die will ich. Das weiß ich jetzt. Ich will auskosten, was zwischen uns ist, so lange wie möglich.

Ich kann nur hoffen, dass Yves keine allzu engen Kontakte zu den Kollegen in meinem Fachgebiet hat. Ich will niemandem wehtun, aber ich möchte auch nicht ins Gerede kommen.

Aber ich will eine Affäre mit Paul.

Kaum biege ich um die nächste Ecke, trifft auf meinem Handy eine Nachricht ein. Das Lächeln auf meinem Gesicht wird breit. Ich bin mir sicher, dass die Nachricht von Paul ist. Nur noch zweimal abbiegen, dann bin ich zu Hause und kann nachsehen.

Da ist das Haus mit dem Baugerüst. Der rote Blätterputz ist vollkommen runter. Da ist bloß noch der rohe Stein.

Er könnte mir gefolgt sein, fährt es mir plötzlich durch den Kopf. Bei dem Gedanken bekomme ich einen solchen Schrecken, dass ich gegen einen hohen Bordstein fahre und beinahe mit dem Rad umfalle. Im letzten Moment fange ich mich und fahre langsam weiter. Mein Herz rast, als ich mich auf unserer schmalen Straße umsehe.

Sehr weit hinter mir überqueren ein paar Touristen mit Rucksäcken die Straße. Ansonsten herrscht die übliche Ruhe. Mal abgesehen von dem Hämmern im Haus und dem Geschrei aus dem ersten Stock, das sich mit dem Baulärm vermengt. Lydias Kinder streiten. Die grelle Stimme des Mädchens kann Glas zersplittern lassen. Ich kann also davon ausgehen, dass der Ziegenbock aus dem Erdgeschoss damit beschäftigt ist, mit dem Besenstiel gegen die Zimmerdecke zu klopfen. Wobei er dazu sicher auch noch eine Trittleiter braucht.

Ungehindert von dem Meckerfritzen, schiebe ich mein Rad durch den Hausflur, in dem überall kleine Haufen Bauschutt herumliegen, und stelle die Einkäufe auf die unterste Treppenstufe. Die Vorfreude lässt in meiner Brust einen Ballon steigen. Ich bekomme kaum den 5-stelligen Code eingegeben, so gespannt bin ich auf die Nachricht.

Sie stammt tatsächlich von Paul.

Er schickt mir ein Selfie, auf dem er sich krümmt und sich den Bauch hält. Darunter steht: „Der Hunger bringt mich um. Heute Abend? Um 8? Im Seb'on?"

7

ICH WILL dahin. Und wie ich will. Ich will diese Essenseinladung annehmen.

Nur wie schaufele ich mir die Zeit dafür frei?

Leila erschlägt mich, wenn ich ihr damit komme. Nicht wegen ihres Wackelzahnes. Den verpacken sie und Hassan jetzt doch überraschend locker. Aber die Extra-Freizeit hätte ich rechtzeitig ankündigen müssen. Abends kann Leila nur selten, weil sie da meist bei einem ihrer erwachsenen Söhne isst, während Hassan mit Lydia rummacht. Oder die Söhne essen bei ihr zu Abend. Dann ist Hassan dabei. Obwohl Leila so viel bei uns arbeitet und ihre Ehe mit Hassan ein einziger Misthaufen ist, ist sie ein Familienmensch.

Doch einen anderen *Babysitter* habe ich nicht. Nicht mehr. Weil ich es irgendwann aufgegeben habe, mich zu verabreden. Und damit meine ich nicht nur Verabredungen mit Männern. Ich gehe nur noch selten aus, und wenn, dann ist es beruflich. Das kann ich von langer Hand planen. So spontan habe ich ewig keinen Abend mehr frei gemacht. Es kommt mir schon vor, als wäre es ganz und gar abwegig, als hätte ich keinen Anspruch auf Vergnügen.

Als ich, bepackt wie ein Esel, in die Wohnung komme, steht Leila schon im Flur. Ihrem Gesicht, das nicht wie sonst freundlich aussieht, entnehme ich, dass ich schon wieder zu spät komme. Noch so eine Sache, die ich irgendwann während des Studiums zu hassen gelernt habe. Jetzt hat es mich wieder erwischt, das Zuspätkommen. Ich fürchte, der Teil unserer Beziehung, der sich Freundschaft nennt, geht gerade den Bach runter. Ich darf gar nicht daran denken, was erst geschieht, wenn der Zahn am Ende doch noch ausfällt.

„Hallo, Leila. An der Supermarktkasse war der Teufel los. Alles voller Touristen."

„Jetzt bist du ja da." Leila stürzt zur Wohnungstür, die ich noch nicht geschlossen habe.

„Hast du es sehr eilig, Leila?"

„Ja. Ich will die Fenster putzen, den Kühlschrank abtauen, die Böden gründlich schrubben. Es ist Frühling. Eure Wohnung ist inzwischen auf Hochglanz. Ich habe sogar den Herd von der Wand abgerückt. Du glaubst nicht, was ich dahinter gefunden habe. Keine Angst, es ist kein Vogel ..."

„Wenigstens etwas", entgegne ich.

Ehrlich gesagt interessiert es mich gerade nicht, welche Essensreste und Tierkadaver Leila ans Licht des Tages befördert hat. Mein Gewissen bringt mich um, aber ich stelle die Frage trotzdem.

„Ich habe ein Problem, Leila. Ich muss heute Abend an die Uni. Eine Lesung, bei der ich nicht fehlen sollte. Ich habe das vollkommen vergessen", lüge ich munter drauflos. „Könntest du heute Abend hier Wache schieben?"

„Wann? Heute Abend?"

Ich nicke.

„Hast du mir nicht zugehört, Clara?"

„Doch. Könntest du den Frühjahrsputz nicht ein anderes Mal ...?"

„Ungern. Sehr ungern. Nein."

Diese Bettelei war mit ein Grund dafür gewesen, dass ich aufgehört habe, abends auszugehen.

„Und wenn ich dir mehr zahle? So viel, dass du dir einen Fensterputzer bestellen kannst?"

„Das muss ja eine wichtige Lesung sein ... Trotzdem, ich schiebe den Frühjahrsputz schon so lange vor mir her. Nein. Ich möchte es nicht."

„Bitte, Leila! Mir würde wirklich ein Riesenstein vom Herzen fallen."

Leila kneift die großen, dunklen Augen zusammen. „Es geht mir nicht ums Geld. Ich finde, dass du in letzter Zeit ziemlich viel arbeitest, Clara."

„Normal. Das Semester hat begonnen. Ich verspreche dir, dass ich nicht wieder so kurzfristig mit so einer Bitte ankomme ..."

„Ja, normal. Aber dem alten Herrn bekommt deine viele Abwesenheit nicht und ich habe Angst um meine Zähne. Nein, Clara. Tut mir wirklich leid. Aber ich werde auch nicht jünger. Und es ist mir zu viel."

Frühjahr 1999

1

DIE SONNE steht bereits hoch am Himmel. Ich stelle fest, dass es nicht mein Bett ist, in dem ich liege.

Wahrscheinlich ist es das bequemste Bett in dem ich jemals lag. Und das schönste. Aber vor allem ist es seins. Es ist Gabriels Bett. Das Bett meines Professors, in den ich mich schon vor langer Zeit verliebt habe. Unwiderrufbar.

Doch wo ist er?

Die letzte Nacht war fantastisch. Niemand zuvor hat mit mir anstellen können, was Gabriel tat. Einen sonderlich großen Vergleich habe ich nicht. Doch eines weiß ich: Die Jungs in meinem Alter werden in den nächsten Jahren einiges dazulernen müssen.

Ich strecke alle Viere von mir und gähne genüsslich. Ich habe das ganze Bett für mich allein. Mein Liebhaber ist nirgends zu sehen oder zu hören, was mich für einen kurzen Augenblick etwas beunruhigt.

Doch dann höre ich nackte Füße über das Parkett schleichen. Vermutlich denkt Gabriel, ich schlafe noch.

Er ist ein rücksichtsvoller Mensch, das habe ich auch in der letzten Nacht erfahren. Nicht nur einmal.

Aber sollte gerade er nicht darauf erpicht sein, dass ich pünktlich zum Unterricht komme? Oder versucht er, sich vor einem Gespräch zu drücken?

Ich schließe die Augen, um ihn in dem Glauben zu lassen, dass ich schlafe.

Nicht, dass er sich noch beobachtet fühlt. Das soll er nicht. Doch ich will sehen, wie er sich verhält, wenn er glaubt, dass ich schlafe.

Ich öffne meine Augen einen Spalt breit, nur um enttäuscht festzustellen, dass Gabriel einen Bademantel trägt.

Doch lange lässt er nicht auf sich warten und lässt ihn fallen. Er hängt den blauen Mantel in die Tür des geöffneten Wandschrankes. Sein Po ist straff und furchtbar sexy. So gern würde ich in diesen saftigen Apfel beißen, doch dann würde meine Tarnung auffliegen. Ich genieße die kleine Show am Morgen.

Ob er wohl ohne ein Wort zur Arbeit geht? Hat er solch ein Vertrauen in mich, dass er mich allein in seiner Wohnung zurücklässt?

Gabriel und ich sind uns sehr nahe gekommen. Körperlich wie emotional. Ich habe die komplette Nacht hier verbracht. In seinem Bett. Ich gehe nicht davon aus, dass Gabriel mitten in der Nacht ins Wohnzimmer geflohen ist und auf dem Sofa geschlafen hat.

Bitte dreh dich noch einmal um. Ich will sehen, was mir letzte Nacht solch ein Vergnügen bereitet hat. Doch Gabriel dreht sich nicht um. Er streift sich schwarze Shorts über, gefolgt von einer Leinenhose und einem beigefarbenen Hemd, das gerade eng genug sitzt, um alle Studentinnen in der ersten Reihe verrückt zu machen.

Raphael hatte recht. Dieser Hut steht ihm wirklich verdammt gut. Er setzt den schwarzen Panama-Hut auf die noch feuchten Haare. Kein Wunder, dass die immer so strubbelig aussehen.

Ich bin eifersüchtig auf die Drittsemester, die heute von ihm unterrichtet werden. Jetzt, da der Professor Single ist, haben die hübschen Studentinnen sicher ein Auge auf ihn geworfen. Doch sie kommen zu spät.

„Guten Morgen, Clara. Ich wollte dich nicht wecken."

Meine Augen sind offen. Genauer gesagt, glotzen sie voll aufgerissen in das hübsche Gesicht, dass mir so nett zulächelt.

„Nicht schlimm", gebe ich gespielt schläfrig zurück und erzwinge ein lautes Gähnen.

„Du kannst gerne duschen. Dann nehme ich dich mit zur Uni."

Meine Augen weiten sich immer mehr. Ist das sein Ernst? Will er riskieren, dass uns jemand sieht?

„Ich habe heute morgen zwei Freistunden", lüge ich. „Und ich bin noch immer so geschafft von der letzten Nacht", hänge ich hinten dran und beobachte, wie sich Gabriels Gesicht zu einem zufriedenen Lächeln verzieht.

„Dann bleib liegen. Zieh die Tür zu, wenn du gehst. Im Kühlschrank findest du ein paar Eier, wenn du Hunger hast."

Ich hatte recht. Gabriel vertraut mir. Er muss die Nähe in der letzten Nacht genauso genossen haben wie ich.

Da macht es mir auch nichts aus, dass er den Abschiedskuss überspringt und pfeifend die Wohnung verlässt.

2

GABRIELS WOHNUNG ist riesig. Von außen wirkt das Haus viel kleiner, doch er hat vier Zimmer nur für sich. In seinen Bademantel gewickelt, betrete ich einen Raum nach dem anderen und schließlich die Küche. Sie ist alt, aber wunderschön. Bestimmt ist die geradezu antike Ausstattung noch vom Vormieter, der ein Vermögen dafür hingeblättert hat. Genau wie der derzeitige Besitzer für den Wein in dem Wandregal. Der ist vermutlich viel zu schade, um ihn zu trinken.

Gabriel hat sich eine Zigarette gedreht und sie auf dem Küchentisch vergessen. Er hatte es echt eilig zu verschwinden. Unpünktlichkeit ist an der Sorbonne nicht gern gesehen. Oder hat er die Kippe für mich gedreht? So oder so wird er sie nicht vermissen. Ich stecke mir den Glimmstängel in den Mund und zünde sie mit dem Feuer des Gasherdes an, das ich eben für ein Omelette entfacht habe.

Ich nehme mir zwei Eier aus dem Kühlschrank, etwas Milch und Käse und bereite mir ein Frühstück. Ich werde im Bett essen. Stilecht auf dem kleinen Tablett, das neben dem Bett steht. Wahrscheinlich hat Gabriel seiner ehemaligen Verlobten jedes Wochenende ein Frühstück bereitet.

Doch die Frage, warum keine Spur von ihr in der Wohnung zu entdecken ist, spukt immer noch in meinem Kopf herum. Wer weiß, ob Gabriel die Beziehung nicht schon vor Monaten aufgegeben hat.

Nach einem leckeren Frühstück und einem kurzen Hausputz verlasse ich Gabriels Wohnung. Zur Uni werde ich aber nicht gehen. Dafür schwebt mein Kopf heute zu weit über den Wolken.

Ich schnappe meine Tasche und laufe durch den Flur. Neben der Wohnungstür, ein wenig versteckt zwischen ein paar gerahmten Zeichnungen, hängt ein Schlüsselbrett an der Wand. Ich greife nach einem der Ersatzschlüssel, stecke ihn ein und ziehe die Tür hinter mir zu.

3

DIE GEGEND um Gabriels Wohnhaus ist wunderschön. Ein Katzensprung bis Notre-Dame und nur wenige Gehminuten bis zum Seine-Ufer. In der Hauptstraße reihen sich kleine Läden aneinander, allen voran das legendäre Eiscafé Berthillon, vor dem sich nicht nur an heißen Sommertagen lange Schlangen bilden.

Die Häuser wirken altertümlich, fast romantisch. Der Frühling taucht die Umgebung in bunte Farben. Das Wasser ist voller Ausflugsschiffe und die Ladenbesitzer stellen frische Blumenkübel vor die Cafés und Bäckereien.

Einfach jeder wirkt frisch verliebt. Vor allem ich. Es hat mich erwischt. Gabriel hat mich erwischt.

Heute werde ich shoppen gehen. Ich suche den schönsten Dessousladen in Paris und bereite mich auf das nächste Treffen mit Gabriel vor. Ich bin mir ganz sicher, dass die gestrige Nacht bloß der Anfang von etwas Großem war. Und wenn nicht, dann werde ich später, wenn ich es mir leisten kann, genau hier eine Wohnung mieten. Sofern ich es jemals schaffe, so viel zu verdienen.

Ich spaziere die Promenade an der Seine entlang, als mir plötzlich zwei bekannte Gesichter entgegen kommen. Inès und Raphael haben mich zum Glück noch nicht entdeckt.

Was tun die hier? Sind die mir etwa auf die Schliche gekommen?

Dann fällt es mir ein. Vergangene Nacht war die Party, von der ich netterweise ausgeschlossen wurde. Die muss wohl hier in der Nähe gewesen sein. Inès und Raphael sieht man meilenweit an, dass sie gefeiert haben. Inès sieht sogar aus, als würde sie sich jeden Moment in die Seine entleeren.

Schnell husche ich in eine Nebenstraße und verstecke mich in dem erstbesten Laden. Auch wenn die sicher noch zu betrunken sind, um zu verstehen, was ich in dieser Gegend mache, habe ich keine Lust, auf die zwei zu treffen. Nie wieder. Ab heute gibt es bloß noch mich, das Studium und Gabriel.

Und natürlich meinen Papa, dessen Anrufe ich an diesem Morgen weggedrückt habe. Dass der letzte Diskussionsabend eine Pyjamaparty war, hätte ihm wohl nicht gefallen.

Die Luft ist rein. Inès und Gabriel torkeln vorüber. Ich atme tief durch. Dann will ich den ursprünglichen Weg zu dem Dessousladen einschlagen, werde jedoch aufgehalten.

„Kann ich Ihnen helfen oder einen Kaffee bringen, junge Dame?"

Erschrocken drehe ich mich zu der freundlichen, älteren Frau mit dem weißen Bobschnitt herum.

Ich bin in einem Atelier gelandet. Große, weiße Räume, die durch Glaswände getrennt sind. Die Wände sind mit schönen Gemälden von Tieren mit menschlichen Körpern ausgestattet. Witzige Idee. Im nächsten Raum stehen ein paar hübsche Caféhaus-Möbel, die zum Verweilen einladen.

Dieses Atelier wirkt wie ein kleines Paradies.

„Nein, bitte keinen Kaffee. Haben Sie vielleicht Tee?"

Die alte Dame nickt mir zu und geht in den Raum nebenan.

Ich schaue mir die Gemälde in den drei großen, weißen Räumen an und setze mich schließlich an einen Tisch. Mein Tee und eine süße kleine Postkarte mit dem Bild eines Dackelkopfs und dem Körper einer Hausfrau warten bereits auf mich.

Lange war ich nicht so glücklich wie heute. Zu gern würde ich mein Glück in die Welt hinaus schreien und jeden daran teilhaben lassen.

Doch Gabriel wird vorerst mein Geheimnis bleiben, genauso wie dieser wunderbare Ort.

Ein richtiges Date

1

ICH HABE Leila einen Fensterputzer versprochen, der kommen wird, sobald die Bauarbeiten abgeschlossen sind. Außerdem habe ich ihr die schwarze Kommode aus dem Flur geschenkt. Warum auch immer sie so scharf ist auf das alte Ding.

Aber nun bin ich da, verlasse die U-Bahn an der Station Anvers.

Pigalle. Das reinste Touristenpflaster, am Fuße des Montmartre. Hier befinden sich das Rotlichtviertel und Sacré-Cœur. Mein Blick fällt automatisch in die nächste schmale Gasse, die zu der Basilika hinauf führt. Hier bekommt man so ziemlich die preiswertesten Macarons von ganz Paris, und sie sind trotzdem hervorragend und sie verkaufen sie in vielen Farben, auch in rosé und himbeerrot.

Aber ob der Gastprofessor wirklich weiß, wie eng hier die Sünde und das Heilige auch örtlich beieinander liegen? Ich muss fast lachen. Man merkt, dass Paul noch nicht lange in der Stadt ist. Doch es ist schön, Paris mit seinen Augen zu sehen. Mit der Zeit wird sich sein Blick verändern. Immer wieder. So erging es mir auch und so ist es noch. Man entdeckt immer wieder etwas Neues und man lernt viele Menschen kennen. Wenn man offen ist. Heute will ich ganz offen sein.

Die Rue d'Orsel ist fast schon malerisch. Schmale Gasse, Kopfsteinpflaster. Das Seb'on hat eine dieser typischen Fassaden aus lackiertem alten Holz. Schwarz. Statt Gardinen hängen Plakate in den Schaufenstern. Ich muss mich bücken, um unter den Sichtschutz, der zugleich Werbung ist, ins Restaurant sehen zu können.

Ein Tisch, zwei Gläser, gefüllt mit Wein.
Aus einem wurde bereits getrunken.
Und dann.
Er.
Er sitzt direkt hinter der Scheibe, am Tisch für zwei.
Schaut mir ins Gesicht, mit seinen blauen Augen.
Kalt und heiß rinnen Schauer über den Rücken mir.
Sein Lächeln schwingt von überrascht zu erfreut.
Er steht auf, erhebt sich, will zu mir.
Kann mein Herz nicht zügeln.

Paul und ich sind gleichzeitig an der Tür. Er zieht, ich schiebe. Seine Augen gleiten über mein Gesicht, mein Haar, das ich offen trage, seit ich aus der Metro gestiegen bin. So wie er damals in der Galerie die Kunstkarte hielt, fasst er nach der gelockten Spitze einer langen Haarsträhne, die mir der Wind nach vorn über die Schulter geweht hat.

Ich tu's für dich, verrate ich ihm mit den Augen und er gibt diesen einzigartigen Laut von sich. „*Rhämh.*"

Ich streiche die windverwehte Strähne so absichtlich unbeabsichtigt nach hinten, dass sich unsere Hände berühren. Sein rechter Mundwinkel zuckt ganz leicht, das Blitzen in seinen Augen verstärkt sich. Er legt einen Arm um meinen oberen Rücken.

„Schön, dass du da bist." Seine Stimme klingt leicht rau von der Stimmung, die sich schlagartig zwischen uns ausgebreitet hat. Als hätte jemand eine Käseglocke über uns beide gestülpt. Umgebungsgeräusche werden dumpf, das Licht schummrig, über der ganzen Welt liegt Weichzeichner.

Paul führt mich ins Restaurant, nimmt mir die kurze, weiße Jacke ab. Ich helfe ihm, damit unsere Hände sich so intensiv begrüßen können wie unsere Augen. Und damit der Augenblick nicht so schnell vorüber ist.

„Ein schönes Kleid", sagt er nur wenige Zentimeter vor meinem Gesicht, das ich ein wenig drehe, um ihm noch näher zu kommen.

Das Kleid ist blau. Nagelneu. Es ist ein Wickelkleid, das meine Figur betont. Oben herum ist es eng, der Ausschnitt ist eigentlich zu tief für mich. Dafür fällt der Rock bis unter die Knie, ist weit ausgestellt. Er teilt sich an der Seite, wenn ich mich setze. Ich habe das hübsche Teil im Vorübergehen gekauft und es gleich im Laden angezogen. Das alte, schwarze Kleid steckt zusammengeknüllt in der Handtasche.

„Hast du das Essen schon bestellt?" Unsere Lippen berühren sich, als ich das frage.

„Wow", sagt Paul leise.

Derselbe Duft, den damals sein grauer Schal verströmte, benebelt mich. „Wohnst du in der Nähe?"

„Ich habe mit Yves und Lorraine noch nicht über Frauenbesuch gesprochen."

„Oh", sage ich nach kurzem Zögern und schlucke.

„Du bist die erste Französin, die mich umgehauen hat."

Und das sagt er, nachdem ich mich zwei Wochen nicht bei ihm gemeldet habe. Ich kann kaum glauben, was hier vor sich geht.

„Doch“, bekräftigt er, als könne er meine Gedanken lesen.

Vielleicht kann er das ja. Mein Lächeln wird immer breiter, mein Herzschlag immer dumpfer.

„Lass uns den Wein trinken und dann spazierengehen. Oder bekommst du Ärger mit dem Kellner, weil du den Tisch reserviert hast? Oder hast du Hunger? Dann essen wir. Aber ich würde viel lieber mit dir ... reden. An der frischen Luft. Es ist unhöflich, eine Essenseinladung auszuschlagen, ich weiß. Besonders wo ich mich so sehr über diese freue. Aber jetzt bin ich viel zu aufgeregt zum Essen“, gebe ich zu.

„Ich habe nicht reserviert.“

„Du hast mich auf gut Glück hierher bestellt?“ Ich muss lachen, obwohl die Spannung zwischen uns bald nicht mehr zu ertragen ist.

„Der Tisch war tatsächlich frei. Jetzt ist er es wieder ...“

Paul und ich ziehen mir gemeinsam die weiße Jacke wieder an. Der Kellner kommt.

„Wo ist die Toilette?“, erkundige ich mich.

„Hinter dem Tresen, Madame.“

„Bin sofort wieder bei dir“, hauche ich gegen Pauls glattrasierte Wange.

In dem winzigen Gäste-WC ziehe ich mir die Seidenstrumpfhose aus und stopfe sie zu dem Kleinen Schwarzen in die Handtasche. Kurzer Blick in den Spiegel.

Meine Wangen glühen. Leichtes Kopfschütteln. Ich strecke meinem Spiegelbild die Zunge raus und hau schnell ab zu Paul.

Er hat den Wein bezahlt. Ich trinke einen Schluck aus dem Glas, das für mich bestimmt war, dann ziehe ich meinen Gastprofessor an die frische Luft.

Fast zerre ich ihn hinter mir her. Allein der Klang seiner Schritte und sein dezenter, männlicher Duft sind ein Erlebnis, das sämtliche Sinne in mir anspricht. Während wir in die Metro steigen, fallen mir beinahe die Augen aus dem Kopf, als ich sehe, was er in der anderen Hand hält. In der, in die sich nicht meine Hand einkuschelt.

Oh, mein Gott, er hat das Weinglas mitgehen lassen. Er lässt mich daraus trinken, während ich die ganze Zeit kichere. Der Wein ist wirklich gut. Bei dem Preis, den er vermutlich dafür bezahlt hat, darf man schonmal ein Glas stehlen. Und er darf mich abknutschen.

Wir umarmen gemeinsam eine Haltestange und knutschen wie Teenager, die die Erwachsenen um sie herum schocken wollen. Ich habe meine Arme um seinen Hals geschlungen, seine Hände berühren meine Seiten. Die Metallstange befindet sich genau zwischen uns, sie drückt uns beide in die Haut. Die zwei Wochen haben uns vollkommen ausgehungert und doch ist es, als hätten sie nie existiert. Als hätten wir erst gestern Abend telefoniert.

„Wo steigen wir aus? Oder steigen wir gar nicht aus? Fahren wir die ganze Nacht?“, quatscht Paul in meinen Mund.

„Raus. Hier“, sage ich bestimmt. Die Metro fährt schon quietschend in den Bahnhof, die Türen öffnen sich mit Gepolter.

Arm in Arm hetzen wir durch die Gänge, dringen vor bis an die Oberfläche.

Es dämmert stark. Die Straßenlaternen schalten sich gerade ein.

Tief sauge ich die Pariser Luft und die Seine in meine Lungen. Heute liebe ich die Mischung noch mehr, denn in den unverwechselbaren Duft mischt sich Paul.

„Paris-Seine-Clara", sagt er lachend, als könne er meine Gedanken lesen. Nur, dass ich Paris-Seine-Paul gedacht habe.

„Ist das unser Ufer?" Pauls Hand wandert von meiner Schulter hinunter zu meiner Taille, als wir die Treppe zum Kai runtergehen.

Nickend sehe ich zu ihm auf. Zur Belohnung bekomme ich einen Kuss. Dieses Prickeln überall auf meiner Haut und in meinen Adern ist köstlich.

„Wir machen das Ufer zu unserem", wispere ich, während mein Blick von der Seine zu Paul wandert.

„War diese Brücke eigentlich schon immer hier?", brummt er an meinem Hals, als wir unter der Brücke sind.

Eine Hand von ihm legt sich auf meinen Hintern und ich schlinge die Arme fester um ihn. „Die Brücke ist übrigens eine reine Fußgängerbrücke. Es ist die Brücke der Liebenden. Heute Abend gehört sie uns."

„Du machst mich total verrückt, Clara, weißt du das ..."

Ja, ich weiß. Du mich auch.

Paul drückt mich gegen die Kaimauer. Mit einer Hand spielt er an meinem Ohr, streicht über meinen Hals. Seine Lippen zerren an meinen, rutschen an meinem Hals hinunter, um an meinem Brustansatz ein Feuerwerk zu entfachen. Währenddessen hebt seine andere Hand den Saum meines Kleides. Das blaue Wickelkleid ist perfekt. Ich schlinge ein Bein um Pauls Unterschenkel, zerre ungeduldig an seinem Gürtel, reiße fast den Knopf von seiner Hose ab und bekomme den Reißverschluss nur zur Hälfte runter gezogen.

Wir haben das Reden aufgegeben. Für eine ganz lange Zeit sind wir nur noch Arme, Beine, Hände, Augen, Lippen und Haut. Weit hinter uns, einige Meter höher, fahren die Autos über den Quai de la Tournelle. Vielleicht schippert im Wasser auch der ein oder andere Kahn vorbei. Wahrscheinlich sind irgendwo auch ein paar andere Liebespaare auf ihrem romantischen Abendspaziergang oder machen es uns nach.

Wobei ich nicht glaube, dass es etwas Besseres, Schöneres, Heißeres geben kann als das, was wir tun. Wie wir es tun. Wie er es tut. Dies ist unsere Brücke, unsere Zeit. Alles andere, eine ganze Millionenstadt, all die Leben vor unserer Zeit und danach sind unwichtig. Das hier sind nur wir. Paul und Clara.

Und ich bin eine Clara, von der ich vergessen hatte, dass sie existiert. Eine verrückte, spontane, sinnliche Clara. Eine Frau, die das Leben liebt.

2

„ICH KOMME um vor Hunger", stöhnt Paul eine so lange Zeit später, dass ich kaum glauben kann, dass uns niemand bei unserem wunderbaren, gierigen Liebesspiel gestört hat.

„Ich habe das Gefühl, dass du das nicht zum ersten Mal sagst", lache ich. Aber auch mein Magen knurrt wie ein giftiger Hund.

„Und ich habe das Gefühl, dass wir die ganze Seine hinablaufen. Wann kommt denn endlich diese Imbissbude?"

„Wäre es dir lieber gewesen, sie hätte gleich neben unserer Brücke gestanden?“

„JA!“

Er ist zu süß in seinem unbändigen Hunger. Ich will ihn küssen, treffe aber nicht das eigentliche Ziel, seinen Hals, sondern bloß die Schulter, weil wir wie die Verrückten über das Kopfsteinpflaster stolpern.

„Ist sie das endlich?“

Ein paar hundert Meter weiter ist Licht. Licht und Menschen. Lieber wäre mir Paul ganz allein. Aber man kann nicht alles haben. Langsam kehrt die Realität zurück. Wie wenn man morgens aufwacht, es draußen dämmert und der Wind erst noch ein paar Wolken wegpusten muss, damit die Sonnenstrahlen ihren Weg finden. Noch bleibt uns ein bisschen Zeit.

Paul kauft Hotdogs von einem Typen, der hier gar nicht stehen dürfte. Tagsüber röstet er auf demselben Grill Maronen. Aber das ist uns egal, es ist allen egal, selbst den Polizisten, die oben auf dem Quai patrouillieren, ist es an diesem Abend schnuppe. Mit unseren vom Rennen und vom Sex roten Gesichtern stopfen wir die Hotdogs in uns rein.

„Hm. Die sind gut! Die besten, die ich je gegessen habe“, schmatzt Paul und wischt mir mit der Serviette über den Mund.

„Sie sind erbärmlich“, widerspreche ich lachend.

„Aber es sind die besten erbärmlichen Hotdogs, das musst du zugeben.“

Er hat seinen schon verschlungen und zieht mich ohne Rücksicht auf Verluste in seine Arme.

Sein Hemd wird aussehen wie eine Serviette, wenn er gleich zu seiner Gastfamilie geht. Aber auch das ist ihm egal.

Wenn man verliebt ist, ist einem alles egal. Mein Herz schlägt noch schneller, was langsam wirklich nicht mehr möglich sein kann.

„Lass uns noch ein paar von den erbärmlichen Hotdogs kaufen, Clara-mit-langem-A, und dann gehen wir wieder unter unsere Brücke."

Wahrscheinlich hat er nicht den Hauch einer Ahnung, welche Gefühle er damit in mir auslöst. Aber ich kann nicht. Ich muss nach Hause. Mein Handy summt auch schon wieder, was kein gutes Zeichen ist.

Von einen Moment auf den anderen falle ich vom Himmel auf die Erde. Ich fühle mich wie Cinderella. Der Zauber ist vorbei. Ich sollte vor fünf Minuten zu Hause sein. Gleich werde ich einen gläsernen Schuh verlieren. Hoffentlich hebt er ihn auf.

Ich gebe Paul Darlow einen hektischen Kuss auf den Mund.

„Morgen. Oder übermorgen. Wir telefonieren." Ich laufe bereits in Richtung der Brücke. Da muss ich rüber. Und dann quer über die Stadtinsel. So schnell es geht. „Ich muss leider schon nach Hause."

Paul ist total perplex.

„Sag mal, bist du noch minderjährig? Oder hast du kleine Kinder? Sitzt der Babysitter auf heißen Kohlen?", ruft er mir verdattert nach.

Ich winke mit dem Rest meines Hotdogs in der Hand. „Weder, noch. Wir sehen uns morgen? An der Uni? Um acht gebe ich ein Seminar. Ab zehn hätte ich Zeit ..."

Oh je. Hoffentlich versteht er mein Gestammel.

Dann laufe ich die Treppe hinauf. Als ich mich einmal kurz umsehe, wirft Paul mir einen Luftkuss zu. Ich erwidere ihn, schlucke die Tränen runter, die in meinen Augen brennen. Die Realität hat mich zurück. Die funktionierende Clara ist wieder da. Die zuverlässige und auf eine so ganz andere Art liebende Clara.

Aber auch die ist ein Teil von mir. Der Teil, der zuerst da war.

Und noch immer Frühjahr 1999

1

MEIN HANDY klingelt schon zum zweiten Mal, doch ich kann nicht rangehen. An diesem Nachmittag verlässt Gabriel den Campus mit einer Frau. Das fast schwarze Haar trägt sie schulterlang. Die olivfarbene Haut und die großen Augen mit den dichten, geschwungenen Wimpern lassen mich vor Neid erblassen. Sie ist vielleicht zehn Jahre älter als ich und eine der zierlichen Schönheiten, die man im Süden Frankreichs häufig antrifft.

Besonders gute Charakterzüge kann ich ihr allerdings nicht zuschreiben. Immerhin trifft sie sich gerade mit einem vergebenen Mann. Außerdem ist ihr Rock zu kurz und die Bluse zu weit aufgeknöpft.

Die Frau ist eindeutig nicht seine Kragenweite. Doch warum legt er einen Arm um sie und schlendert mit ihr vom Unigelände, als seien sie ein Paar? Ist es möglich, dass es sich bei der Frau um seine Ex-Verlobte handelt? Bei dem Gedanken daran, dass sie sich versöhnen könnten, schnürt sich mir der Magen zu.

Es wird mir wohl nichts anderes übrig bleiben, als die beiden zu beschatten. Ich stecke mein Handy zurück in die Leinentasche, die über meiner Schulter hängt, und linse um dem Baum herum, hinter dem ich mich seit geraumer Zeit verstecke, um Gabriel und die mysteriöse Dunkelhaarige zu beobachten.

Vielleicht ist das verrückt. Aber ist es nicht genau das, was man tut, wenn man verknallt ist? Möglicherweise wäre es ratsamer, meine Gefühle zu Papier zu bringen als hier draußen Detektiv zu spielen. Doch meine Hand schmerzt bereits, da ich den Stift seit meiner Nacht mit Gabriel gar nicht mehr ablegen kann. Meine Schreibblockade ist genauso passé wie seine eigene, seit er mir den ersten Kuss gab. Und die Inspiration kam zurück, als mich Gabriel von dem orangefarbenen Sessel ins Schlafzimmer trug.

Ich will das nicht aufgeben, denn ich glaube, das mit uns ist das Richtige. Ein bisschen Hinterherschnüffeln wird dem Schicksal sicher kein Beinchen stellen.

Wer ist diese Frau, Gabriel?

Sie wechseln die Straßenseite. Das ist mein Zeichen. Als befände ich mich auf der Flucht, sehe ich mich mehrfach um, verlasse den Campus und laufe den beiden mit genügend Sicherheitsabstand hinterher.

Die Nacht, die wir miteinander verbracht haben, war unglaublich. Doch da war so viel mehr als guter Sex. Ich glaube, es hat gefunkt, und auch Gabriel ist das klar geworden.

Warum also trifft er sich mit anderen Frauen? Reiche ich ihm nicht? War ich bloß der Startschuss in ein ausgiebiges Singleleben?

Nein! So ist Gabriel nicht. Das mit uns war keine einmalige Sache, er hat nach einem zweiten Treffen gefragt. Vielleicht will er sich nur Gewissheit über seine Gefühle verschaffen.

Scheiße!

Als wären meine Gedanken so laut wie ein Treibhorn, hat sich Gabriel gerade zu mir herum gedreht. Mit Lichtgeschwindigkeit schieße ich nach rechts und klebe im nächsten Augenblick an einer Haustür, verdeckt von einem steinernen Türpfosten.

Ob er mich gesehen hat, werde ich wohl gleich merken, wenn er um den Türpfosten herum blickt und mich als Stalkerin entlarvt.

Mir ist schlecht. Was tue ich hier bloß?

Mein Herz ist gerade dabei, sich zu überschlagen, als mir klar wird, dass Gabriel mich wohl doch nicht gesehen hat. Ein vorsichtiger Blick um die Ecke offenbart mir das Bild zweier Turteltauben, die weiter die Straße entlang schlendern, als gäbe es niemanden, der auf sie wartet.

Mein schlechtes Gewissen sagt Adieu. Ich trete aus dem Türrahmen hervor und lege einen Schritt zu, denn gerade verschwinden sie in einer Metrostation.

2

NACH EINER kurzen Fahrt mit der Metro und zwei Nebenstraßen weiter, biegen Gabriel und die Dunkelhaarige hinter einem Haus mit weißer Fassade ab.

Sie sind zu schnell unterwegs. Sofort lege ich einen Zahn zu und renne auf die Hauswand zu, hinter der sie verschwunden sind. Ein vorsichtiger Blick um die Ecke verrät mir, dass sie sich vor das nächste Café gesetzt haben. Ein schönes Café, fast schon romantisch, wie es sich in einem

Wintergarten direkt an das Haus schmiegt. Draußen stehen verschnörkelte Metalltische, die an Filme aus den 20er Jahren erinnern.

Zum Glück setzen sich die beiden Turteltäubchen so weit an den Rand, dass ich mich mit genügend Abstand ebenfalls in dieses Café setzen kann.

Ich verstecke mich hinter der Zeitung, die der Gast vor mir hat liegen lassen.

Warum lacht sie? *Was gibt es da zu lachen, Gabriel?* Seid ihr etwa doch nur Freunde?

Aber warum liegt dann deine Hand auf ihrem schmalen Schenkel und reibt gleichmäßig auf und ab? Und was tut ihre Hand auf seinem Oberarm? Wie gerne würde ich die Zeitung nach ihnen werfen!

„Ihre Bestellung, Mademoiselle?"

„Einen Kaffee, bitte", sage ich, ohne den Blick von Gabriel abzuwenden.

„Sonst noch etwas?"

Geht's eventuell mit noch mehr Wirbel? Hau ab, hol endlich den Kaffee.

Doch mit der Ruhe wird es nichts. Ich zucke zusammen, als mein Handy mal wieder anfängt zu bimmeln. Wieder mein Vater. Ich muss rangehen, sonst wird er nicht aufhören anzurufen.

„Clara, wo steckst du? Ich habe schon öfter versucht, dich zu erreichen."

Mein Papa klingt nervös, so wie immer, wenn ich einmal nicht ans Telefon gehe. Das wird sich wohl niemals ändern.

„Der Unterricht ging länger, Papa. Was willst du?"

Mein ruppiger Ton tut mir leid, doch ich will das Telefonat so schnell wie möglich hinter mich bringen. Ich will meine volle Aufmerksamkeit auf Gabriel und die Tussi richten, die sich gerade zu ihm vorbeugt, um ihm einen noch besseren Einblick in ihre Bluse zu gewähren. Die ist kaum subtiler als die blöde Sandrine.

„Es geht ums Wochenende. Du kommst doch, oder?"

Am Wochenende zu Papa? Gabriel und ich sind verabredet. In unserer gemeinsamen Nacht haben wir uns für dieses Wochenende entschieden, was ich als gutes Zeichen vermerkt habe, da es schon so bald ist.

„Wie bitte, Papa?"

„Das Shakespeare-Festival am Wochenende. Wir wollten doch gemeinsam hingehen, so wie jedes Jahr. Hast du das vergessen?"

Papa hat recht, seit jeher gehen wir auf dieses Literatur-Festival im Dorf. Mein Vater steht auf diese Dinge, so wie ich auch. Meine Mama hat den Wahn nie verstanden und sah bloß kopfschüttelnd zu, wie sich unser Wohnzimmer immer mehr in eine Bücherei verwandelte. Etwa so wie das von Gabriel.

Doch nicht ich bin diejenige, die etwas vergessen hat. Das Festival war bereits vor einem Monat. Wegen einer anstehenden Klausur haben wir es dieses Jahr ausfallen lassen.

„Natürlich habe ich es nicht vergessen", behaupte ich, denn mein Papa kann es gar nicht leiden, wenn ich ihn darauf hinweise, dass er mal wieder etwas vergessen hat, und ich will ihn nicht aufregen. Wenn mein Vater eins mehr hasst als Unpünktlichkeit, dann ist es das Älterwerden und die Zipperlein, die es mit sich bringt.

„Ich habe im Moment nur so viel zu lernen, dass ich nicht sofort darauf gekommen bin", lüge ich und überlege, ob es eine gute Idee wäre, Gabriel am Wochenende zu versetzen und meinen Papa trotzdem zu besuchen. Ich würde ihm schon gerne eins dafür auswischen, dass er hinter meinem Rücken ein Rendevouz hat. Andererseits will ich nicht, dass er sich wieder mit der Dunkelhaarigen verabredet.

„Daran habe ich nicht gedacht, Clara. Wenn du am Wochenende lernen musst, dann gehe ich natürlich auch alleine zu der Veranstaltung. Dort sind eh nur so alte Leute wie ich."

Mein Papa lacht, doch mir ist nicht zum Lachen zumute. Einerseits, weil Papa in letzter Zeit wirklich ein bisschen sehr vergesslich wird und ich mir schon Sorgen deswegen mache. Andererseits, weil Gabriel gar nicht mehr aufhört, diesen dünnen Schenkel zu streicheln, als klebte er dort fest. Und die Tussi lacht, als würde er Standup-Comedy aufführen. Dabei ist Gabriel gar nicht so lustig. Er ist eher der grüblerische Träumer als der Partyclown. Genau das gefällt mir an ihm.

„Natürlich versuche ich zu kommen, Papa. Aber ich habe eine bessere Idee. Lass uns das Festival dieses Jahr sausen lassen und du machst uns dafür Mamas Hackbraten, zur Feier des Tages."

„Eine gute Idee, Clara."

Plötzlich steht die Dunkelhaarige von ihrem Platz auf. Sie wollen gehen.

„Papa, ich muss jetzt Schluss machen."

„Bon, wir sehen uns am Wochenende, Clara. Ich freue mich auf dich."

„Je t'aime, Papa!" Ich schicke ein paar Küsschen durch den Hörer und lege auf.

Es sieht aus, als sei das Date bereits beendet.

Ein Kaffee und das war's? Können die zwei es etwa nicht mehr aushalten und wollen so schnell wie möglich in seiner

Wohnung verschwinden? Die Liebe neu aufkeimen lassen? Rein in das Bett, das noch von unserer Gabriels und meiner Liebe warm ist?

Doch dann verabschieden sie sich. Küsschen rechts, Küsschen links.

Mein Herz bebt vor Freude, als ich sehe, wie diese Tussi davonstöckelt, ohne dass Gabriel ihr hinterherschaut.

Das ist ihr nun auch negativ aufgefallen. Anstatt ihr nachzugaffen, bestellt Gabriel bloß die Rechnung und ist mit seiner Aufmerksamkeit vollkommen auf die großen Tasten seines Mobiltelefons konzentriert.

„Diese bescheuerte Technik", hat Gabriel gesagt, als uns mein Handy-Wecker am Morgen nach unserer ersten Nacht weckte.

Gefühlte fünf Minuten tippt Gabriel auf dem klobigen Ding rum, ehe mein Handy vibriert und eine eindeutige Nachricht auf meinem Display erscheint.

„Setz dich doch lieber zu mir herüber, kleiner Vogel. Du siehst so einsam aus."

Eine Art von Beziehung

1

UNSERE BEZIEHUNG scheint sich in einem 2-Wochen-Rhythmus zu entwickeln.

Jedenfalls sind, nach den schrecklichen zwei Wochen Funkstille, weitere zwei Wochen vergangen, in denen sich eine gewisse Routine eingeschliffen hat. Eine Routine, die mir sehr gut gefällt und an der ich nicht rütteln möchte.

Was leichter gesagt ist als getan, denn es ist eine zerbrechliche Routine. Von Pauls Seite aus sowieso, aber auch von mir aus gesehen. Wir wollen beide, dass sich das mit uns weiterentwickelt, wir wollen beide mehr. Unter anderen Umständen würden wir vielleicht sogar beide dasselbe wollen. Auch ich will mehr Zeit mit ihm verbringen, so wie er viel häufiger mit mir zusammen sein will. Vor allem möchte er unsere Treffen ausdehnen. Doch ich muss die wenige Zeit, die wir miteinander haben, bis auf den letzten Tropfen ausquetschen.

Wir sprechen nicht über unser Zeitproblem. Es ist wie eine stille Übereinkunft und ich bete jeden Tag, dass dies noch lange so bleibt.

Und am Ende dieser Tage, an denen wir zwanghaft vergessen, was zwischen uns steht, soll ein Wunder geschehen. Irgendein wunderschönes Wunder und alles ist gut und wir sind für immer vereint.

Wie auch immer das funktionieren soll. Ich wäre wirklich ausgesprochen dankbar, wenn es Wunder gäbe und noch ab und zu das ein oder andere Märchen wahr würde. Auch gern in meinem Leben. Ich will nicht undankbar sein, aber die bloße Begegnung mit meinem Märchenprinzen genügt leider nicht.

„Dieses Zimmer gefällt mir bisher am besten. Es ist weder zu groß, noch zu klein. Wir müssen keine tolle Aussicht bewundern und es ist nicht hellhörig. Außerdem ist es so schön still. Lass uns das nächste Mal wieder hierher kommen“, murmele ich, eng in Pauls Arm eingeschmiegt. Sein unverwechselbarer Duft umschmeichelt meine Nase. Und das ist kein Märchen, sondern Realität.

Paul schiebt mir einen Käsewürfel in den Mund. Auch das ist Realität, eine, die sich märchenhaft anfühlt. Auf unserer winzigen Insel im Alltag ist dies mein klitzekleines Märchen, das mich wie eine Prinzessin fühlen lässt.

Die Daunen in dem Kopfkissen, das Paul erst zu einer Rolle wickelt, die er sich dann in den Nacken stopft und zum Abschluss mit den Fäusten in beide Seiten boxt, um es endgültig in die gewünschte, gemütliche Form zu bringen, knistern, als er zu der mit echtem Stuck verzierten Zimmerdecke hochsieht. Er hat seine Angewohnheiten, so wie er manchmal diesen Ton sagt. *Rhämh*. So wie er mich liebevoll lächelnd beobachtet, um herauszufinden, was ich wirklich denke und möchte. So wie er beherzt handelt, wenn ich zögere. Wie er die Kaffeetasse immer mit der linken Hand hält. Wie er seine Klamotten immer mit der Innenseite nach außen auf den Sessel wirft, wenn er sich auszieht. Wie er sich am Telefon mit seinem vollen Namen meldet, anstatt nur mit dem französischen *Allô*. Ich glaube, manchmal verwechselt er uns mit den Deutschen, obwohl es da nun wirklich nur sehr wenig zu verwechseln gibt. Besonders für einen Geschichtswissenschaftler. Doch ich liebe es, immer wieder eine neue Eigenart an ihm kennenzulernen.

Er hebt den Kopf minimal an und sieht sich aus den Augenwinkeln heraus um.

„Es ist das sechste Zimmer in zwei Wochen“, stellt er fest.

Ein pessimistischer Mensch würde jetzt hellhörig werden. Insbesondere angesichts Pauls gerunzelter Stirn. Aber ich bin fest entschlossen, sämtliche negativen Stimmungen, ansatzweise Kritik, Missfallen und andere Unmutsäußerungen zu ignorieren und ausschließlich positiv zu sein.

Ich hätte nicht erwartet, dass er unsere Treffen mitzählt, umso glücklicher hüpft mein Herz. Denn ich zähle sie auch. Jede einzelne Verabredung halte ich in einem Notizbuch fest, das ich bei einem gemeinsamen Ausflug in den Louvre gekauft habe, wo wir uns eine halbe Stunde vor der *Venus von Milo* geküsst haben.

Selbst die schnellen Kaffees in den kleinen Bars merke ich mir, unsere romantischen Hand-in-Hand-Spaziergänge, bei denen wir meistens ohne Pause reden, wenn wir nicht gerade stehenbleiben, um uns zu küssen. All das ist so kostbar für mich, dass ausgerechnet ich fotoscheuer Mensch Bilder davon mache.

Aber wir haben schon Mai, die Zeit rennt, seit dem Abend unter der Brücke, wo all die aufgestauten Gefühle aus uns hervorbrachen wie die Lava aus einem Vulkan. Ein platter Vergleich, aber umso treffender. Das, was zwischen uns ist, hat nichts mit Kultur und Zivilisation zu tun, das sind Urgewalten. Alles ist vergänglich. Darum will ich es irgendwie festhalten, auch wenn man nichts für immer halten kann, schon gar keinen Gastprofessor. Die Momente, die will ich trotzdem festhalten, und wenn sie nur als Fotos in meinem Handy weiter existieren.

Ich hätte niemals zu träumen gewagt, dass wir tatsächlich die Beziehung führen, die ich mir leisten kann. Die Unter-der-Woche-Mittagspausen-Beziehung, wie ich sie nenne. Aber wir führen sie. Ohne diese wirklich merkwürdige Art und Weise zu thematisieren, wie wir mit der Zeit umgehen. Diese Beziehung tut mir so verdammt gut. Sie füllt meine gestohlenen zwei Stunden wie das Piratengold die Schatztruhe.

In Wirklichkeit will ich viel mehr als die Mittagsstunden und ab und zu einen gemeinsamen Abend. Sehr viel mehr. Aber es geht sowieso nicht. Ich habe ein Versprechen gegeben und Paul bleibt sicher nicht ewig in Paris.

Zumindest an der Sorbonne hat er keine Chance. Da sind längst alle Professuren mit hochkarätigen Leuten besetzt. Als hätte ich nicht längst tausendmal über unsere Möglichkeiten nachgedacht. Welche Chancen hat eine Liebe zwischen zwei Menschen, die auf unterschiedlichen Kontinenten zu Hause sind? Es hat keinen Sinn darüber nachzudenken, denn ich kann Paul nicht mehr bieten als meine gestohlenen Mittagsstunden und ab und zu einen Abend.

Doch außerhalb dieses Versprechens, in meinen gestohlenen Stunden, will ich alles, was geht. Da will ich das Leben genießen, die Wärme, die Unbeschwertheit, die unsere Treffen ausmacht. Die Welt nur für uns zwei. Nur die Highlights.

„Vor allen Dingen ist dieses Zimmer sehr weiß." Pauls Kopf sinkt vollständig in das knisternde Daunenkissen zurück, als hätte es ihn ganz schrecklich erschöpft, sich hier umzusehen.

„Definitiv. Die Wände kalkweiß, die Möbel altweiß, die Polster cremeweiß und die Bettwäsche schneeweiß. Mir gefällt es. Sehr sogar. Nichts lenkt einen ab, ich kann mich ganz auf dich konzentrieren“, sage ich grinsend und kauend zugleich und schiebe ihm ein Stück Croissant zwischen die Lippen. Die fettigen Blätterteigkrümel rieseln, erst auf sein Gesicht, dann auf das feine, weiße Bettleinen. Die Krümel auf seinem Kinn und die auf seinen Wangen küsse ich genüsslich weg. Dies ist die Art von Beziehung, die wir führen. Erotisch und von einer Innigkeit, die man selten erlebt. Nur ohne Alltagsprobleme. Dafür mit dem unausgesprochenen Wissen, dass es im Sommer vorbei ist. Ende Juni, um genau zu sein.

„Fifty Shades of White.“ Paul beißt in meine Ohrmuschel und zieht gleichzeitig an meinen Haaren. „Stehst du darauf? Dann lass mich dich ein bisschen quälen, du kleine, verruchte Französin.“

„Untersteh dich“, kreische ich, als er mich ganz auf sich rauf zieht und mir spielerisch federleichte Klapse auf den nackten Hintern gibt.

Für mich ist das Thema Hotelzimmer noch nicht erledigt. Ich will einen festen Ort, der nur uns beiden gehört. Innerhalb unserer eigenartigen Art von Beziehung will ich einen festen Haltepunkt schaffen. Wenn der erst fix ist, wenn wir uns bis zum Ende von Pauls Vertrag zwei Nachmittage pro Woche in diesem Zimmer treffen, wären die Rahmenbedingungen geklärt. Dann wären Diskussionen über die Form unserer Beziehung überflüssig. Aber ich muss sehr sanft vorgehen, um die Geister nicht aufzuscheuchen.

„Was meinst du? Wollen wir das Zimmer für zwei, drei Nachmittage pro Woche fest buchen?“, komme ich auf meine ursprüngliche Frage zurück, die er bisher nicht beantwortet hat.

Doch auch dieses Mal geht er nicht darauf ein. Stattdessen schließt er mich fest in seine Arme, drückt Küsse auf meinen Kopf und ist schon im nächsten Moment eingeschlafen. Als hätte ich die Frage überhaupt nicht gestellt. Das ist seine Art, es zu bewahren.

Wir beide sind auf ganz leisen Pfoten unterwegs, um das Besondere, das uns verbindet, so lange wie möglich zu erhalten. Aber irgendwann werden wir reden müssen. Es sei denn, wir schleichen uns auf Samtpfoten davon und schließen diese Liebe wie das wertvollste Geschenk aller Zeiten in unsere Herzen ein.

Eine Weile noch lausche ich seinen tiefen Atemzügen, spüre an meinem Ohr, wie sein Brustkorb sich hebt und senkt. Dann wird es Zeit für mich zu gehen.

2

„DU SIEHST gut aus. So rosig. Hast du eine Affäre?“, sagt Leila mir auf den Kopf zu, als ich die Wohnung betrete und der Schlüssel scheppernd auf das Parkett knallt.

Ich kann mich einfach nicht daran gewöhnen, dass die schwarze Kommode jetzt in Leilas Wohnung steht.

„Keine Antwort ist auch eine Antwort.“

Ich bücke mich nach dem Schlüssel und murmele: „Was für eine Affäre soll ich haben? Ich habe keine."

„Wer's glaubt ..."

„Du musst es ja wissen." Ich werfe Leila einen ausdruckslosen Blick zu und lassen den Schlüssel in meine Jackentasche fallen.

„Du wolltest ein Tischchen kaufen. Sag mal, was hast du da im Haar? Klopfen diese versoffenen Bauarbeiter jetzt auch noch die Decke runter? Oder sind das Krümel? Tatsächlich. Croissant-Krümel. Ein paar liegen jetzt auf dem Boden. Ich mach Feierabend. Es ist übrigens alles in bester Ordnung hier drin. Bis jetzt. Salut."

Sie zeigt erst auf meine Mähne, dann auf meine Hände, bevor sie aus der Wohnung schlüpft.

Bin ich etwa schon wieder zu spät?

Nein. Auf die Minute pünktlich. Ich habe bloß schon wieder die Törtchen vergessen.

Und auf dem Boden liegen in der Tat so richtig schön große, fettige Croissant-Krümel.

Aber so eng sind Leila und ich auch wieder nicht, dass ich ihr von Paul erzähle. Letzten Endes ist Leila eine Angestellte. Freundinnen zahlt man jedenfalls kein Gehalt und man muss ihnen keinen Fensterputzer spendieren oder ihnen Kommoden schenken, damit sie einem einen freien Abend verschaffen.

„Papa, wir gehen aus", rufe ich in Richtung der angelehnten Wohnzimmertür.

„Hast du schon wieder die Törtchen vergessen?", kommt es verschlafen zurück.

Die Sache mit Paul gibt mir Kraft. In einem hat Leila nämlich vollkommen recht: Ich sehe besser aus als zu Beginn des Semesters. Meine Haut ist frisch und meine Augen leuchten. Und das ist nicht der Frühling.

„Absichtlich, Papa. Die Sonne scheint. Ich zieh mir nur schnell was anderes an, dann gehen wir."

In meinem von der Liebe ramponierten Zustand will ich ihm nicht unter die Augen treten. Inzwischen habe ich nicht nur ein schlechtes Gewissen, weil ich ständig mit den Gedanken bei Paul bin. Sondern auch, weil es mir zumindest in gewissen Stunden so verdammt gut geht und ihm nicht.

Als ich aus dem Bad komme, ist mein Haar krümelfrei und zu einem lockeren Zopf geflochten. Das Kleid habe ich gegen Jeans und ein gemütliches Oversize-Shirt ausgetauscht, meine Füße stecken in Flipflops statt in hochhackigen Riemchen-Sandaletten.

Bevor ich den alten Hasen für unseren Ausflug ins Café fertig mache, nehme ich den zwitschernden Henri aus seinen zitternden, faltigen Händen. Zwar glaube ich ihm, dass das Tierchen die Streicheleinheiten genießt, aber wir wollen trotzdem nicht schon wieder den Umsatz im Zooladen um dreißig Euro steigern. Zumal es auf dem kleinen Friedhof hinter dem Schuppen langsam ein wenig eng wird.

3

„AUF DIE Dauer ist das mit den Hotelzimmern Mist", sagt Paul, als wir ein paar Tage darauf wieder im *Petit Maison Blanc*, dem kleinen weißen Haus, einchecken.

Ich schmiege mich enger in den Arm, den er in der vertrauten Art um meine Schultern legt, und suche nach dem Positiven in Pauls pampig hervorgebrachter Bemerkung.

„Ich habe schon überall wegen eines Apartments herumgefragt", nimmt er das Gespräch wieder auf, als wir die Treppe hinauf gehen.

Mein Herz macht einen Sprung.

„Du hast was getan?"

„Glaubst du, ich akzeptiere diesen Zustand, Clara? Ich komme mir vor wie ein Teenager aus der Nachkriegszeit, der sich heimlich mit seiner Liebsten treffen muss ..."

„Aber ..." Ich will mit meinem Vortrag über den Pariser Wohnungsmarkt beginnen, doch er unterbricht mich ebenfalls.

„So langsam versteht zwar selbst der Holzklotz von einem Amerikaner, warum die Uni ihn im Gästezimmer eines Kollegen einquartiert hat. Ich habe es ja nicht geglaubt. Und warum du seit Jahren bei einer alten Dame zur Untermiete wohnst, leuchtet mir inzwischen auch ein. In dieser Stadt ist ja wirklich nichts zu kriegen, außer man ist Krösus und kauft ein Millionenobjekt. Aber dass diese alte Schnepfe auch noch streng katholisch und prüde sein muss wie eine Gouvernante aus *Stolz und Vorurteil*, und sie sogar überwacht, wann du nach Hause kommst oder ob du nachts wegbleibst ... Selbst Yves meint, dass das nicht wahr sein darf."

„Du hast mit deinem Kollegen darüber gesprochen?" Ich lächele unangenehm berührt, während es in meinem Kopf arbeitet, um das Positive an all dem Negativen, was sich gerade ankündigt, zu finden. In der Zwischenzeit dränge ich Paul zu unserem Zimmer.

Eins ist schonmal klar: Ich will nicht an diese haarsträubende Lüge erinnert werden, die ich ihm aufgetischt habe, damit er endlich aufhört mich zu bedrängen, ihn mit zu mir nach Hause zu nehmen. Dass wir nicht im Gästezimmer der Merveilles rummachen, liegt ja sowieso auf der Hand. Aber sucht er jetzt ein Apartment für mich? Oder sucht er eins für uns? Ich verstehe das nicht.

„Mir gefällt unser kleines Hotel." Ich drücke Paul einen Kuss in den Nacken.

„Ja, ja. Das Bett quietscht nicht und die Matratze ist göttlich. Auch der Preis ist gut, für Paris sogar sehr gut. Und wir dürfen schon um elf kommen", leiert er die Worte runter, die normalerweise mein Werbespruch sind.

„Aber es ist trotzdem Mist", sage ich zögerlich, was sonst er sagt.

„Genau. Und damit meine ich nicht, dass meine Kollegen sich wundern, dass ich recht häufig vor elf am Vormittag Feierabend mache. Sie wissen ja nicht, dass meine Liebste und ich einen etwas anderen Zeitplan haben als andere Menschen."

Autsch.

Er stopft die Schlüsselkarte in den kleinen Kasten, die Tür springt auf und ich stürme ins Zimmer. Ich lasse mich auf das weiche Bett fallen und breite die Arme aus. Ablenkung in Form von Sex hat bisher noch immer geholfen und macht außerdem Spaß.

„Komm schon her. Lass uns den Tag genießen. Darum würde uns die ganze Welt beneiden." Das verführerische Lächeln kommt ganz tief aus meinem Innern. Nein, ich will nicht mehr an die Sache mit dem Apartment oder an Pauls Kollegen denken.

„Wenn es wenigstens mal ein ganzer Tag wäre", brummt Paul. Die Tür fällt ein wenig zu laut hinter ihm zu. „Aber immer nur während der Arbeitszeit. Nach einer Nacht wage ich schon gar nicht mehr zu fragen. Das ist doch nicht normal."

Seine strahlendblauen Augen ruhen bohrend auf mir.

Ich mache mir weiß Gott oft genug Gedanken, ob und wann ich mit der Wahrheit rausrücken soll. Er ist so verliebt in mich, dass ich es möglicherweise sogar wagen könnte. Aber dann verkneife ich es mir doch jedes Mal wieder. Die Angst, unsere Nachmittage dann sofort zu verlieren, ist nicht mehr ganz so groß. Doch ich will die kurze gemeinsame Zeit bis zum Sommer, die uns noch bleibt, nicht mit Realität belasten. Wozu soll das gut sein?

Doch jetzt habe ich Angst.

Um mich und ihn abzulenken, ziehe ich den Saum meines Kleides hoch und stelle beide Beine auf die Matratze. Das hat bisher immer gewirkt.

„Du bist wirklich unglaublich heiß, Clara, eine absolute Traumfrau. Unsere Nachmittage sind wunderbar", seufzt Paul. „Aber es kann nicht sein, dass wir niemals eine Nacht miteinander verbringen. Was verbirgst du vor mir?"

Ich war selten so froh über das Klingeln eines Handys wie in dem Augenblick. Es ist Pauls Apparat. Was für ein Glück. Eine kleine Verschnaufpause, während der ich mich darauf einstellen kann, dass die unbeschwerte Zeit vorbei ist.

Nach einem Blick auf das Display meint er tatsächlich: „Da muss ich ran."

Ich nicke. *Natürlich. Geh ran.* Hoffentlich ist es etwas sehr Wichtiges. Etwas, das so wichtig ist, dass du deine

Unzufriedenheit über mein kleines Zeitproblem vergisst und wir weitermachen können wie bisher.

Aber dann tut er etwas, das mir auch wieder nicht gefällt. Um zu telefonieren, geht er auf den Balkon, zieht die Tür hinter sich zu.

Ohne ein weiteres Wort, sogar ohne mich noch einmal anzusehen, dreht er mir seine appetitliche Kehrseite zu und lässt mich mit mir und meinen nicht ganz so glücklichen Gedanken allein.

Ich bin auch nur ein Mensch. Und seit Paul in mein Leben getreten ist, machen sich bei mir vermehrt Eigenschaften bemerkbar, die man weiß Gott nicht mehr mit dem Begriff vernünftig bezeichnen kann. Die beiden Male, die er bisher in meiner Gegenwart telefonierte, hat er sich jedenfalls nicht zurückgezogen. Er nahm ab und plauderte drauflos. Es störte ihn nicht, dass ich dabei war.

Da die Balkontür in diesem Hotel nicht vom Angucken in sich zusammenfällt, sondern Dreifachverglasung hat, verstehe ich kein Wort. Das ist der einzige Nachteil an diesem Zimmer.

Ich bin wirklich die letzte, die eingeschnappt sein darf, weil Paul ungestört telefonieren will. Umso mehr erschreckt es mich, wie viel es mir ausmacht. Ich bin tatsächlich gekränkt.

Was können das für Geheimnisse sein, die Paul hat?

Wir haben nie großartig darüber gesprochen, wie sein Leben in Seattle aussieht. Absichtlich nicht. Ob er Familie hat, Frau, Kinder oder beides. Dann hätte ich ebenfalls mehr über mich preisgeben müssen.

Ich weiß nicht, ob er verheiratet ist. Einen Ring trägt er nicht, doch was hat das schon zu bedeuten? Paul ist zwar

Amerikaner, aber dass uns Franzosen nachgesagt wird, nicht gerade das treueste Volk zu sein, hat er garantiert mitbekommen. Dieses vermeintliche Privileg könnte er auch für sich beanspruchen.

Ich schließe die Augen, weil es plötzlich so furchtbar dahinter brennt. Nicht nur ich habe ein Leben, Paul hat ebenfalls eins, von dem ich so wenig weiß. Dass unsere beiden Lebensflüsse nicht in einen gemeinsamen Fluss münden, war von Anfang an klar. Nur jetzt gerade tut es doppelt so weh, damit konfrontiert zu werden.

Mir wäre es wirklich lieber, wir würden bis zum Sommer so weitermachen wie bisher. Und dann wäre eben morgen ein neuer Tag, um es mit Scarlett aus „Vom Winde verweht" zu sagen.

„Hast du alles klären können?", frage ich lächelnd, als er eine geschlagene Stunde später ins Zimmer zurückkommt. Da habe ich bereits ein ausgiebiges Schaumbad genommen, meine Haut so sorgsam wie nie mit Lotion eingecremt und eine Weile ferngesehen. Und Tränen und dumme Gedanken getötet. Jetzt habe ich meine Gefühle wieder unter Kontrolle.

Er nickt, legt das Handy weg und kriecht zu mir unter die Decke, die ich einladend hochhalte. Seine Hände umfassen meine Hüften und über meine Haut gleitet ein Zittern und ein Beben.

„Ich glaube, wir schaffen heute keine ausgiebige Session", brummt er. „Was sagt man bei euch Franzosen zu Quickie?"

„Quickie? Was ist das?", stelle ich mich grinsend blöd.

Die Nächte, die wir niemals miteinander verbringen werden, sind kein Stoff mehr für weitere Diskussionen.

Paul Darlow küsst mich so intensiv, dass ich meine bescheuerten Gefühle wegen des Telefonats und der

Endlichkeit unserer Liebe glatt vergesse. Irgendwann wird uns das Thema wieder einholen. Nur nicht heute. Und das ist gut so.

4

DER TAG, an dem die Wolken aufziehen, ist leider schneller da als befürchtet.

„Professeur?", wispert eine helle Stimme.

Leicht verärgert schaue ich in das blasse Gesicht der Studentin, die zum fünften Mal in vier Stunden auf die Toilette will. Eine Strähne fällt mir aus meiner Steckfrisur, die mir irgendwie nicht mehr gelingen will, seit ich Paul kenne. Vermutlich weil ich nicht mehr die disziplinierte Person bin, in die ich mich zeitweilig verwandelt hatte.

„Ich darf sie jetzt nicht mehr rauslassen. Es sind nur noch fünf Minuten bis zur Abgabe der Klausur", flüstere ich zurück. „Setzen Sie sich. Oder geben Sie Ihre Arbeit jetzt ab. Aber leise. Einige Ihrer Kommilitonen schreiben noch."

Es klopft an der Tür des 200-Plätze-Seminarraums, in dem ich Aufsicht führe.

Was soll das? Draußen hängt ein Schild, auf dem deutlich steht, dass hier eine Klausur geschrieben wird und niemand eintreten soll.

„Wie Sie meinen."

Ich nicke ihr bedauernd zu, folge ihrer hübschen Gestalt mit den Augen, als sie zu ihrem Platz zurückgeht, und schaue dann zur Tür, die sich leise öffnet.

Mir fallen fast die Augen aus dem Kopf, als ich Paul sehe.

Er macht ein Zeichen, dass er nachher gern einen Kaffee mit mir trinken würde.

Ich freue mich immer, Paul zu sehen. Aber was soll das denn jetzt?

Die Studentin, die fünf Minuten vor Schluss zum Klo wollte, knallt mir ihre Arbeit auf den Tisch und wirft mir einen unverschämten Blick zu. Jede Wette, dass sie an irgendeiner Stelle auf dem Klo, die ich bei der Durchsuchung heute Morgen übersehen habe, ein paar nützliche Infos versteckt hat.

Im Vorübergehen zwinkert sie Paul zu.

Ich traue meinen Augen nicht, als er ebenfalls zwinkert, während er immer noch da steht und das Kaffee-Zeichen macht.

„Hau ab", forme ich mit den Lippen.

Merkt er denn nicht, dass es gerade ungünstig ist? Wie führen die in Seattle ihre Klausuren durch? Und was soll die Zwinkerei mit der Studentin?

Er hält eine Hand ans Ohr. Das gibt's doch nicht.

„Soll ich draußen warten?", formt er mit den Lippen.

„Ja", gebe ich lautlos zurück.

Endlich zieht er die Tür hinter sich zu. Ich möchte nicht wissen, wie viele Antworten auf Prüfungsfragen in den letzten Minuten den Besitzer gewechselt haben.

Froh darüber, dass ich es jetzt gleich hinter mir habe, schaue ich auf die Uhr, halte drei Finger in die Luft und verkünde mit erhobener Stimme: „Noch drei Minuten. Kommen Sie bitte jetzt zum Schluss."

Zehn Minuten später verlasse ich mit den Klausuren unter dem Arm den Seminarraum. Ich bin die letzte und der Flur ist vollkommen leer.

Eigentlich hatte ich damit gerechnet, dass Paul hier auf mich wartet.

Vielleicht meinte er, dass er draußen vor dem Gebäude warten soll.

Da ist er jedoch auch nicht. Zu allem Überfluss regnet es. Ich habe weder Mantel, noch Schirm dabei. Und es gibt keinen anderen Weg als quer über den Campus.

Ich atme tief durch, presse die Arbeiten gegen meinen Bauch und laufe los. Nach einer ganzen Reihe schöner Tage, ist das nicht mein Tag heute. Nachher muss ich schon wieder einen neuen Vogel besorgen. Es wird weder gemütliche Stunden im Hotel geben, es ist nicht mal Zeit für einen Spaziergang an der Seine. Henri VII oder VIII, der Überlaute, ist am Morgen von der Leiter gefallen und eines vollkommen natürlichen Todes gestorben. Wenigstens habe ich die Beerdigung schon hinter mir.

Als ich triefend vor Nässe mein Büro betrete, sitzt Paul darin. Auf meinem Schreibtisch. Die Hände locker neben sich auf der Tischplatte abgestellt.

„Das kannst du nicht machen", fahre ich ihn an.

„Was kann ich nicht machen? Dich zu einem Kaffee einladen oder dein Büro ohne Eintrittskarte betreten?", entgegnet er gelassen.

Ich trete die Tür hinter mir zu und gehe zum Tresor, um die Klausuren einzuschließen.

„Oder ist da etwas anderes? Willst du in der Öffentlichkeit nicht mit mir gesehen werden?"

„Wie bitte?"

„Wir treffen uns nur tagsüber. Und auch dann meist nur für wenige Stunden. Ich weiß nicht mal, wo du wohnst ..."

Ich verschränke die Arme vor der Brust.

„Was soll das denn jetzt? Wird das unser erster Streit? Ehrlich gesagt habe ich keine Lust darauf, dass irgendwelche Studenten Bemerkungen über unsere Beziehung machen. Außerdem hing da ein nicht zu übersehendes Schild an der Tür: ACHTUNG! KLAUSUR! NICHT STÖREN! In Großbuchstaben."

„Wir haben eine Beziehung? Eine richtige Beziehung?"

War ja klar, dass er nur diesen Teil hört.

Nicht, dass mir das nicht gefallen würde, aber die Welt ist kein Wunschkonzert.

„Mit Beziehung meine ich ..." Ich gerate ins Stocken. Das hier ufert aus. Und ich bemerke es erst jetzt. Oh nein, dieses Gespräch will ich nicht führen. Vielleicht bekomme ich die Kuh ja noch einmal vom Eis geschoben. Aber das muss ich anders angehen, auch wenn ich so nervös bin heute. Streiten ist der falsche Weg. Ich lege die Arme um Pauls Hals.

„Ja? Was meinst du mit Beziehung, Clara?"

Wie sehr ich seine blauen Augen liebe. Selbst wenn sie so herausfordernd und beleidigt gucken.

„Eine Beziehung ist eine Verbindung zwischen zwei Menschen. Beziehungen sind so vielfältig wie die Menschen, die sie führen. Manche Beziehungen sind rein platonisch, andere wiederum ..."

Ich lasse den Rest offen und drücke intensiv gegen Pauls Brust, die so perfekt dazu geeignet ist, sich an ihr anzulehnen. Der Körper verzeiht so vieles, was der Verstand nicht versteht.

„Schöner Vortrag", bemerkt Paul und macht sich steif wie ein Brett.

„Nicht wahr?" Ich wende noch mehr Kraft auf, doch er ist natürlich stärker als ich.

„Wir treiben es also wieder an einem öffentlichen Ort?", sagt er aber dann.

„Du findest es doch auch aufregend", gebe ich zwinkernd zurück.

„Das stimmt, aber seit wann ist dein Büro keine Tabuzone mehr?"

Seit ich dich von diesem Grundsatzgespräch ablenken will, auf das dies hier hinausläuft.

„Hast du etwas gesagt?" Meine Hände verirren sich unter Pauls Hemd, ertasten seine feste, warme Haut und werden mit elektrisierenden Schwingungen belohnt. Ich liebe diesen Mann.

„Was würdest du sagen, wenn ich dir verrate, dass ich es mit dem Rücken habe und ein weiches Bett vorziehe, Clara?"

„Du willst schon wieder ins Hotel?"

Ich will ihn küssen, doch er zieht seinen Kopf zurück.

„So langsam frage ich mich, ob es außer der alten, katholischen Vermieterin noch einen Grund gibt, weshalb du mir dein Zuhause nicht zeigen möchtest."

Das ist jetzt schon das zweite Mal innerhalb weniger Tage, dass er damit anfängt. Er sagt es auf eine gefährlich sarkastische Art und sieht mich so forschend an, dass ich anfange zu schwitzen, obwohl ich gerade noch gefroren habe. Weil meine Klamotten nämlich klatschnass sind und der Regen keine angenehmen 37 Grad hatte. Aber solche Kleinigkeiten spüre ich normalerweise nicht, wenn ich mich in Pauls Armen befinde.

„Renovierung? Gehen wir doch zu dir“, entgegne ich, weil mir in dem Moment nichts Besseres einfällt, und ich außerdem weiß, dass er selber keine Lust hat auf dieses Gästezimmer bei seinem Kollegen, das sich direkt neben der Küche einer winzigen Wohnung im Stadtteil Clichy befindet.

Zu meinem großen Erschrecken sagt er allerdings: „Warum eigentlich nicht. Ich warne dich allerdings vor Yves und Lorraine ... Sie haben eh schon gefragt, ob ich dich mal zum Abendessen mitbringe ...“

Es ist gut, dass das Gespräch eine andere Richtung nimmt. Aber diese gefällt mir auch nicht. Was ist denn heute los?

„Du hast ihnen von mir erzählt?“

„*Rhämh*. Yves hat längst mitbekommen, dass da was zwischen uns läuft. Und ich bin nicht nur scharf auf dich, Clara. Ich mag dich. Sehr sogar. Also lass uns endlich offen zueinander sein.“

Offen? Will er das wirklich?

„Bin ich denn die Einzige, die du magst?”, kommt es mir unbedacht über die Lippen.

Paul sieht, dass ich über meine Frage erschrecke.

„Nein“, sagt er, ohne eine Miene zu verziehen.

„Wie bitte?“, rutschen mir die nächsten verräterischen Worte raus.

„Du sprichst auf das Telefonat im Hotel an ...“

Mir wird schlecht. Es entgleitet. Die Situation läuft aus dem Ruder. Das ganze fragile Gerüst wackelt. Jetzt kommt alles raus. Ich weiß, dass ich keine Ansprüche haben darf. Aber das, was er mir jetzt gleich sagt, will ich nicht hören. Ich will keine Beichte von der Ehefrau und den beiden perfekten Kindern, die in Seattle auf ihn warten. Die er liebt und die sich auf ihn verlassen. Ich will ihm nicht sagen müssen, dass er für mich bloß eine Affäre ist, auf die ich mich lediglich einlasse, weil er am Ende des Sommers wieder geht. Dafür habe ich mich zu sehr in ihn verliebt.

„Nein, Paul." Ich höre auf, gegen seine Brust zu drücken und weiche zurück. „Ich muss dringend trockene Klamotten anziehen, sonst bin ich morgen krank."

Ich stoße mich von ihm ab, gehe ein paar Schritte und öffne den schmalen Büroschrank, in dem meine Jacke hängt. Als ich gerade eine Hand nach dem Bügel ausstrecke, sagt er: „Ich habe eine Tochter."

5

MEINE HAND verharrt einen Moment regungslos in der Luft, bevor sie langsam auf Augenhöhe sinkt, über meine Augen reibt, weiter sinkt und sich auf meinen Mund legt.

„Sie heißt Riley, ist 19 Jahre, studiert, lebt im Studentenwohnheim. Ihre Mutter und ich sind geschieden. Lass uns heute Abend treffen, Clara. Dann können wir reden."

Die Zeit der Unverbindlichkeit ist vorbei. Es war klar, dass es irgendwann geschieht. Heute ist dieser Tag.

Doch meine Erleichterung darüber, dass Paul nicht verheiratet ist, ist ebenso fehl am Platz, wie die Tränen, die in meinen Augen brennen, weil er eine Tochter hat. Denn das bedeutet, dass er in Amerika gebunden ist, was noch einmal mehr verdeutlicht, dass wir keine gemeinsame Zukunft haben. Was also soll solch ein Gespräch bringen?

„Was? Bei einem Abendessen mit Yves und Lorraine willst du mit mir über deine Tochter reden?“, stelle ich mich mal wieder blöder als ich bin.

Das mit Paul sollte eine Abwechslung in meinem kargen Leben werden. Nur ein Semester.

Gut, mit einem Mann, der mir etwas bedeutet. Der mir viel zu viel bedeutet. Und dem auch ich etwas bedeute. Vermutlich auch viel zu viel, denn sonst würde er nicht mit mir über seine Tochter reden wollen. Aber wenn wir über seine Tochter reden, muss ich auch mit der Wahrheit rausrücken.

„Ich will doch nicht heute mit Yves und Lorraine und dir essen, Clara. Heute Abend sind wir nochmal allein. Was hältst du von dem kleinen Restaurant, in dem wir nicht gegessen haben? Stichwort: Brücke der Liebenden.“

Schon steht er wieder vor mir. Er streicht mir mit einem Finger übers Kinn.

Es wird kompliziert. Richtig kompliziert. Aber für noch mehr Komplikationen ist in meinem Leben kein Platz.

„Heute Abend kann ich nicht und jetzt kann ich auch nicht, weil ich noch einen Vogel besorgen muss“, presse ich hervor. Ausnahmsweise ist es mal die Wahrheit. Jede weitere Nachfrage würge ich mit einem heißen Kuss ab und komplimentiere Paul mit den Worten „Wir telefonieren heute Abend“ aus dem Büro.

Jardin de Touileries

Paul, Mai 2018

„KOMM HER oder bleib da, mir egal. Mich wirst du jedenfalls nicht antreffen, denn ich fahre an diesem Wochenende zum Zelten in die Rockys. Mit ihm - dies nur für den Fall, dass du dir deswegen graue Haare wachsen lässt, Papa. Im Übrigen hat dieser Typ, *der mir nicht guttut*, wie du ihn so nett charakterisierst, ohne ihn zu kennen, einen Namen."

Mein Blick wandert an der Fontäne im Springbrunnen vorbei und bleibt an den würfelförmig gestutzten Baumkronen hängen. Es muss Unsummen verschlingen, die Bäume so akkurat zu trimmen.

„Dann buche ich auf das übernächste Wochenende um."

„Da übernachten wir bei Freunden in Toronto."

„Bei *seinen* Freunden, nehme ich an."

„Gibt es in Paris keine Therapeuten?"

„Sehr witzig, Riley. Ich dachte, den Pubertätsquatsch hätten wir hinter uns."

„Du bist derjenige, der nicht loslassen kann, Papa. Wie wäre es, wenn du deinen Aufenthalt in Paris endlich genießt. Ist das ein Vorschlag?"

„Darum geht es ... Ich muss mit dir reden."

„Warum tust du es nicht? Zufälligerweise bin ich gerade am Telefon und habe eine halbe Stunde Zeit, ehe ich zum Yoga gehe."

„Seit wann machst du Yoga?"

„Hast du jetzt auch was dagegen einzuwenden? Ich schlage vor, wenn du heute noch mit mir reden willst, fängst du langsam an. Die Zeit läuft.“

Ich bekomme Aggressionen.

Nicht in dem Ton, will ich sagen. So wie mein eigener Vater mit mir sprach. Aber was soll das bringen? Ich würde mir höchstens Luft verschaffen. Erreichen würde ich nichts. So wie meine Tochter zurzeit drauf ist, legt sie auf und drückt mich die nächsten Monate weg, wenn ich anrufe.

„Die Uni bietet mir die Möglichkeit, den Forschungsaufenthalt um ein Semester zu verlängern. Darüber will ich mit dir reden.“

Es dauert keine Millisekunde, bis Riley sagt: „Glückwunsch!“

„Du bist einverstanden?“

„Papa ... Nicht nur ich bin erwachsen. Du bist es auch. Du darfst tun und lassen, was du willst. War’s das? Aber wenn du meinen Segen brauchst: Du hast ihn.“

Warum ist das so schwer?

„Riley, du studierst Französisch. Ein Aufenthalt in Paris wäre sicherlich von Vorteil für deine berufliche Zukunft.“

„Dachte ich mir doch, dass es dir darum geht, mich doch noch nach Paris zu locken. Vergiss es. Ich komme nicht. Ich bleibe hier bei Wesley.“

„Vielleicht hat Wesley ja Lust mitzukommen.“

„Ganz bestimmt nicht. Wesley hat einen Job.“

„Ich dachte, Wesley studiert. Hast du das nicht gesagt? Was frage ich eigentlich. Du hast es gesagt!“

„Mann, Papa. Als Informatiker muss er nicht warten, bis er ein Diplom in der Tasche hat, bevor er eine Zeile Code strickt. Er macht jetzt schon mehr Geld als du.“

Wesley ist ja so toll.

Aber du bist meine Tochter und wenn es um deine Zukunft geht, dann wird mir niemand vorwerfen, dass ich nicht alles gegeben hätte!

„Ich weiß, dass du das nicht hören willst, Riley, aber mit einem Auslandsaufenthalt wäre deine Karriere gesichert. Auch als Frau musst du selbständig sein."

„Ja."

„Du siehst es ein?"

„Ja, klar. Deswegen habe ich den Studiengang gewechselt. Ich studiere jetzt Lehramt für die Grundschule."

„Du hast was getan?" Ich kann nicht mehr auf diesem Gartensessel aus Metall sitzen. Ich springe auf und stapfe über den sorgsam geharkten Schotterweg, in Richtung der Würfelbäume.

„Als Grundschullehrerin muss ich nicht wie du in tausend Ländern gewesen sein, damit sie mir einen Job geben. Du musst zugeben, dass das vernünftig klingt, Papa."

Wenn du nicht meine Tochter wärst, würde ich dir zustimmen.

„Wann hast du diese Entscheidung getroffen?"

„Willst du wissen, ob vor oder nach deinem Abflug? Vorher. Aber ich habe nichts gesagt, weil ich dich kenne. Du hättest versucht, es mir auszureden."

„Wie kommst du denn darauf? Es ist doch dein Leben. Ich hätte es allerdings vorgezogen, nicht erst am Tag meines Abflugs davon zu erfahren."

„Ehrlich? Du bist offen für meine Entscheidungen?"

Was will sie jetzt? Da kommt doch noch was.

„Habe ich dich jemals in irgendwas hinein gequatscht, Riley?"

„Na ja, du versuchst ständig, mir irgendwas auszureden. Zum Beispiel Wesley."

„Ich halte es schlichtweg für übereilt, einen Paris-Aufenthalt abzusagen, bloß weil du jemanden kennengelernt hast. Ein Semester. Keine fünf Monate. Und jetzt hast du auch noch den Studiengang gewechselt", sage ich leise, obwohl die Lautstärke sie sicher nicht davon abhalten wird, mir noch eins drüberzugeben.

Außerdem habe ich selbst nicht von ungefähr im Fachbereich wegen einer Verlängerung nachgefragt.

„Papa, ich habe Wesley nicht erst im Februar kennengelernt. Wir kennen uns seit Oktober letzten Jahres. Und außerdem gibt es noch einen Grund, weshalb ich mich für ein passenderes Studienfach entschieden habe. Ich bin schwanger."

Sommer 1999

1

„WENN ICH zurück bin, werde ich ihm meine Meinung sagen."

Der junge Kassierer schaut mich an wie eine Verrückte. So wie er es schon die ganze Zeit macht, seit ich den Laden betreten habe, und ihm seitdem lauthals berichte, warum ich hier bin.

Zum Glück bin ich die einzige Kundin in dem Weingeschäft am Ende der Straße, in der Gabriel wohnt. Meine Stimme klingt durchaus hysterisch. Aus dem Grunde zuckt der Bubi hinter dem Tresen jedes Mal zusammen, wenn ich etwas sage.

„Einen schönen Tag noch", wünsche ich dem langnasigen, jungen Mann, der daraufhin zusammenzuckt und dann auf ein Schild über der Eingangstür zeigt, auf dem eine durchgestrichene Zigarette zu sehen ist.

„Ich bin ja schon weg", nuschele ich mit der eben angezündeten Kippe im Mundwinkel und lade mir den Karton mit den sechs Flaschen Grauburgunder auf die Arme.

„Dem werde ich sowas von in den Arsch treten", schnauze ich vor mich hin. Gemeint ist Gabriel, mit dem ich jetzt seit drei Monaten und vier Tagen fast täglich zusammen bin. Und wohin habe ich es gebracht? Zur Wein kaufenden

Muse. Phantastisch. Genau das, wovon ich mein Leben lang geträumt habe.

Als die Eingangstür des Weingeschäftes ins Schloss fällt, erklingt die Türklingel hinter mir wie ein Startschuss. Im Stechschritt überquere ich die schmale Straße, die Flaschen in meinem Karton klimpern. Zehn Minuten habe ich gebraucht, die blöde Marke zu finden, die Professor Besserwisser am liebsten trinkt.

Hat mal jemand gefragt, was ich am liebsten trinke?

Abwechselnd ziehe ich den Qualm der Zigarette durch den einen Mundwinkel ein und puste ihn durch den anderen wieder aus. Wütend spucke ich den Glimmstängel direkt vor Professor Besserwissers Auto und schlängele mich durch den schmalen Flur ins Treppenhaus.

„Vorsicht." Eine helle Stimme trötet mir fröhlich entgegen und verbreitet einen wundervoll blumigen Duft.

Gehen schon die ersten Gäste? Das wäre was.

Ich drücke mich an die Wand und nehme den Karton runter, um herauszufinden, wer sich da gerade an mir vorbei quetscht.

Als ich mir freie Sicht verschaffe, traue ich meinen Augen nicht. Bei der einparfümierten Dame handelt es sich tatsächlich um die Dunkelhaarige aus dem Café. Die, die ihre Oberschenkel mit Klebstoff einschmiert. Die Frau, bei der es sich möglicherweise um Gabriels Ex-Verlobte handelt.

Wenn das wahr ist, kann ich Gabriel gleich zweimal in den Arsch treten.

Wieder beobachte ich, wie die dunkelhaarige Tussi davonstöckelt. Dann eile ich in Gabriels Wohnung, stelle die Weinkiste in die Küche und fülle ein paar Gläser für Professor Besserwisser und seine Kumpels.

Zurück im Wohnzimmer, versuche ich erst einmal die Orientierung zu finden. Um mich herum stehen lauter Franzosen, doch sie scheinen eine andere Sprache zu sprechen als ich.

Wie ein Profi balanciere ich die gefüllten Kristallgläser durch die Gesellschaft. Die Männer und Frauen, die allesamt in Gabriels Alter sind, diskutieren über Kultur und Politik.

Offen gestanden verstehe ich kein Wort.

„Ihre Getränke", verkünde ich überfreundlich und werfe dem Professor, der mich die Flaschen holen geschickt hat, einen giftigen Blick zu.

Gierige Hände schnappen nach den Weingläsern. Gelehrte, Intellektuelle und Künstler zählen zu Gabriels engstem Kreis. Er würde sie nicht als Freunde bezeichnen, sagte er vergangene Nacht. Es seien Bekannte, die er ein oder zweimal im Jahr sieht.

Und trotzdem sind es die Personen, die ihm am nächsten stehen.

Gabriel steht am Fenster und unterhält sich mit einem Mann im Anzug, eine kleine französische Flagge steckt an dessen Revers. Aus allen Himmelsrichtungen kommen Gabriels Bekannte angereist, um an seinen berüchtigten Partys teilzunehmen.

Heute ist allerdings eine besondere Feier. Es handelt sich um Gabriels vierzigsten Geburtstag. Drei graue Haare habe ich bereits auf seinem Kopf entdeckt, und seine Augen haben, den Schatten nach, schon einiges erlebt und gesehen.

Als Gabriel mir von diesem Wochenende erzählte, konnte ich es kaum glauben. Das zwischen uns ist noch so frisch, und trotzdem will er mich seinen engsten Freunden vorstellen. Eben weil ich vermutlich nun Teil dieses Kreises sein soll, in dem ich kein Wort verstehe.

Warum also hat Gabriel mich noch niemandem vorgestellt, warum behandelt er mich wie eine Kellnerin? Und was hatte das dunkelhaarige Flittchen hier verloren?

Jetzt winkt er mich heran. Es ist soweit. Er will mich seinem Freund mit der Flaggenbrosche vorstellen. Wenigstens etwas. Schon wieder etwas versöhnt, stöckele ich zu ihnen hinüber und zeige mein freundlichstes Grinsen, das im nächsten Augenblick schon wieder verschwindet.

„Clara, holst du mir und meinem Freund bitte noch etwas von dem Grauburgunder?"

„Na klar", murmele ich fassungslos und verschwinde abermals in der Küche.

Ich spiele für Gabriel und diese aufgeblasenen Intellektuellen also nur das kleine Hausmädchen. Nicht mit mir.

Wütend stapfe ich samt der Gläser zurück ins Wohnzimmer. Ich drücke Gabriels Freund eins der Gläser in die Hand. Das andere stelle ich auf der Fensterbank ab und schnappe mir Gabriels Hand.

„Können wir reden?" Ich zerre ihn in die Küche.

„Was ist los, kleiner Vogel?"

Ich schließe die Tür hinter mir und sehe in Gabriels grinsendes Gesicht.

„Sex in der Küche? Aber, kleiner Vogel, du weißt doch, dass wir Gäste haben." Er kommt auf mich zu und versucht, nach meinen Händen zu greifen.

„WIR haben Gäste? Ich glaube wohl, DU hast Gäste und eine Kellnerin ist auch anwesend."

Ich schlage seine Hände weg und bediene mich selbst an dem Wein, den sich Gabriels tolle Gäste zu fein sind, selbst einzuschenken.

„Warum bist du denn so aufgeregt, kleiner Vogel?"

Dieser Mann bringt mich heute echt auf die Palme.

„Hör auf, mich *kleiner Vogel* zu nennen."

„So wie du hier rumkrähst, fällt es mir schwer, etwas anderes zu sehen als einen entzückenden, kleinen Piepmatz."

Wieder versucht Gabriel, meine Hand zu schnappen. Wieder vergebens.

„Wie nennst du denn deine kleine, blumige Freundin?"

„Wie bitte?" Gabriel blickt mich mit demselben verwirrten Blick an, wie mein Papa es in letzter Zeit immer häufiger tut. Das Alter halt.

„Soll ich dir auf die Sprünge helfen? Die dunkelhaarige Dame in Rosa. Das scheint ihre Lieblingsfarbe zu sein. Immerhin trug sie die Schweinchenfarbe schon auf eurem Date im Café. Vielleicht wäre das sogar die Farbe ihres Hochzeitskleides geworden."

„Du verwirrst mich. Wovon sprichst du?"

„Ich spreche von deiner kleinen Schlampe, die du dir offensichtlich herbestellt hast, solange ich damit beschäftigt war, Botengänge für deine blöden Freunde zu erledigen. Letztens habe ich nichts zu deinem Rendevouz gesagt, weil ich dachte, es sei bedeutungslos, aber jetzt platzt mir der Kragen. Vor allem, wenn du so lachst, Gabriel."

Gabriel verdreht die Augen.

„Kleiner Vogel. Die Frau, von der du sprichst, ist nicht die, für die du sie hältst."

„Ach was? Wer ist sie dann?"

„Wir sind bloß alte Bekannte, die hin und wieder einen Kaffee zusammen trinken und nicht mehr."

Plötzlich spüre ich, wie sich das Blut in meinem Kopf sammelt. Gabriel muss mich für eine eifersüchtige Zicke halten. Was mitunter daran liegt, dass ich auch jetzt nicht aufhören kann, mich an der Sache hochzuziehen.

„Und warum streichelst du deiner Bekannten über den Schenkel?"

„Ich bin Franzose."

Dummerweise muss jetzt ich lachen. Das ist mal ne Antwort. Doch ich fange mich schnell wieder und fahre fort.

„Den ganzen Abend schon ignorierst du mich. Du hast mich zu deinem Geburtstag eingeladen. Aber nun stelle ich fest, dass ich bloß deine kleine Kellnerin spiele."

„Es tut mir leid, dass du dich so aufregen musst. Ich habe diese Leute nur so lange nicht gesehen, da muss ich mich in den Gesprächen verloren haben."

Wieder greift er nach meinen Händen, doch dieses Mal lasse ich es zu.

„Das erklärt noch immer nicht, warum ich hier das Laufmännchen für alle bin. Wissen deine Bekannten denn gar nicht, wer ich für dich bin? Was rede ich da ... Ich weiß das ja selbst nicht! Ich dachte, da wäre etwas Gutes zwischen uns. Dabei erzählst du vermutlich allen deinen Studentinnen, wie viel Talent sie haben, bloß um sie ins Bett zu bekommen."

Gabriels Miene wird ernst. Er sieht mir streng ins Gesicht und nimmt mir das Weinglas aus der Hand, das ich gerade zum Mund führe.

„Ich möchte nie wieder, dass du so etwas sagst, Clara!"

Er stellt das Weinglas auf die Arbeitsfläche und legt seine Hände um meine Taille.

„Erstens: Zweifle niemals an deinem Talent! Denn, bei Gott, du hast mehr Talent als jeder dieser Snobs im Wohnzimmer von sich behauptet. Zweitens: Du bist mir verdammt wichtig. Und JA, das ist etwas verdammt Gutes mit uns. Was du für mich bist? Du bist eine Freundin, meine Geliebte und meine Muse."

Gabriels Lippen senken sich stürmisch auf meine.

„Reicht dir das, kleiner Vogel?"

Mein Herz schlägt wild. Gabriel hat mir zum ersten Mal seine Gefühle gestanden, und es war noch schöner, als ich mir diesen Moment vor einem Jahr im Hörsaal ausgemalt habe.

Vielleicht ist genau das mein Problem. Eigentlich ist es mir egal, ob die Idioten im Wohnzimmer meinen Namen kennen. Es sind die Gefühle, die unausgesprochen im Raum umherflattern und mich in den Wahnsinn treiben. Immerhin will ich, dass es sich auch lohnt, das Risiko einzugehen, ein Verhältnis mit einem Professor anzufangen.

Doch die Gefühle, die sich in dieser kurzen Zeit entwickelt haben, sind unbeschreiblich. Ich würde sie am liebsten in die ganze Welt rausbrüllen. Nur eine Sache frage ich mich noch immer.

„Warum hast du den aufgeblasenen Idioten da draußen nichts von uns erzählt, Gabriel? Zumindest denen, die dir am nächsten stehen."

Gabriel schaut mich fragend an.

Was ist daran nicht zu verstehen? Gerade noch habe ich gehört, wie sich Gabriel und einer dieser wichtigen Männer darüber unterhalten, wie oft sie doch telefonieren. Wäre es denn zu viel verlangt, mich zu erwähnen?

„Willst du das denn? Von einem Haufen aufgeblasener Idioten angestarrt werden?"

„Also schämst du dich für mich?"

Ich schiebe Gabriel ruckartig von mir, verschränke die Arme vor der Brust und lasse Monsieur nicht aus dem Blick.

„Niemals, kleiner Vogel. Die Leute da draußen sind neidvolle Biester. Sie beneiden mich um diese Wohnung und meinen Posten an der Uni. Soll ich ihnen jetzt auch noch diese unglaubliche Frau an meiner Seite auf die Nase binden?"

„Natürlich nicht, aber du sollst mich auch nicht wie eine Leiche im Keller verstecken."

„Du hast recht."

Gabriel greift nach einer der Weinflaschen und gießt zwei Gläser voll. Das eine drückt er mir in die Hand, ehe er das andere nimmt und zielstrebig auf die Küchentür zugeht.

„Komm, kleiner Vogel."

Gabriel hält mir seine freie Hand entgegen und zieht mich mit ins Wohnzimmer, wo er plötzlich auf einen Stuhl steigt.

„Was hast du denn jetzt vor?", zische ich und sehe mich peinlich berührt um.

„Freunde, ich möchte euch jemanden vorstellen", sagt Gabriel mit erhobener Stimme.

Im Wohnzimmer wird es still. Die Leute drehen sich zu mir und Gabriel.

„Das ist Clara", beginnt er und alle Blicke richten sich auf mich. Das Blut schießt in meine Wangen, ich halte die Luft an.

„Clara ist nicht nur meine Inspiration, sondern auch die Frau an meiner Seite. Ich möchte, dass ihr das Glas auf sie erhebt und mir lauscht, Freunde."

2

Flattern
Rascheln
Raschelndes Flügelgeflatter
Geheimnisse
Und Wahrheiten
Unendliches Wissen
Viele Gestalten
Ein Tor bist du
Außer dir
Trügerisch, so sehr
Aber klar
Die Muse
Oder doch die Liebe
Die Wahre
Beides vereint
Und Schönheit dazu
Und ...
Zu viel von allem
Wer wollte sich da wehren

3

STILLE.

In diesem Moment schaue ich blind in zwanzig ratlose Gesichter. Könnte ich mich selbst sehen, wäre meines vermutlich das mit den größten Fragezeichen darin. Manche sind offensichtlich ergriffen, einige stehen mit offenem Mund da, andere schauen so neidisch drein, dass es mir ein Lächeln aufs Gesicht zaubert. Entweder knabbern die an Gabriels Gedicht. Oder sie gehen allesamt vor Neid ein, so wie Gabriel es vermutet.

„Was kommt nach dem zweiten Und? Da fehlt doch was", bricht einer von Gabriels Freunde das ungläubige Schweigen.

„Nichts", sagt Gabriel, der mich die ganze Zeit über keine Sekunde aus den Augen lässt. „Da kommt nichts und alles. Ewige Erleuchtung." Und dann grinst er breit.

Während der Applaus um mich herum erschallt, wird mir klar, was hier gerade geschehen ist. Gabriel hat über mich gesprochen. Er hat mich in einem Gedicht verewigt. Unsere Beziehung.

Jetzt bin ich tatsächlich seine Muse. Und seine Liebe. Er will sich nicht gegen mich wehren. Wenn ich das richtig verstanden habe. Doch das habe ich wohl.

„Willst du das schriftlich?", grinst er mir ins Ohr, nachdem er vom Stuhl geklettert ist.

„Nein. Mündlich genügt."

Komplikationen

1

MIR IST bewusst, dass mein Handeln furchtbar egoistisch wirkt. Dass ich einsame Entscheidungen treffe, die Pauls und meine Zukunft betreffen. Dass ich unehrlich bin, wo andere schreien würden: Sei endlich ehrlich zu dem Mann, den du liebst! Oder liebst du ihn etwa nicht?

Doch, ich liebe ihn. Und wie ich ihn liebe. Aber ich bin nicht mehr zwanzig. Ich bin eine erwachsene Frau, die weiß, dass das Leben nicht nur schwarz oder weiß ist. Wir haben beide unsere Vergangenheit, wir haben beide unsere Verpflichtungen. Er hat eine Tochter in Amerika, deren Mutter ebenfalls in Amerika lebt, also bitte. Sein Kind kann er niemals allein lassen. Auch nicht, wenn es schon erwachsen ist. Paul war lange Zeit alleinerziehender Vater. Das Mädchen ist bei ihm aufgewachsen. Mit dreizehn kam sie zu ihm, nachdem sie sich mit ihrer Mutter und deren neuem Mann überworfen hatte. Paul und seine Tochter haben eine enge Bindung. Dass er ein Semester in Paris bleibt, ist sicher das höchste der Gefühle. Er hat ja sogar zwei Heimflüge eingeplant, um Zeit mit ihr zu verbringen.

Ab einem bestimmten Punkt im Leben kann man nicht immer nur einfach sorglos in den Tag hineinleben. Man hat die Verpflichtung, die Menschen, die man liebt, zu beschützen. Das ist alles, was ich tue. Ich beschütze die, die ich liebe.

Aber trotzdem mache ich Fehler.

„Hier wohnst du also. Es sieht aus wie in meinem alten Studentenzimmer. Na ja, exklusiver. Und sehr viel aufgeräumter“, gebe ich zu. „Lass uns die Tür abschließen und unanständige Dinge tun. Wenn die Gastgeber zum Essen rufen, stellen wir uns einfach tot.“

Ich habe die Essenseinladung von Yves und Lorraine angenommen. Dass es ein Fehler ist, weiß ich seit dem Moment, in dem ich zugestimmt habe. Es ist ein Wahnsinn, dass ich mich darauf einlasse. Paul und ich sollten es nicht tiefer werden lassen. Und wenn man als Paar unter anderen Paaren auftritt, lässt man es automatisch tiefer werden. Mit jeder einzelnen Silbe, die wir wechseln, lassen wir es tiefer werden. Jetzt stehe ich im Gästezimmer der Merveilles.

Paul sieht mich an, als müsse er überlegen, was er auf meinen verrückten Vorschlag erwidert.

„Heute Abend werde ich der Mann mit der hübschesten und klügsten Begleiterin sein. Das lasse ich mir garantiert nicht entgehen.“

Ich habe nichts dagegen, dass er mir Komplimente macht und mich küsst. Es tut mir viel zu gut, wie sehr er mich begehrt, schätzt und sich zu mir hingezogen fühlt. Dennoch suche ich gerade fieberhaft nach einer Ausrede, um mich im letzten Moment doch noch vor dem Abendessen zu drücken. Dafür würde ich vermutlich sogar nackt aus dem Fenster im vierten Stock des Wohnhauses im Stadtteil Clichy klettern, wo wir uns gerade befinden. Die Metro-Station ist gleich um die Ecke.

Im Esszimmer ist ein riesiger Tisch für zwölf Personen gedeckt. Ich habe keine Ahnung, ob gleich Kollegen kommen, die mich gut kennen. Und dann geht die Fragerei los.

Aber wie kann ich von Paul verlangen, während des Essens Abstand zu mir zu wahren? So zu tun, als wären wir nicht das Paar, das so verrückt aufeinander ist wie kein anderes? Er würde zurecht fragen, was für ein Problem ich eigentlich habe. Und dann müssten wir reden. Wirklich miteinander reden.

Paul streicht mir eine von den Locken, die ich mir so sorgfältig gedreht habe, aus der Stirn. „Ich wusste gar nicht, dass du schüchtern bist. Mach dir keine Sorgen, Clara, sie werden dir allesamt zu Füßen liegen."

„Sie werden sich das Maul zerreißen, weil wir als Paar aufkreuzen, deine Zeit hier aber begrenzt ist", entgegne ich und beiße mir auf die Unterlippe.

Vor allen Dingen werden sie dir Sachen erzählen, die du nicht erfahren sollst.

„Du machst Witze, oder? Ich habe eine Tochter, die übrigens ... Riley ist schwanger. Sie hat den Studiengang gewechselt. Sie studiert nicht mehr Französisch. Wenn das alles nicht wäre, würde ich vermutlich sogar in Paris bleiben. Je nachdem, wie sich das mit uns entwickelt."

Warum sagt er solche Dinge?

Und seine Tochter ist schwanger? Seit wann?

Ich fürchte, wir beide haben mehr Geheimnisse voreinander als die Polizei erlaubt.

„Noch ein Grund mehr, es nicht tiefer werden zu lassen", entgegne ich brutal.

„Es ist doch schon tief", sagt Paul so sanft, als wüsste er genau, dass ich es nicht so meine. Er küsst mich zart auf den Mund und ich mache einen kleinen Rückzieher. „Oder hast du ein Problem damit, dass ich bald Opa bin?"

„Es tut mir leid, dass ich so anstrengend bin. Ich bin furchtbar nervös, weil ich nicht weiß, wer gleich kommt. Ich mag es halt nicht, wenn aus einem Essen zu viert plötzlich ein riesiges Bankett wird. Ich weiß ja nicht mal, wer alles kommt. Ich glaub', ich brauch'ne Therapie. Wie kommst du denn damit klar, dass deine Tochter ein Baby erwartet? War das ein Unfall? Ich meine, sie ist doch erst 19."

„Das liegt in der Familie. Ich war auch erst 20, als sie geboren wurde."

„Du nimmst es aber locker. Wow. Find ich gut. Wirklich."

„Ich kann es ohnehin nicht ändern. Lass uns das Thema ein anderes Mal vertiefen. Das ist mir momentan doch etwas viel."

„Also nimmst du es doch nicht so leicht?"

Pauls leises Lachen ist voller Wärme. „Jetzt sind erstmal wir beide dran. Das hier ist unsere Zeit. Sie ist sowieso schon viel zu knapp bemessen. Ich habe eine Idee." Er umfasst meine Taille und schiebt mich zur Tür.

„Was hast du vor?"

Als ich den Kopf zu ihm herumreiße, knallen unsere Nasen schmerzhaft gegeneinander. Verdutzt schauen wir uns an, Paul lacht auf und küsst mich auf die Nasenspitze.

„Nichts passiert. Es fließt kein Blut. Warte ab." Er öffnet die Tür einen winzigen Spalt. „Kannst du den Eingang sehen?"

Ich bin noch etwas benommen von dem Zusammenstoß. „Ja, kann ich, aber ...“

„Wir zwei beobachten von hier aus die Ankunft der Gäste. Wenn jemand dabei sein sollte, der dich so gut kennt, dass du befürchtest, dass er mir schlimme Dinge über dich verrät, schleichen wir uns wie Diebe aus der Wohnung. Und ich verspreche dir, dass ich dich nie, nie darauf ansprechen werde.“

„Das ist doch total psycho.“ Ich schaue zu der Wohnungstür.

„Na und?“ Er gibt mir einen Kuss auf die Stirn. „Sei nicht so streng mit dir. Du fühlst dich unwohl, also tun wir was dagegen. Ist das ein Wort?“

Jetzt starre ich Paul mit offenem Mund an. Er legt einen Finger auf meine Lippen.

„Psssst. Wie soll der Plan denn funktionieren, wenn du uns verrätst? Du musst mucksmäuschenstill sein.“

Ich kann mein Glück kaum fassen, auch wenn ich mir gerade eher vorkomme wie seine Tochter als wie seine Liebhaberin.

„Du bist ... ein Schatz“, flüstere ich ergriffen. „Aber ich warne dich: Ich nehme dich beim Wort, Paul.“

„Das ist mir klar, du süßeste und klügste aller Angsthäsinnen.“

2

ZWEI STUNDEN später sitze ich an Pauls Seite und würge mir mit elf netten Menschen den vierten Gang eines vegetarischen Vollwert-Menüs rein.

Die gedünsteten Kohlrabi im Sesammantel schmecken noch grauenvoller als der Feldsalat an Kartoffeldressing, den es als ersten Gang gab, aber es ist kein Kollege aus der Literatur da, nur Geschichtswissenschaftler. Und die sind alle ganz reizend und stellen keine einzige Frage, die mich in Verlegenheit bringt. Sie quatschen über Gott und die Welt, wechseln von einem Weltereignis zum nächsten und machen Witze über Politiker. Ob lebendig oder tot, kein Staatsmann findet Gnade. Es geht munter hin und her zwischen den Themen wie auch den Sprachen. Ich höre meist nur zu. Pauls Französisch ist viel besser geworden in den vergangenen Wochen, aber wenn er nicht mitkommt, wechseln seine Kollegen kurz ins Englische und dann geht's weiter im gewohnten Singsang und mit sehr geschmack- und farblosem Selleriemus.

Ich habe mich vollkommen umsonst verrückt gemacht. Es ist ein ganz wunderbarer Abend mit grottenschlechtem Essen, ausgelassener Stimmung und einem tollen Mann an meiner Seite, der von seinen Kollegen geschätzt wird und mich die ganze Zeit anhimmelt. Und demnächst Großvater wird und es mit Fassung trägt, obwohl er keinen Tag älter ist als ich.

Mein Problem ist jetzt ein anderes, denn irgendwie habe ich ja immer ein Problem. Es ist schon nach zehn und leider sieht es ganz und gar nicht danach aus, als würde das Dessert bald serviert werden. Diese Zusammenkunft dauert ausufernd lange. Viel länger als vereinbart und noch länger als erwartet.

Wahrscheinlich haben diese Geschichtswissenschaftler vor, die Nacht durchzumachen. Doch bei mir zu Hause sitzt ein Babysitter namens Leila, der garantiert nicht bis morgen früh bleibt.

Und so warten Paul und ich eine weitere Stunde später auf der Straße auf das Taxi, das ich gerufen habe.

„Was ist eigentlich los mit dir, Clara? Ich will endlich wissen, was das für ein Zeitproblem ist." Als ich dazu schweige, fährt er fort: „Ich komme mir langsam vor, als müsste ich dich buchen wie ein Escortgirl, und nach Ablauf von zwei Stunden muss ich entweder nachzahlen oder du gehst. Wobei du so oder so gehst."

Die Zeiten, wo wir das Reizthema gemieden haben, sind endgültig vorbei.

Ursprünglich war Paul sauer, weil ich ihm nicht eher gesagt habe, dass ich um elf gehen muss, weil ich heute Besuch von einer spanischen Kollegin bekomme. Wobei das mal wieder eine glatte Lüge ist. Die einzige Spanierin, die ich kenne, ist die Kellnerin eines spanisches Restaurants in Marais. Nun kommt unser Grundproblem endgültig zur Sprache und ich fürchte, dass ich es dieses Mal nicht mit einem Quickie weggevögelt bekomme.

„Das Taxi kommt, Paul. Lass uns telefonieren, ja?" Ich stelle mich auf Zehenspitzen, um ihn zum Abschied zu küssen.

Er zieht sein Gesicht ein Stück zurück.

„Sei nicht so sauer, Paul." Ich lasse meinen Kopf vorschnellen und verschließe Pauls Mund mit einem Kuss.

„In diesem Zimmer gibt es Tausende von Büchern. Kann ich hellsehen, von welchem verdammten Buch jetzt schon wieder die Rede ist?"

„Wenn er sich so aufregt, geht es ihm immer um das Buch mit dem Hasen."

„Das lag die ganze letzte Woche neben seinem Bett", sagt Leila trotzig.

„Da ist es, wie immer. Hast du dich wieder mit deiner Mutter gegen mich verschworen, oder was, Clara? Wann hört das endlich auf?"

„Nein, Papa. Das ist ein Versehen."

Leila steht mit verschränkten Armen in der Küchentür und erklärt: „Ich kann das nicht mehr."

Für den Moment ignoriere ich die Pflegerin.

„Du hast das Buch selbst verlegt, Papa. Komm mit mir. Es ist Schlafenszeit", sage ich sanft, woraufhin er mir mit seinen unsicheren Trippelschritten folgt.

„Ich räume auf?", lässt Leila sich schnippisch vernehmen.

„Das mache ich später selbst. Ruh dich aus und sei morgen wieder hier. Bitte, Leila."

4

AM NÄCHSTEN Morgen tritt Leila pünktlich ihren Dienst an. Warum auch nicht. Diesen Fall hatten wir schon häufiger. Und dann hat sie ja auch einen Arbeitsvertrag.

Die heftigen Anfälle kommen und gehen. Meist ist er ja friedlich wie ein Lamm.

Trotzdem wage ich nicht, Leila auf das Wochenende anzusprechen.

Auf dem Weg zur Arbeit schicke ich Paul eine SMS.

„Das mit dem gemeinsamen Wochenende ist eine tolle Idee. Ich denke, wir sind soweit. Aber dieses Wochenende geht es leider nicht, weil ich mit der spanischen Kollegin nach Marseille fahre. Was hältst du vom Wochenende darauf?"

Eine Lüge für die Sehnsucht in mir.

Geistig weniger als halb anwesend bringe ich zwei Seminare und eine Sprechstunde hinter mich. Die Studenten aus dem Schreibseminar haben es inzwischen aufgegeben, mich ins Café schleppen zu wollen. Es tut mir leid, dass ich ihnen nicht die Atmosphäre bieten kann, die ich aus meinem eigenen Studium kenne.

Gegen zwei überlege ich kurz, in die Geschichtsfakultät rüberzugehen. Paul hat noch nicht zurückgeschrieben. Warum soll nicht mal ich in seinem Büro auftauchen? Doch dann fahre ich nach Hause, damit Leila früher Feierabend machen kann. Ich muss irgendetwas tun, um sie gnädig zu stimmen.

Auch den Rest der Woche erscheint Leila wie immer zur Arbeit. Alles läuft seinen Gang. Zu Hause ist es friedlich wie in einem Kloster. Selbst Henri VIII oder IX, der deutlich verschwiegener ist als sein Vorgänger, zeigt keine Verfallserscheinungen.

Trotzdem traue ich mich nicht, Leila zu bitten, am nächsten Wochenende Dienst zu schieben. Ich sehe ihr an, dass es noch zu früh ist. Vielleicht wird sie auch langsam zu alt für den anstrengenden Job. Das Problem ist nur, dass es verdammt schwierig werden wird, ihn an eine andere Person zu gewöhnen.

Und Paul hat immer noch nicht auf meine SMS geantwortet. Vielleicht brauche ich Leila ja gar nicht mehr um Hilfe zu bitten. Anders als die anderen ist er vielleicht schon Vergangenheit, bevor er alles über mich weiß.

Diese dumme Träne in meinem Augenwinkel.

Du bist zu alt für sowas, Clara.

Du hattest eine schöne Zeit. Eine kleine Auszeit. Erinnere dich nur an die schönen Stunden.

Und es sind doch erst etwas mehr als vier Wochen, seit wir uns zuerst begegnet sind. Zu Anfang einer Beziehung zweifelt man immer. Nur dass unsere Beziehung sowieso ein Ende haben wird.

Aber ich will nicht, dass sie jetzt schon vorbei ist.

5

FREITAGNACHMITTAG IST die Lage unverändert. Meine Stimmung ist auf dem Nullpunkt, meine Arbeit leidet. Ich konzentriere mich auf die Lesestunden am Krankenbett, knie mich voll rein.

Das Wochenende verbringe ich mit dem Wegsaugen von Baustaub, der in allen Ecken steckt, bevor ich runtergehe zum Ziegenbock und ihn wegen der Dauerbaustelle zur Rede stelle.

„Was in Jahrzehnten beschmutzt wird, lässt sich nicht an einem einzigen Wochenende in Ordnung bringen“, grunzt der Idiot und schlägt mir kackfrech die Tür vor der Nase zu. Die daraufhin so bebt, dass eins der kleinen Scheibchen aus dem Holzrahmen fällt.

„Planen Sie am besten auch noch vier neue Wohnungstüren ein“, verhöhne ich den Hausbesitzer. Es ist das erste Mal seit Tagen, dass ich wieder lache. Aber es ist kein fröhliches, sondern ein schadenfrohes, biestiges, bitteres Lachen, das weder Augen, noch Herz erreicht.

Dreiundzwanzig Mal lese ich an diesem Wochenende denselben Gedichtband vor. Den mit dem Hasen. Ich komme mir schon selbst vor wie ein Hase. Ich schnippele sogar Möhrensalat.

Am Sonntagmorgen schalte ich das Handy aus, damit ich nicht nach jedem vorgelesenen Gedicht nachsehe, ob Paul endlich geschrieben hat.

Sonntagmittag lege ich die Postkarte mit Pauls Nummer zum Altpapier, hole sie wieder raus und trage sie schließlich feierlich zum Altpapiercontainer.

Nachdem ich sie da wieder rausgeholt habe, denke ich darüber nach, sie in einem alten Kochtopf zu verbrennen und die Asche hinter dem Schuppen im Garten zu verstreuen. Aber irgendetwas kommt dazwischen.

„Was tust du da eigentlich an einem Sonntag, Clara?“

Ich fahre zusammen. Inzwischen ist später Sonntagnachmittag. Ungefähr zu dieser Zeit sollte ich wahrscheinlich von dem Wochenende mit Paul zurückkehren. Jedenfalls stelle ich mir vor, dass er es sich so vorgestellt hat. Abfahrt am Freitagabend, Rückkehr Sonntagnachmittag. Stattdessen stehe ich auf einer wackeligen Trittleiter und wechsele die flackernde Glühbirne im Flur gegen ein Modell aus dem 21. Jahrhundert aus.

Der Mann, der neben der Leiter steht und zu mir hochsieht, hat mich seit Wochen nicht mit meinem Vornamen angesprochen, zumindest nicht mit meinem eigenen. Immer war ich nur die kleine Maus.

„Die ... Birne ... Sie flackert seit einer Ewigkeit", stammele ich, in ein Paar ganz klar und klug blickende Augen starrend.

„Und da tauschst du sie aus ... Warum rufst du nicht den Elektriker? Wir haben doch Ersparnisse."

Über das Gesicht, das sich in den vergangenen Jahren so verändert hat wie der Geist dieses Mannes, zieht ein Lächeln. Aber es ist nicht irgendein Lächeln, es ist DAS Lächeln. Das vertraute Lächeln. Das Lächeln, das ich für immer verloren geglaubt hatte. Da ist es wieder.

Obwohl ich lachen sollte, weine ich. Wie ich dieses Lächeln vermisst habe. Auf zittrigen Beinen steige ich von der Leiter, die bei jeder Bewegung auf dem unebenen Holzboden wackelt.

„Hast du die Birne denn festgedreht, Clara?"

„Ja. Ja, das habe ich."

Ich schlinge meine Arme um ihn, schmiege mich an ihn, an diesen Mann, dem ich so unendlich viel zu verdanken habe. Der mich zu dem gemacht hat, was ich bin. War. Sein werde.

Plötzlich fließen die Tränen wie Sturzbäche. Es schüttelt mich so sehr, dass ich kein Wort herausbekomme. Mir war nicht bewusst, dass es mir so viel ausmacht. Ich dachte, ich hätte mich daran gewöhnt.

„Ist ja gut. Was ist denn los, Clara?"

Die Hände, die ihr Leben lang in Büchern blätterten, streicheln sanft über meinen Rücken. Ich halte das nicht aus. Das Schluchzen schüttelt mich.

„Sieh mich an, Mädchen."

Schniefend hebe ich den Kopf. Ganz vorsichtig. Voller Angst, dass ich mir nicht bloß einbilde, dass er gerade ganz genau weiß, wer ich bin. Aber es ist bereits wieder vorbei.

„Warum weinst du?", fragt er kopfschüttelnd. Seine Augen glänzen wütend im Dämmerlicht des Flures. „Lies mir endlich vor. Du bist doch die, die mir immer vorliest, oder?"

Die Bücherhände lösen sich von meinem Rücken. Die Augen, in denen eben noch Leben war, verdunkeln sich.

Ich schnappe nach Luft, als wäre ich minutenlang in einem See untergetaucht und käme an die Oberfläche.

„Ja, Papa, ich bin die, die dir vorliest."

6

SONNTAGABEND. ICH schenke mir in der Küche ein Glas Wein ein und denke daran, dass ich morgen den Gedichtband nachbestellen muss. Vom vielen darin Blättern und Lesen fällt es auseinander. Selten habe ich ein Buch gesehen, dass so verdammt leergelesen ist. Und doch stecken in den vertrauten Worten, in der Art, wie sie komponiert sind, so viele Botschaften und Gefühle, dass ich ein funktionierendes Buch besorgen muss. Sonst wird der alte Mann ungemütlich.

Ich werfe einen letzten Blick zu dem hässlichen Bett mit dem ekelhaften Galgen. Wir brauchen dieses Ungetüm, damit Leila und ich ihn pflegen können, ohne dass wir beide einen Bandscheibenvorfall erleiden. Er schläft. Die leisen Schnarchgeräusche sind immer noch dieselben. Solange er im Schlaf klingt wie immer, solange es Momente gibt wie den am Nachmittag im Flur, kann ich ihn nicht in ein Heim geben. Auch nicht in ein gutes.

Meine Gedanken verirren sich in eine andere Richtung. In die, die ich ihnen untersagt habe. Ich muss sie betäuben. Am besten mit Musik, denn wenn ich sie mit Wein ausschalte, und heute Nacht etwas unerwartetes geschieht, mache ich mir Vorwürfe bis an mein Lebensende.

Da der Plattenspieler im Wohnzimmer steht, schalte ich mein Handy ein. Doch ich komme nicht bis zu meiner Musiksammlung. Vorher sehe ich die winzige Ziffer neben dem Nachrichtensymbol.

Meine Finger zittern schlagartig. Es könnte eine Nachricht von Leila sein. Dass sie morgen nicht kommt, weil sie angeblich oder wirklich krank ist. Ich hoffe so sehr, dass die Nachricht nicht von ihr ist.

Und sie ist nicht von ihr. Sie ist von Paul.

„Liebste Clara“, schreibt er. „Wie war es in Marseille? Bist du wieder zurück? Können wir telefonieren? Oder hat die spanische Kollegin dich geschafft? Kuss, Paul. P.S.: Unser Wochenende. Das nächste bin ich in Seattle. Ich muss unbedingt mit Riley reden. Was hältst du vom übernächsten?“

7

„DAS ÜBERNÄCHSTE Wochenende ist perfekt“, sagt er, als wir endlich aufgehört haben, uns Nachrichten zuzuschicken und telefonieren. „Als ich deine Nachricht las, habe ich sofort was gebucht.“

Es tut viel zu gut, seine Stimme zu hören. Ich will sie nicht missen und frage mich, wie es mit mir weitergehen soll, wenn er für immer zurück in Seattle ist.

„Ich freu mich schon auf dich. Ich weiß, dass es spät ist, aber sollen wir uns nicht noch irgendwo auf ein Glas Wein treffen?“

Ich seufze erschrocken auf und er sagt: „Jetzt bedränge ich dich schon wieder.“

„Das macht nichts“, wispere ich. Das Problem ist nur, dass ich einfach nicht hier weg kann.

„Ich setze dich unter Druck. Du bist gerade erst zurück. Bestimmt war es anstrengend. Schade, dass du so eine blöde Vermieterin hast. Dann würde ich dich besuchen und dir eine Fußmassage verpassen, die sich gewaschen hat. Ich kann das. Das ist der Vorteil, wenn man sich mit einem Ex-Ehemann einlässt. Danach würdest du dich wie neugeboren fühlen.“

„Das Wochenende ist ja jetzt vorüber. Was hast du denn gemacht?“, weiche ich aus.

„Einen Aufsatz geschrieben, ein Buch gelesen und ich war mit Yves und Lorraine in der Oper. In der Garnier. Ach ja, und ich war nochmal im Louvre, wo ich mir die Porzellansammlung angesehen habe, vor der ich mich bisher gedrückt habe. Ich habe es als Sport gesehen, denn ich bin gelaufen. Keine Metro, kein Taxi, immer die Seine entlang.

Ich hatte gar nicht gewusst, dass Clichy so nah an der Seine liegt. Da guckt man ständig auf den Stadtplan und kapiert die Stadt erst, wenn man zu Fuß geht. Und jetzt du. Oder willst du nichts erzählen?“

Doch. Ich will dir alles erzählen, will dir mein ganzes Herz vor die Füße kippen. Und dennoch tue ich es nicht. Das, was zwischen uns steht, ist einfach zu groß.

„Wie ist es, wenn du deine Kollegen triffst?“, antworte ich mit einer Gegenfrage, als gäbe es nichts Besonderes zu berichten, was ja auch so ist.

„War die spanische Kollegin ein spanischer Kollege?“, kommt es nach kurzem Zögern aus dem Hörer.

„Was?“

„Vergiss das. Es war blöd.“

Ich muss grinsen. „Du bist eifersüchtig.“

„Ja. Natürlich.“

Selbst in so einer Situation bringt er mich zum Lachen. Dieser Mann hat die Wahrheit verdient. Ich muss es ihm sagen. Ich muss es ihm endlich sagen.

Aber wie würde ich reagieren, wenn mir jemand beichten würde: Übrigens, das mit Marseille ... Ich bin doch nicht da gewesen. Na ja, die Kollegin ... Die existiert auch nicht. Und diese katholische Vermieterin ... Das hast du doch nicht wirklich geglaubt. Und übrigens ...

Am Wochenende, ich sage ihm alles an unserem Wochenende. Da haben wir viel Zeit. Wenn ich ihm alles genau so erkläre, wie es ist, wird er verstehen, warum ich so gehandelt habe. Er wird mir die kleinen Lügen verzeihen. Er ist wirklich nett. Er ist der netteste Mann seit ... Seit es Männer gibt? Ich weiß, dass das Schwachsinn ist. Aber so fühlt es sich für mich an. Und dennoch haben wir keine

Zukunft. Was müsste alles geschehen, damit wir zusammensein können?

„Ich war noch nie auf dem Eiffelturm“, sagt er plötzlich. „Wäre das nichts für die Mittagspause? Morgen? Wenn ich die Karten im Internet kaufe, passt das in zwei Stunden rein.“

Anscheinend ist dies der Sonntag der tausend Schocks. Das mit den zwei Stunden hat er doch nicht von ungefähr gesagt. Ahnt er etwas? Oder weiß er sowieso schon alles? Er ist ja nicht blöd.

Und wieder verpasse ich eine Gelegenheit, ihm reinen Wein einzuschenken. Weil ich sie verpassen will. Weil ich morgen mit ihm auf den Eiffelturm will, weil ich jeden Abend mit ihm telefonieren will, weil ich noch zwei- oder dreimal in das Hotel mit dem weißen Zimmer will. Weil ich dieses Wochenende will. Das ganze. Drei Tage und zwei Nächte ganz für uns.

Dann werde ich es ihm sagen. Und wenn er sich dann von mir zurückzieht, ist es so. Aber die Zeit bis dahin brauche ich, um Kraft zu tanken für die Möglichkeit, dass er dann nichts mehr von mir wissen will.

Als Leila am Montagmorgen kommt, sage ich ihr, dass ich das übernächste Wochenende beruflich verreisen muss. Nach Marseille. Wohin sonst? Das mit Marseille hat ja schon einmal funktioniert.

„Tut mir leid, Clara, aber ich fahre selbst weg. Wir kommen aus den Hochzeiten nicht raus. Dieses Mal ist es ein Neffe aus Rouen. Da verbringen wir natürlich auch wieder das ganze Wochenende.“

„Jetzt. Nachdem wir bei euch zum Essen waren. Ist es das?“ Ich zeige auf die rote Markise, die den Bürgersteig vor dem Restaurant überdacht.

„Ja. Gehen wir rein. Ich kannte Clara auch schon vorher“, sagt Yves, als wir an einem der hinteren Tische in diesem für Paris so typischen, länglichen Restaurant sitzen und unsere Bestellungen aufgegeben haben. „Was willst du denn wissen, mein Freund?“

„Ich denke, du kennst sie nur vom Sehen.“

„Genau. An der Sorbonne stehen wir nicht so auf Interdisziplinarität. Wir haben also keine Berührungspunkte.“

„Das habe ich anders eingeschätzt.“

Der Kellner bringt eine Flasche Wein für Yves und eine Cola für mich.

„Ist sie verheiratet?“

„Woher soll ich das wissen? Das Alter dafür hat sie, oder? Also ist sie es vermutlich.“ Yves trinkt munter seinen Wein, als wäre das, was er da von sich gibt, das normalste von der Welt.

Ich dagegen habe das Gefühl, als träfe mich der Schlag. Natürlich habe ich mir Gedanken gemacht, warum Clara dieses offensichtliche Zeitproblem hat. Aber ich habe auch noch andere Probleme, sodass ich den naheliegenden Gedanken, dass sie tatsächlich verheiratet sein könnte, irgendwie immer verdrängt habe.

„Du machst vielleicht ein Gesicht“, sagt Yves. „Wo wäre das Problem, wenn sie verheiratet wäre? Du bist doch hier sowieso bloß zu Besuch.“

Ich komme mir vor wie in dem kleinen Streit mit Clara. Genau das sagte sie auch. So langsam glaube ich wirklich, dass sie verheiratet ist. Ich müsste blöd sein, was anderes anzunehmen.

„Wie seid ihr Franzosen eigentlich drauf? Sind Beziehungen für euch grundsätzlich beliebig?"

Yves mustert mich irritiert.

„Ihr seid verheiratet und amüsiert euch ständig mit anderen Frauen."

„Die Frauen meist mit Männern. Darauf bestehe ich. Lorraine hat auch ihre Affären. Du musst sie also nicht bedauern. Und Clara amüsiert sich mit dir. Ihr amüsiert euch doch?"

„Ich finde sie großartig. Sie ist eine tolle Frau. Das mit uns ist weit mehr als eine Affäre."

Yves nickt mir anerkennend zu. „Das ist sie. Frauen sind großartig. Lass uns anstoßen. Aber nimm lieber auch Wein." Er winkt dem Kellner, damit der mir ein Weinglas bringt.

„Es ist zwei Uhr. Ich trink doch jetzt noch keinen Wein."

„Du triffst dich doch auch um die Zeit mit Clara auf deine *relation amoureuse* ..."

Woher weiß er das denn?

„Ich habe auch Augen im Kopf", sagt Yves, als hätte er in meinen Gedanken gelesen. „Apropos Augen. Da kommt gerade Arnaud Levebre mit seiner neuen Flamme. Die Frau könnte seine Tochter sein. Eine Göttin und ein Greis. Das liebe ich so an unserem Land. Die Frauen scheißen auf unser Alter, auf die Falten, die erschlaffenden Eier ..."

Ich verrenke mir den Hals, obwohl ich gar nicht sehen will, welcher Greis mit Eiern aus Bodenhaltung welche blutjunge französische Göttin vögelt. Ich will mehr über Clara wissen. Viel mehr. Ich will endlich wissen, woran ich bei ihr bin. Mein Gefühl sagt mir, dass ihr an mir genauso viel liegt wie mir an ihr. Aber dieser Zeitmangel stinkt zum Himmel.

„Arnaud Levebre ist Dekan im Fachbereich Literatur. Soviel ich weiß, ist er mit Clara befreundet. Zufälligerweise kenne ich ihn ganz gut. Momentan würde ich die beiden Turteltauben lieber in Ruhe turteln lassen. Aber morgen oder übermorgen könnte ich ihn dir vorstellen. Er isst immer in der Mensa. Da müsstest du allerdings mal deine Siesta ausfallen lassen."

Spätsommer 1999

1

DIE SONNE knallt so stark auf meinen Nacken, dass man darauf ein Omelette braten könnte. Mit Schinken und Peperoni, so wie Gabriel es gerne mag. Doch noch heißer als mein Nacken ist das Telefon an meinem rechten Ohr.

Seit zwanzig Minuten versuche ich, meinem Papa die Neuigkeit zu überbringen, die mein Herz jeden Morgen, an dem ich neben Gabriel aufwache, aufs Neue flattern lässt.

Hey, Papa. Ich bin verliebt in meinen Literaturprofessor und er in mich.

Was ist daran so schwer?

Das anfängliche Techtelmechtel hat sich zu etwas Großartigem entwickelt. Keine Ahnung, warum seine Ex das nicht geschafft hat, doch ich wohne praktisch bei Gabriel. Was er und ich füreinander empfinden, lässt auch nichts anderes zu. Aus dem Grunde bin ich gerade wieder auf dem Weg zu ihm.

Ich habe vorhin die Ergebnisse meiner Semesterprüfungen abgeholt und kann es kaum erwarten, mich in Gabriels Arme zu schmiegen. Leider dauert das etwas, wenn man zu Fuß unterwegs ist, doch der Empfang in den Tunneln der Metro ist zu schlecht, und ich habe meinem Vater schließlich noch etwas zu sagen.

„Der Arzt hat übrigens verlangt, dass du mitkommst, da ich nach dem Eingriff nicht allein gehen kann."

„Aber Papa, der Termin ist doch schon Morgen. Warum hast du das denn nicht früher gesagt?"

Das darf nicht wahr sein. Seit Monaten steht fest, dass er diesen kleinen Eingriff am Knie braucht. Dass der Eingriff jetzt aber so schwerwiegend ist, dass er Begleitung braucht, ist neu.

„Hab ich wohl vergessen."

Ich spüre förmlich, wie mein Papa mit den Schultern zuckt und das macht mich ziemlich wütend. Trotzdem versuche ich, mir nichts anmerken zu lassen.

„Ist ja nicht schlimm, Papa. Dann werde ich meinen Termin morgen halt verschieben."

„Was hast du denn für einen Termin? Es sind doch noch Ferien."

„Ich will zum Friseur. Ich habe dir doch eben davon erzählt."

„Mhm", kommt es aus dem Hörer. Das macht er immer, wenn er glaubt, dass ich ihn veräppele. Am besten übergehe ich das Thema und komme endlich auf den eigentlichen Punkt.

„Papa, ich muss dir noch etwas erzählen", beginne ich wie schon vorhin, bevor ich den metaphorischen Schwanz einzog und wir uns stattdessen über meine Prüfung und den bevorstehenden Friseurtermin unterhielten. Wie gut er mir zugehört hat, weiß ich ja nun.

Doch leider schaffe ich es wieder nicht, Papa von meiner großen Liebe und dem unglaublichen Gedicht zu erzählen, das Gabriel für mich geschrieben hat. Aber dieses Mal liegt es nicht direkt an mir. Als ob es zu meinen neuen Hobbys gehören würde, verstecke ich mich in einem Hauseingang, denn gerade entdecke ich die hübsche Dunkelhaarige, die angeblich zu Gabriels Bekannten gehört. Die, mit der ich ihn im Café erwischt habe. Sie kommt direkt auf mich zu.

Zuerst überlege ich, ob sie vielleicht als Stripperin tätig ist, aber die Krankenschwesternuniform ist eindeutig zu bieder. Die zwei Kinder an ihrer Seite machen mich zusätzlich stutzig. Ich strenge meine Augen an, entdecke aber zum Glück keine Ähnlichkeiten mit Gabriel.

„Was willst du mir denn jetzt erzählen, Clara?", fragt Papa. Gleichzeitig spüre ich eine schwere Hand auf meiner Schulter.

Erschrocken drehe ich mich um - und sehe in zwei kluge Augen.

„Eis essen?", formt Gabriel mit den Lippen.

„Papa, ich muss los. Wir sehen uns morgen früh."

Dann lege ich auf und falle Gabriel um den Hals. „Wo kommst du denn her?"

„Zufälligerweise wohne ich in dieser Straße. Lass uns deine bestandenen Prüfungen mit einem Eis bei Berthillon feiern."

„Du weißt es schon?"

Gabriel zieht mich aus dem Hauseingang. „Deine Prüfer sind meine Kollegen ..."

„Na super. Soviel zum Thema Datenschutz. Aber, hey, da vorn ist übrigens ...", beginne ich, doch Gabriels Bekannte und die Kinder sind verschwunden.

Welches Loch hat die denn verschluckt?

„Was?" Gabriel blickt fragend auf mich nieder.

„Da war jemand, aber jetzt ist er weg. Beziehungsweise sie sind weg. Egal. Haben deine Kollegen dir auch verraten, dass ich in allen Prüfungen *sehr gut* bekommen habe?“

Ich grinse breit. Gabriel grinst sogar noch breiter.

„Nein. Aber dass es so ausgeht, war doch wohl klar.“

„Haha. Das war überhaupt nicht klar, sondern harte Arbeit. Wie wäre es, wenn du mich zur Belohnung für unendlichen Fleiß und Strebsamkeit küssen würdest?“

„Dann spitz die Lippen. Der Kuss ist schon unterwegs.“

2

DER MANN auf der anderen Seite des Schreibtisches sieht jünger aus als ich. Der hat bestimmt gestern erst das Grundstudium abgeschlossen. Und heute will er mir erzählen, was ich zu tun habe?

„Hören Sie mal gut zu, Dr. Tom ...”

„Thomàs”, verbessert er mich.

Ich verdrehe die Augen.

„Ich war nicht nicht fertig. Dr. Thomàs, mein Papa und ich sind die letzten Jahre ganz gut allein zurecht gekommen, da wird uns ein minimalinvasiv operiertes Knie wohl kaum aus der Bahn werfen.”

Ich schaue ungeduldig zu der Toilettentür, hinter der mein Vater vor geraumer Zeit verschwunden ist. Ich will gehen oder vielmehr fliehen. Weg von den vorwurfsvollen Blicken dieses halbstarken Dr. Thomàs.

Die Mini-OP ist gut verlaufen. Die örtliche Betäubung würde es meinem Vater erlauben, sofort zu gehen. Doch wenn Männer älter werden, dauert das Pinkeln länger, und ich habe das Gefühl, dass ich mich derzeit in einem Kreuzverhör befinde, das noch lange nicht vorbei ist.

„Sie wissen doch, dass es mir nicht um das Knie geht, Fräulein. Das war bloß eine Kleinigkeit."

Fräulein? Ich glaube, bei dem piept's. Wenn das so weitergeht, ziehe ich meinen Vater samt Toilettenschüssel aus dem Ärztehaus.

„Ich stecke meinen Papa ganz sicher in kein Heim. Mein Vater gehört nach Hause."

„Ich spreche doch nur über die Zukunft, über Optionen, um die man sich rechtzeitig kümmern muss. Wenn der Gesundheitszustand Ihres Vaters sich weiterhin so drastisch verschlechtert, wovon ich ausgehe, kommen Sie sowieso nicht darum herum."

„Ich sagte bereits, wir brauchen keine Hilfe. Er kann doch alles selbst." Wieder ein hastiger Blick zur Toilettentür. Die Klospülung wurde betätigt und ich stehe auf.

„Mademoiselle, Ihr Vater ist jetzt seit zwei Jahren mein Patient und ich sehe Sie heute zum ersten Mal."

„Das liegt daran, dass mein Vater ein erwachsener Mann ist und ich außerdem in Paris studiere. Ist doch klar, dass ich nicht jedes Mal mitkommen kann."

„Und genau weil Sie so wenig Zeit haben, lege ich Ihnen ans Herz, Hilfe zu suchen. Die Demenz wird nicht besser. Das wird kein Kinderspiel in den kommenden Jahren."

Doktor Thomàs schiebt mir ein paar Flyer mit grinsenden Senioren darauf zu, die ich schnell in meine Tasche stopfe, als mein Vater aus der Klokabine humpelt.

Wenn er mitbekommt, was der Doc von ihm will, kriegt er gleich vor Ort einen Tobsuchtsanfall.

„Haben Sie Schmerzen am Knie, Monsieur?", fragt der Arzt.

„Ihm geht es gut", antworte ich anstelle meines Papas, nehme seine Hand und führe ihn so schnell er kann aus dem Zimmer.

„Was hat der Doktor gesagt, Clara?"

„Dass mit deinem Knie alles in Ordnung ist, Papa."

„Das habe ich den Ärzten von Anfang an gesagt. Aber die wollten es unbedingt aufschneiden. Die saugen Privatpatienten aus, das sag ich dir, mein Liebling."

„Sie haben bloß den Schleimbeutel ausgesaugt, Papa. Außerdem bist du Kassenpatient."

Mit dem Fahrstuhl im Erdgeschoss angekommen, rufe ich ein Taxi, das wenige Minuten später vor dem Ärztehaus hält.

„Kommst du noch mit nach Hause, Clara? Ich habe Hackbraten vorbereitet."

„Das geht nicht, Papa. Ich gehe jetzt direkt zum Bahnhof."

Ich helfe meinem Vater ins Taxi, nenne dem Fahrer die Adresse und klopfe zweimal aufs Dach. Als das Taxi losfährt, mache ich mich auf den Weg zum Bahnhof.

Ich muss dringend nach Hause. In Gabriels Arme.

3

„ICH WILL deine Eltern kennenlernen, kleiner Vogel", verkündet Gabriel.

Mit angezogenen Beinen und in einen dunkelblauen Frottee-Bademantel für Männer gewickelt, sitze ich auf der Fensterbank im Schlafzimmer und starre Gabriel an.

Bis eben habe ich noch seinen und meinen Anfangsbuchstaben in das weiß lackierte Holz geritzt. Ein großes G, ein großes C und ein kleines Herz. Anders als gedacht, lässt sich das Stück Fliese aus Gabriels Badezimmer richtig gut in das weiche Holz des Fensterrahmens drücken. Doch jetzt zittern meine Hände zu heftig, um das Herz zu vollenden.

Meine Eltern kennenlernen, der spinnt doch.

Ich komme gerade erst von meinem Vater. Der Ausflug hat mir gereicht.

Kopfschüttelnd zwinge ich die nervöse Hand, das Kunstwerk der Liebe zu vervollständigen, lasse dabei jedoch das Stück Fliese fallen.

„Was machst du da eigentlich an dem Fenster?", fragt Gabriel.

Wahrscheinlich liegt es an den fünfunddreißig Grad im Schatten, dass heute alle spinnen.

Ich habe Gabriel weder für die Art Mann gehalten, die auf irdische Besitztümer Wert legt, noch für jemanden, der scharf auf ein Treffen mit den Eltern seiner Freundin ist. Im Moment sieht es jedoch aus, als hält er viel von Elternbesuchen und gar nichts von meiner Fensterrahmenverzierung.

„Ich setze uns ein Denkmal", erkläre ich und schicke meinem Liebhaber einen Luftkuss.

Unbeeindruckt wendet Gabriel sich wieder seinem Buch zu. Ich stelle mit ruhiger Hand das Herz fertig und stecke anschließend das Stück Fliese zurück in meinen BH.

Dann fällt mein Blick wieder auf Gabriel, der splitterfasernackt auf dem Bett liegt. Er liegt auf der Seite, der Kopf ruht in der Hand seines aufgestützten Armes, während ein weißes Bettlaken seine Scham bedeckt, als würde er einem Maler Modell stehen.

Nachdem ich ihn eine Weile beobachtet habe und überlege, ob ich mich nackt zu ihm legen soll, legt er plötzlich sein Buch zur Seite und nimmt sich eine Zigarette. Auf dem Boden neben dem Bett stehen Rotweingläser und zwei Weinflaschen, die wir in der Nacht zuvor geleert haben. Er zieht eines der Gläser an den Rand des Bettes und benutzt es als Aschenbecher. Dann lächelt er mir zu.

Dieses verdammte Lächeln. Dieses unglaubliche Funkeln in den Augen, wenn sich die Grübchen tief in seine Wangen graben, die halb bedeckt sind von dem Fünf-Tage-Bart, der immer nach einem wundervollen Bartöl riecht.

Ich liebe diesen Mann.

Genau das habe ich an dem Morgen gesagt, an dem Raphael das letzte Mal mit mir sprach. Inès hat das Wohnheim schon vor Monaten verlassen, um zu einem ihrer Feierfreunde zu ziehen. Auch ein paar Studis vom Diskussionsabend scheinen das mit Gabriel und mir zu ahnen. Vor allem Sandrine hat mich auf dem Kicker. Wenn das Semester demnächst wieder beginnt, werde ich einen Haufen böser Blicke zugeworfen bekommen. Im vergangenen Semester fand ich sogar einmal einen Zettel in meiner Tasche, auf dem stand *Hochschläferin.* Ich weiß nicht, ob es das Wort überhaupt gibt. Sandrines Handschrift habe ich jedenfalls sofort erkannt.

Den guten Notenschnitt habe ich allerdings allein meinem Fleiß beim Lernen zu verdanken, und nicht meiner angeblichen Hochschlaferei.

Wenn ich eine Freistunde habe und Gabriel arbeitet, lerne ich.

Wenn Gabriel länger arbeitet oder eine Dienstreise antritt, lerne ich.

Wenn Gabriel arbeitet, lerne ich ebenfalls.

Und ich kann guten Gewissens behaupten, dass ich nicht mehr zu spät zum Unterricht komme, seit ich bei dem Professor übernachte. Sogar in den anderen Fächern sitze ich stets in der ersten Reihe. Und mit den Lehrern gehe ich garantiert nicht ins Bett. Sandrines Theorie stinkt also zum Himmel.

Doch Erfolg und Strebsamkeit sind in meinem Leben nicht alles. Viel wichtiger ist die Liebe, die ich von Gabriel bekomme.

In dem Moment stößt er einen großen Ring aus Qualm aus dem zum O geformten Mund und schaut mich wieder genauso ernst an, wie er es eben schon getan hat.

„Ich möchte wirklich deine Eltern kennenlernen, kleiner Vogel."

„Du wiederholst dich, Gabriel."

Kopfschüttelnd zündet er sich gleich die nächste Kippe an.

„Es ist mein Ernst, Clara."

Was soll denn der Blödsinn?

Ich hüpfe von der Fensterbank und steige zu Gabriel ins Bett. Er hat mir etwas Platz gemacht, aber nicht zu viel, damit ich nah genug bei ihm liege. Ich lege mich auf den Bauch und reiße mir Gabriels qualmende Zigarette unter den Nagel.

„Reicht es dir nicht zu wissen, dass ich hier bei dir bin?“

„Nein“, antwortet er und argumentiert mit einem lauten Klatsch auf meinen Hintern.

„Lass das“, kreische ich. „Das hier ist unsere Geschichte, Gabriel. Da müssen wir niemanden reinlassen.“

Überraschend packt er meine Schultern und drückt mich auf den Rücken.

„Ich will aber nicht mehr nur dein Lover sein.“

Schwallartig puste ich den Zigarettenqualm in Gabriels Gesicht.

„Du bist verrückt. Mein Vater kriegt einen Anfall, wenn er mitbekommt, dass ich eine Affäre mit meinem Professor habe. Du bist ja fast so alt wie er.”

„Also schämst du dich für mich?“ Gabriels Ton soll mich wohl daran erinnern, dass ich ihm vor nicht allzu langer Zeit genau dieselbe Frage gestellt habe. Mit dem Unterschied, dass es um seine Freunde ging.

Ich richte mich auf und drücke die Zigarette in das Weinglas.

„Natürlich nicht! Es ist nur so, dass mittlerweile genug Leute von uns wissen, genug Idioten starren mich böse an, und es reicht ja wohl, dass meine Freunde bereits seit Wochen nicht mehr mit mir reden.“

„Die Schnapsnase und der Schwule, der sich nur für seinen Freund interessiert?“

Ich verschränke die Arme und sehe zum Fenster.

„Tut mir leid, Clara. Ich wusste nicht, dass du einsam bist.“ Gabriel setzt sich ebenfalls aufrecht hin.

„Ich bin nicht einsam. Aber weißt du, es ist mir egal, was die anderen Leute von uns denken. Mich interessiert bloß, dass ich dich liebe - und dass du mich liebst”, sage ich.

„Das tue ich. Aber wenn es dir egal ist, was die anderen denken, kannst du mich ja auch deinen Eltern vorstellen.“

Ich hole Schwung und springe aus dem Bett. Zur Ablenkung laufe ich von einer Wand zur anderen und sammele dabei die Spuren der vergangenen Nacht auf. Weinflaschen, Klamotten und sogar Pariser haben wir im Raum verteilt.

„Ich finde es nicht gut, unsere Beziehung vor deinem Vater geheim zu halten.“

„Hör endlich auf mit dem Blödsinn“, sage ich, obwohl ich meinem Vater vorgestern selbst noch von Gabriel erzählen wollte.

Aber jetzt will ich das nicht mehr. Ich habe nachgedacht. Als meine Mutter vor Jahren an Krebs erkrankte, wusste es das ganze Dorf. Einfach jeder erinnerte mich täglich daran, dass ich meine Mutter bald verlieren würde. Sowas möchte ich nicht noch einmal erleben.

„Sei ehrlich zu deinem Vater. Eure Beziehung ist genauso wichtig wie unsere. Du bereust es, wenn du es nicht tust.“

„Ich glaube, ich werde es bereuen, WENN ich es tue.“

Gabriel steht auf und kommt auf mich zu. Dann nimmt er meine Hand und führt mich zurück zur Bettkante. Seine Hautfarbe hat mittlerweile die dunkelste Stufe von Rot erreicht, was sicher nicht nur von der Affenhitze kommt, die in diesem Raum herrscht. Was macht er denn für ein Fass auf?

„Setz dich."

So langsam wird er aber wirklich komisch. Was ist denn los mit ihm?

Sind das Tränen in seinen Augen?

Tatsächlich. Da sind Tränen.

Das kann doch jetzt unmöglich daran liegen, dass ich ihm meinen Vater nicht vorstellen möchte.

„Was ist hier eigentlich los?" Ich lege meine Arme um den Mann, der seine Gefühle sonst nur in Gedichten ausdrückt. Seine Emotionen stecken in seiner Arbeit, sowie in der Art, wie er mich zu berühren weiß. Doch jetzt sitzt ein anderer Mann vor mir. Einer, den die Gefühle überwältigen.

„Ich sage es dir."

„Muss ich Angst bekommen? Hast du eine schlimme Krankheit? Krebs?"

„Vor zwei Jahren verlor ich meine Tochter bei einem Motorradunfall, ihr Freund fuhr. Er war nicht schuld, denn sonst hätte ich ihn garantiert umgebracht. Die beiden kamen im Sommer her, um mich zu besuchen. Sie wollten weiter nach Südfrankreich. Und von dort nach Spanien."

„Du hattest eine Tochter?"

Mit offenem Mund starre ich Gabriel an. Wir führen seit einiger Zeit eine feste Beziehung, trotzdem haben wir die ernsten Themen ausgelassen. Natürlich wusste ich nichts von seiner Tochter. Genauso wenig wie er weiß, dass meine Mutter vor ein paar Jahren starb, und ebenso wenig, wie er um den Zustand meines geliebten Papas weiß. Ich habe auch noch nie vor ihm geweint und hätte niemals gedacht, dass er der erste von uns beiden sein wird, der sein Innerstes nach außen kehrt.

Um Himmels Willen. Dass seine Tochter tot ist, das ist grauenvoll.

„Sie war ein paar Jahre jünger als du, als es passierte. Sie ging noch zum Gymnasium.“ Tränen laufen über Gabriels Wangen.

„Wie kann es denn, dass sie in dem Alter allein durch die halbe Welt reist?“

„Sie wuchs bei Künstlern auf. Frei wie der Wind.“

Ich drücke ihn an mich, um ihm zu zeigen, dass ich für ihn da bin. Und er redet und redet. Nach einer Weile weiß ich, dass er viel durchgemacht hat. Seine Tochter sah er bloß einmal im Jahr. Die Mutter war Schwedin, lebte aber als Malerin auf Ibiza. Das Kind wuchs bei den Großeltern in Stockholm auf, die waren ebenfalls beide Maler. Solange Ciara klein war, verbrachte er mit ihr die Ferien in einem schwedischen Sommerhaus. Danach besuchte sie ihn in Paris und sie unternahmen Reisen durch Frankreich, später tourten sie durch die europäischen Hauptstädte. Die ganze Welt hätte folgen sollen. Doch dann hatte Ciara einen Freund, mit dem sie die Welt entdeckte. Nach dem Unfall flüchtete er sich in seine Arbeit, die Poesie und in den Alkohol.

Jetzt begreife ich, warum ich in seiner Wohnung keine Fotos gefunden habe. Es fällt ihm sogar zu schwer, ein Bild von seiner Tochter anzusehen.

„Vielleicht verstehst du, dass ich mir große Vorwürfe mache. Ich hätte Rita heiraten sollen, ich hätte zumindest dafür kämpfen müssen, dass Ciara bei mir aufwächst. Doch weder Rita, noch ich nahmen das Leben ernst. Obwohl wir beide schon über dreißig waren, als Ciara zur Welt kam, waren wir verantwortungslos wie Teenager. Wir waren die miesesten Eltern, die man sich vorstellen kann. Du solltest

2

MÜDE STARRE ich das Smartphone an. Ich weigere mich zu denken, dass Madame Duprée sich niemals bei mir melden wird.

Da!

Es klingelt.

Aber es ist nicht mein Handy, das Töne von sich gibt. Dementsprechend ist es auch nicht die Frau von *Happy Ages*, die anruft.

„Komm in mein Büro", blafft Arnaud mir aus dem altmodischen Diensthörer ins Ohr.

Ich versuche gar nicht erst abzustreiten, dass ich den Forschungsantrag aus der Poststelle geholt und ihn zwei Tage später nass wie einen Putzlappen in den Briefkasten gesteckt habe. In dem Fall ist die Zeit ja auch gar nicht das Hauptproblem.

„Ich wollte den Antrag retten, Arnaud. Mein Teil ist mit heißer Nadel gestrickt. Eine absolute Katastrophe. Das geht nie durch."

Ich starre abwechselnd auf die Spitzen meiner mauvefarbenen Ballerinas und auf den Dekan, der hinter seinem Schreibtisch sitzt. Ich stehe davor, kleinlaut, wie ein Kind, das sich seine Schelte abholt.

„Warum hast du es mir nicht gesagt? Wir sind Freunde, oder nicht? Zumindest waren wir das mal", korrigiert er sich, als ich beim Wort Freund beginne, von einen Fuß auf den anderen zu treten.

„Clara, Clara, Clara ...“, sagt er kopfschüttelnd, bevor er sich erhebt, um den schweren Holzschreibtisch herum kommt und vor mir stehen bleibt. „Warum vertraust du mir nicht? Du warst damals meine größte Stütze. Du hast mich vor den Haien gerettet, indem du, ohne ein Wort darüber zu verlieren, Aufgaben von mir übernommen hast. Besonders als mich dann auch noch Félice verließ.“

Arnaud nimmt meine Hände in seine. Ich kann die Tränen kaum noch zurückhalten. Ich bin am Ende mit meinen Kräften. So ähnlich stand auch er schon einmal vor mir. Er ist zwanzig Jahre älter als ich, aber der Altersunterschied verhindert weder Freundschaft, noch Liebe, noch Schmerz.

„Warum bist du nicht zu mir gekommen? Und damit meine ich nicht nur die Sache mit dem Antrag ...“

„Aber der Antrag ist ein Problem. Im Ministerium liegt der Mist, den ich aus alten Anträgen zusammenkopiert habe.“

„Diese Beamten haben ihn noch gar nicht geprüft“, er nickt in Richtung seines Telefons, „gerade noch habe ich mit einem Freund beim Ministerium telefoniert. Gib mir einfach ein paar anständige Seiten Antragsprosa und ich sorge dafür, dass das an der richtigen Stelle landet. So, und jetzt lass uns das Thema wechseln, meine Liebe. Es ist nicht gut, wenn man sich von allen Menschen zurückzieht, so wie du das seit - vier? - Jahren tust.“

Mein Schlucken hallt überlaut durch das mit Büchern vollgestopfte Büro. „Arnaud, ich habe jemanden kennengelernt.“

„So habe ich das nicht gemeint ...“

Unter den hervorquellenden Tränen muss ich lachen. „Ich weiß. Das weiß ich doch."

„Kaffee?"

Ich schüttele den Kopf und hebe mein Handy. „Danke. Ich warte auf einen Anruf von einem Pflegedienst. Ich hoffe, dass die Frau zurückruft." Ich habe keine Angst, Arnaud mein Herz auszuschütten. Er wird mich verstehen, das weiß ich. Es tut so verdammt gut, mal alles rauszulassen. „Wir kennen uns seit Anfang April, jetzt ist es Mitte Mai und ich habe es ihm immer noch nicht gesagt. Ich mache mich deswegen verrückt", schließe ich.

„Kann ich verstehen."

„Was soll ich tun, Arnaud? Es ihm sagen oder nicht? Und was mache ich mit meinem Gewissen?"

Kaum habe ich das schlimme Wort ausgesprochen, klingelt mein Handy.

„Oh. Mein. Gott. Oh je. Das ist sie. Ich muss da ran. Wir reden später."

Beinahe fluchtartig verlasse ich Arnauds Büro. Mit zitternden Fingern nehme ich das Gespräch an, während ich über den Korridor husche.

„Gute Nachrichten, Madame. Olivier kann heute um 14 Uhr zu Ihnen kommen, um sich das Schätzchen mal anzuschauen ..."

„Wie bitte? Es klappt?" Wie angewurzelt bleibe ich vor meiner verschlossenen Bürotür stehen.

„Falls - und ich sage nur: falls - falls die beiden miteinander auskommen, haben Sie ein freies Wochenende und einen Babysitter für alle Fälle. Und wagen Sie es nicht, mir vor Glück was vorzuheulen. Noch ist die Sache nicht geritzt. Und machen Sie sich keine Gedanken, ob Sie egoistisch sind. Das sind Sie nicht. Jeder Mensch, auch Sie, hat sein Stück Freiraum und Spaß verdient. Sie sind noch jung. Verdammt, was denken Sie denn! Dass Sie eine alte Schachtel sind, die es verdient hat, wie eine Sklavin zu schuften? Viel Glück!“

3

ICH KANN es kaum glauben, doch ich bin glücklich. Zum ersten Mal seit vier Jahren bin ich tatsächlich glücklich. Mit einem Lächeln auf dem Gesicht lege ich das nagelneue lila BH-Höschen-Set und das nagelneue türkisgrüne BH-Höschen-Set in meinen kleinen Reisetrolley. Ich packe die frivolen Teile auf die anderen hübschen, bunten Sachen, die ich mir in meinem Glück neu gekauft habe. Für das Wochenende, weil ich mich so sehr darauf freue. Plötzlich erscheint es mir ganz und gar abwegig, wie lange ich auf solche Dinge verzichtet habe. Auf Freizeit, Spaß, auf Liebe.

Olivier ist ne Wucht. Am Dienstagabend vergangener Woche war er für drei Stunden bei uns, Freitag übernahm er den ganzen Nachmittag und den ganzen Abend. Am Dienstag darauf blieb er die ganze Nacht. Die beiden Männer haben sich auf Anhieb verstanden. Ich bin ins Kino gegangen, in die Sauna und ich war shoppen. Olivier ist noch keine dreißig, aber er hat eine Ausstrahlung, die ist der Wahnsinn. Der junge Mann ist riesig, breit wie ein Kleiderschrank und eine Seele von Mensch. Aber trotzdem konsequent. Er hat es echt drauf.

Dass Leila eingeschnappt ist, sollte mir egal sein. Ist es zwar nicht, aber ich denke jetzt trotzdem an mich. Wie Madame Duprée es mir eingebläut hat. Inzwischen bin ich fast ganz ruhig, was das Wochenende angeht - und das ist so viel mehr, als ich die vergangenen Jahre hatte.

Und dass ich Paul am vorletzten Montag den Eiffelturm-Ausflug vermasselt habe, hat er in dem Moment verdaut, in dem ich ihm sagte, dass wir die Nacht von Dienstag auf Mittwoch, nachdem er aus Seattle zurück war, in unserem weißen Hotel verbringen. Und das haben wir getan. Eine ganze Nacht nur für uns. Es war so himmlisch, dass er nicht mal fragte, wie er zu der Ehre kam.

Ich weiß immer noch nicht, was er denkt, warum ich so wenig Zeit habe, aber an diesem Wochenende wird er es erfahren. Alles. Obwohl Arnaud mir davon abgeraten hat, werde ich die Wahrheit auf den Tisch packen. Mein alter Freund versteht, dass ich bisher nichts gesagt habe, denn er hat am eigenen Leib erfahren, wie die Leute sich immer mehr zurückziehen, wenn sie merken, mit welchen Problemen du zu kämpfen hast. Dass du zum Altenpfleger geworden bist und deine Gedanken plötzlich in ganz anderen Sphären kreisen als um den nächsten gemütlichen Abend.

Das Geräusch des Reißverschlusses, als ich den Trolley schließe, ist wie ein Versprechen.

„Ich hoffe, dass ihm das Wochenende nicht zu lang wird“, sagt Leila mit verkniffener Miene.

„Wir müssen es versuchen“, entgegne ich gelassen und wünsche ihr ein schönes Wochenende.

„Ich werde nicht hier sein, wenn er wieder mit Messern wirft.“

„Ich weiß. Bis Montag, Leila.“

„Wenn ich nicht da bin, kann ER ja meinen Job übernehmen." Mit Schwung wirft sie die Tür hinter sich zu.

„Hey, Leila!" Ich reiße die Tür wieder auf. „Was soll das denn? Du brauchst keine Angst zu haben, deine Arbeit zu verlieren. Wir sind doch ein eingespieltes Team."

„Wir werden sehen ..."

Sie stapft die Treppe hinauf, eine Hand an der kahlen Wand, da die Bauarbeiter das morsche Geländer abmontiert haben. Himmelherrgott, womit habe ich das denn jetzt verdient?

„Oder willst du kündigen?" Ich laufe ihr nach.

„Von Wollen kann keine Rede sein. Die Marokkanerin wird wohl gehen müssen. Wenn der Mohr ausgedient hat ..."

„Ich verlange ja nicht, dass du dich für mich freust, aber jetzt mach doch kein Ausländer-Ding da draus!"

Mit einem Knall fliegt eine Etage über mir Leilas Wohnungstür zu.

Leider kann ich mich nicht um die eingeschnappte Madame kümmern, denn in meiner Wohnung klingelt es.

Olivier. Es geht los. Ein Lächeln macht sich auf meinem Gesicht breit. Wie schon an den Testtagen ist der Mann überpünktlich.

„Ich habe überall Zettel für Sie verteilt, Olivier. Sie wissen schon. Das ist der Medikamentenschrank. Dieses Buch hier darf auf gar keinen Fall verschwinden, denn dann glaub er, seine Frau hätte es versteckt und dann dreht er durch. Zum Frühstück mag er gern Eier. Aber niemals mehr als vier, auch nicht, wenn er noch so bettelt, das bekommt ihm nicht und Sie würden es bitter bereuen. Ich habe alles notiert und ..."

Olivier sieht sich amüsiert in der Wohnung um, die aussieht wie zu Zeiten, als es mit dem Alzheimer anfing. Überall kleben die gelben Post-Its mit den Informationen.

„Perfekt", meint er grinsend.

Abgesehen von Paul kenne ich niemanden, der so verdammt cool ist wie Olivier. Ich möchte ihn am liebsten küssen. Aber dafür habe ich schon jemanden.

„Essen habe ich vorgekocht. Sie brauchen es nur aufzuwärmen. Aber das müssen Sie auf dem Herd machen, denn wir haben keine Mikrowelle mehr, weil er da mal nach dem Baden den Vogel ... Sie verstehen ... Wenn Sie mit ihm raus gehen, dann gehen Sie auf keinen Fall zur Kirche. Er erinnert sich zwar nicht, warum er Atheist ist, aber er ist einer, und zwar ein sehr entschiedener ..."

„Wir fahren nicht in die City, wir meiden alle Orte mit Kindern und wir fahren auch nicht mit dem Bötchen auf der Seine, vor allem wegen der Kinder, die da immer mitfahren."

„Genau." Ich lächele entschuldigend.

„Und falls er aus irgendeinem Grunde wider Erwarten doch ungehalten werden sollte, dann lass ich ihn auf gar keinen Fall mit dem Vogel - Henri - allein - auch nicht, wenn der im Käfig sitzt, denn das Törchen ist schneller auf, als Henri Piep sagen kann. Dann lese ich ihm aus dem Buch mit dem Hasen vor."

„Ach, Olivier ... Ich weiß nicht, wie ich Ihnen danken soll."

Jetzt küsse ich ihn doch noch. Nur auf die Wangen.

„Viel Spaß im *Bois de Bologne.* Es ist toll dort. Genießen Sie es, Clara!"

„Danke. Vielen, vielen Dank! Ich verabschiede mich noch von ihm."

„Natürlich. Alles, wie wir es Dienstag und Mittwoch gemacht haben. Genau so.“ Olivier nickt mir aufmunternd zu und tätschelt meinen Arm.

„Ja. Ich mache es genau so. Keine Abweichung. Danke nochmals, Olivier. Ich bin dann jetzt weg“, rufe ich ins Arbeitszimmer.

„Wo gehst du hin? Komm zu mir“, kommt es zurück.

Ich gehorche automatisch und weil es besser ist für den Frieden und weil alles genau so geplant ist. „Ich mache drei Tage Ferien.“

„In deinem Alter kannst du noch nicht allein verreisen.“

„Es passt jemand auf mich auf. Ein Erwachsener. Paul. Du kennst ihn. Er ist sehr zuverlässig.“

„Na gut. Du bist aber pünktlich zu Hause am Sonntag.“

Das mit Sonntag hat er sich gemerkt. Manches ist wirklich erstaunlich.

„Gib mir einen Kuss.” Er tippt auf seine Wange.

Mit tränennassen Augen erfülle ich ihm seinen Wunsch.

„Hauen Sie schon ab und amüsieren Sie sich ... Ihr Vater ist bei mir in guten Händen. Sie rufen mich NICHT an! Wenn etwas sein sollte, wovon ich nicht ausgehe, melde ich mich bei Ihnen. Raus jetzt.”

4

ES IST soweit. Es ist Wochenende, die Sonne lacht und ich bin dabei! Zur Abwechslung gehöre auch ich mal zu den Menschen, die etwas vorhaben.

Nun werde ich tatsächlich das ganze Wochenende mit einem tollen Mann verbringen. Danach werde ich wie ausgewechselt sein, voller Kraft und Zuversicht, hat Madame Duprée mir eingeimpft.

„Wohnt da oben, dritte Etage, hinter dem Baugerüst, deine katholische Vermieterin? Vielleicht sollte ich mich ihr vorstellen. Wenn Sie sieht, was für ein vertrauenswürdiger Kerl ich bin, macht sie bestimmt eine Ausnahme von ihren strengen Regeln."

Paul schlägt den Kofferraumdeckel zu und zeigt grinsend hinauf zu Leilas Wohnzimmerfenster. Die Gardine bewegt sich. Von wegen Leila ist nicht da.

„Die Schnepfe kannst du umgarnen, wenn wir zurückkommen. Und jetzt lass uns um Himmels Willen losfahren, bevor noch irgendetwas dazwischenkommt!"

Paul hat für unser Wochenende ein schwarzes Cabrio gemietet. Für Anfang Juni ist die Sonne ziemlich heftig. Also ist der Wagen perfekt.

„Das ist das richtige Wetter, um die Stadt zu verlassen. Wenn die Sonne so knallt, ist es in Paris nur noch heiß und stickig. Juli/August macht das jeder, der es sich leisten kann", plappere ich drauflos.

Paul schenkt mir ein Lächeln. Es ist unübersehbar, dass er über dieses Wochenende genauso glücklich ist wie ich. Er mag mich wirklich sehr und ich überlege, ob ich es jetzt sofort hinter mich bringe. Raus mit der Wahrheit und abwarten, was geschieht.

Soll ich?

Bis zum *Bois de Bologne* ist es vom Stadtzentrum aus eine halbe Stunde. Vorausgesetzt der Verkehr fließt, was er tut.

„Weißt du was, Clara?"

„Was?“ Ich binde mein Haar zu einem Knoten, damit der Fahrtwind sie mir nicht ständig hinter die Sonnenbrille wirbelt.

„Ich habe mich gefragt, was geschehen ist. Plötzlich hast du eine ganze Nacht Zeit für mich - und dann noch das ganze Wochenende.“

„Toll, was?“

„Ja. Aber was ist geschehen? Hast du deinen Mann verlassen?“

Das glaubt er also.

Gespannt sieht er zu mir.

Mir rutscht das Herz in den winzigen hellblauen Slip, den ich unter dem hellblauen Kleid mit den weißen Streublümchen trage, das beim Sitzen einen schmeichelhaften Blick auf meine nackten Beine zulässt.

„Ich bin rechtmäßig geschieden und vollkommen über meine Ex hinweg. Ich hatte sogar drei Übergangsfrauen. Das wiederhole ich nur für den Fall, dass du in deinem tiefsten Innern genauso rückständig bist wie deine Vermieterin ...“

Jetzt! Raus damit, Clara!

Ich schüttele den Kopf. Da ist wieder dieser Kloß in meinem Hals. Er ist so groß wie ein Medizinball. Und er geht nicht weg, so kräftig ich auch schlucke.

Tu's nicht, sag es ihm nicht, behalte es für dich, hat Arnaud mich gewarnt. Er muss es wissen. Ihn hat die Frau verlassen, weil ihr alles zu viel wurde. Lange hat sie nicht gefackelt, obwohl sie seit einer Ewigkeit verheiratet waren.

„Ist ja auch egal“, sagt Paul nach einer Weile schulterzuckend. „Du wirst mir schon noch verraten, warum du plötzlich so viel Zeit hast.“

Ich nicke so schwach, dass er es vermutlich gar nicht sieht. Ja, das werde ich. Ich brauche wohl noch mehr Anlauf.

Oder ich mache es gar nicht. Wie der gute Arnaud es mir rät. Jetzt, wo ich mir einen freien Abend pro Woche verschaffen kann, ab und zu ein ganzes Wochenende und einmal im Jahr einen ganzen Urlaub, ist es nicht mehr dringend. Wir könnten uns ganz in Ruhe kennenlernen, wenn Paul nicht im Sommer wieder in seine Heimat verschwinden würde. Das steht ja auch noch im Raum.

Auch er ist nicht frei, hat Arnaud gesagt. *Warum die Pferde scheu machen? Genießt die schöne Zeit miteinander.*

„Wie geht es deiner Tochter?"

Paul sieht überrascht aus. „Du fragst nach Riley?"

Ich zucke mit den Schultern. „Sie ist ein Teil von dir."

„Das ist sie."

„Erzähl mir von ihr. Was macht sie in ihrem Leben? Ich meine, außerhalb des Studiums. Wofür interessiert sie sich? Was sind ihre größten Träume? Treibt sie Sport? Ist sie eine von diesen Cheerleaderinnen?"

Paul lacht laut auf. „Riley und Cheerleaderin?"

„Nicht? Hat sie etwa keine schönen Beine?" Ich habe ein Foto von dem Mädchen gesehen. Sie ist groß, dunkelhaarig und schlank. Im Grunde genommen ist sie die weibliche Ausgabe von Paul. Eine wirklich schöne, junge Frau.

„Ihre Beine benutzt sie höchstens, um sie Wesley zu zeigen."

„Wesley?"

„Ihr Macker."

„Du bist ein eifersüchtiger Vater."

„Es wäre mir lieber, sie würde sich mehr für ihr Studium interessieren."

Jetzt könnte ich Paul wahrscheinlich so richtig verrückt machen, indem ich ein paar Anekdoten aus meinen Anfangssemestern erzähle. Aber ich verkneife mir das Plaudern aus dem Nähkästchen. Es ist besser für sein väterliches Seelenheil. Wobei es mir absolut imponiert, wie er als Vater ist. Da habe ich schon andere Geschichten gehört. Was Gabriel damals erlebte, war eine Tragödie, an der er sich zeitlebens nicht ganz unschuldig fühlte.

„Was studiert sie? Geschichte? Kommt sie nach dem Vater?"

„Neuerdings wird sie Grundschullehrerin. Im Übrigen hat sie einen ziemlichen Drang, sich von mir zu lösen. Sie zieht mich ständig auf wegen der zwei Heimflüge, die ich eingeplant habe."

Sein zerknirschtes Lächeln bringt mich zum Lächeln, doch plötzlich erstirbt es und er schaut so verschlossen drein, wie ich ihn noch nie erlebt habe.

„Du warst und bist sicher ein guter Vater", versuche ich, ihn aufzumuntern. Das glaube ich wirklich. Auch wenn er jetzt in Paris ist und damit etwas für sich tut. Und für seine Karriere. Aber auch für sich.

Da haben wir wohl mehr gemeinsam, als ich zuerst dachte. Auch, dass ihm die Trennung von seiner Tochter wohl doch mehr ausmacht als ich ursprünglich dachte - und er anscheinend mehr damit zu kämpfen hat als Riley selbst.

„Was ist mir dir, Clara. Hast du Kinder?"

„Nein. Es hat sich nicht ergeben." Das kommt so schnell aus mir raus, dass es sich irgendwie verdächtig anhört, obwohl es die Wahrheit ist.

„Also hättest du gern welche gehabt?"

Ich schaue zu den vorüberfliegenden Häusern, ohne sie wirklich wahrzunehmen. „Ja, ich denke schon. Vielleicht eins."

„Mit 39 bist du nicht zu alt dafür."

„Möchtest du noch ein Kind, Paul?"

Was frage ich denn da?

Paul macht ein zerknirschtes Gesicht. „Mal sehen. Erstmal haben wir ein wunderschönes Wochenende in einem romantischen Urlaubsresort. Da ist es schon. Bist du bereit für die schönsten, romantischsten und heißesten 72 Stunden deines Lebens?"

„Oh ja!", rufe ich begeistert und füge lachend hinzu: „Setzt dich das jetzt unter Leistungsdruck?"

„Na ja", entgegnet er. „Nicht mehr als Napoleon, bevor er die Schlacht von Austerlitz gewann. Ich habe nämlich kein Zimmer in einem Luxushotel gebucht, sondern eine Holzhütte auf einem Campingplatz."

5

„SCHLAFEN WIR in einem Bauwagen?"

Begeistert sehe ich mich auf diesem wunderschönen Fleckchen Erde um. Man kann kaum glauben, dass das hier zu Paris gehört. Alles ist grün und sieht wunderbar romantisch aus. Bis wir in dem Wirrwarr aus Wegen, Bäumen, Sträuchern, romantischen Holzwohnwagen und Häuschen unsere Unterkunft gefunden haben, vergeht eine halbe Stunde.

„Da ist es", erklärt Paul und zieht mich in seine Arme.

Es ist keiner von den Bauwagen, sondern ein Luxus-Cabin mit überdachter Terrasse und einer großen Schiebetür. Wir sind uns sehr einig, dass wir als erstes eine Dusche brauchen. Selbst mein luftiges Baumwollkleid überschreitet so langsam die Grenzen der Saugfähigkeit.

„Duschen wir gemeinsam?"

Paul legt einen Arm um meinen Hals und zieht mich zu sich ran.

„Platz ist in der kleinsten Dusche", grinse ich, bevor er mich küsst, dass mir Hören und Sehen vergeht.

Wir sind so in unseren Kuss vertieft, dass wir erst merken, dass wir immer noch draußen vor der Hütte stehen, als die ersten dicken Tropfen fallen.

Vollkommen perplex schauen wir beide gleichzeitig zum Himmel. Dicke, graue Wolken ziehen sich direkt über uns zusammen. Die Sonne ist weg.

„Wir sollten uns beeilen", warne ich. „Das sieht nach einem typischen Pariser Sommerregenschauer aus. Überraschend, nicht ganz so kurz, aber dafür heftig."

„Klingt nach unserer Beziehung", grinst Paul und küsst mich einfach weiter.

„Wenn du glaubst, dass es nur bei euch in Seattle regnet, irrst du dich", murmele ich. Und da bricht das Unwetter auch schon über uns herein.

In rasender Geschwindigkeit holen wir das Gepäck und drei große Papiertüten mit Lebensmitteln aus dem Kofferraum und schaffen alles unter die Überdachung, die nicht ganz so regenfest ist wie sie aussieht. Die Haare kleben uns schon am Kopf, als Paul die Zimmerkarte zückt.

„In einer Sekunde sind wir im Trockenen."

Ich rubbele mir die nassen Arme, denn es wird sehr schnell sehr kalt.

„Irgendwas ist mit der Karte“, sagt Paul.

Vielleicht ist das die gute alte französische Qualität. Ich zupfe das Kärtchen aus seinen Fingern und versuche mein Glück.

Es funktioniert auch bei mir nicht.

„Gemeinsam an der Schlüsselkarte gescheitert“, stelle ich verfroren fest.

„Das akzeptiere ich nicht. Die sind selber schuld, wenn sie mir so einen Schrott von einer Karte schicken. Wir steigen durchs Fenster ein“, tönt Paul vollmundig.

„Durch welches? Glaubst du wirklich, dass hier ein Fenster offen steht?“

„Hätte ja sein können“, sagt er, nachdem wir die Holzhütte umrundet haben.

„Also fahren wir zur Rezeption?“

„In der Badewanne?“ Paul schielt zu dem Cabrio.

„Was zum Teufel machst du da, Paul?”

„Soll ich lieber einen Stein durchs Fenster werfen?”, fragt er, nachdem er zwei weitere Bretter aus der Wand gerissen hat, als wäre es nichts. „Rein mit dir.“

Ich husche durch die Lücke in der Wand. Der Mann ist total verrückt.

„Ich hole unser Gepäck“, sagt er und ist auch schon wieder im strömenden Regen unterwegs.

„Dann lass ich uns mal eine Wanne ein.“ Mit eng um meinen Körper geschlungenen Armen sprinte ich ins Bad. Je eher wir beide in der ...

Es gibt keine Wanne?

Hat Paul nicht was von einem Whirlpool erzählt?

Meinte er damit die enge Dusche?

„Kaltes Wasser ... Es wird nicht warm ..."

„Was hast du gesagt?" Paul ist schon wieder zurück. Er hat das ganze Gepäck auf einmal geholt. Es platscht, als er es auf dem Holzboden abstellt.

„Ich hab die Karte in den Kasten gesteckt. Jetzt müsste das Wasser eigentlich warm werden."

„Immer noch nicht ..."

„Licht geht auch nicht ... Eventuell ist die Karte blockiert ... Du hättest dich in einen Techniker verlieben sollen", grinst Paul zu mir ins Bad hinein.

„Oder in einen Pfadfinder. Vielleicht ist es ja die falsche Hütte ... Lass uns die Spuren beseitigen, bevor wir die richtige suchen", kichere ich.

„Nicht nötig. Die haben die Adresse von Yves. Also kriegt er den Ärger", gibt Paul zurück, bevor er die Hütte wieder verlässt.

Ich stelle das fließende, kalte Wasser ab und folge Paul durch das Loch in der Wand nach draußen.

Mit gerunzelter Stirn steht er vor der Eingangstür und hält die Karte zum Vergleich neben die Hausnummer. „Ich glaube, ich sollte dir beichten, dass ich zu Zahlendrehern neige ..."

6

HAND IN Hand laufen wir zu der richtigen Hütte, zitternd vor Kälte und lachend wie die Kinder. Das Kleid klebt auf meiner Haut.

Beim nächsten Versuch, unsere Hütte zu beziehen, klappt alles. Die Tür geht auf, in dem Cabin ist es muckelig warm. Im Natursteinkamin knistert sogar ein Feuer. Hier drinnen ist es viel größer als in der anderen Hütte und wunderschön. Es ist der reinste Luxus. Hier möchte ich gern das Wochenende verbringen.

Ich suche Pauls Blick, fange ihn ein. Seine Augen glänzen im Feuerschein.

„Gefällt es dir?“

„Es ist wunderschön.“

„Du siehst mich erleichtert.“

„Ach, hör doch auf ...“

„Stimmt. Ich dachte mir, dass es dir gefällt“, grinst er stolz. Er zieht sich sein nasses Hemd über den Kopf, öffnet die dunklen Chinos und schiebt beide Hände in die Briefs. Vom bloßen Zuschauen wird mir ganz heiß. Ich knöpfe mein nasses Sommerkleid auf und lasse es über die Schultern zu Boden sinken.

„Du frierst. Wollten wir nicht duschen? Oder sollen wir lieber baden?”, fragt er mit rauer Stimme.

Ich schüttele den Kopf und sage ohne rot zu werden: „Nein. Bewegung macht warm.”

In wenigen Schritten steht der Mann, der all das für mich organisiert hat, nah vor mir. Wir sind beide nackt. Er reibt mir mit den Händen über Arme und Rücken, um mich aufzuwärmen.

Als wir Stunden später atemlos und vollkommen erschöpft, eingewickelt in eine einzige, übergroße Bettdecke auf dem Fell vor dem Kamin liegen, sagt er plötzlich in meine total verwuschelten Haare hinein: „Eigentlich wollte ich dir das Geheimnis erst am Sonntag verraten ..."

Verschlafen und mit von der Kaminhitze gerötetem Gesicht schaue ich zu ihm auf. „Ein Geheimnis? Raus damit!"

Er streicht mir ein paar Haarsträhnen aus dem Gesicht und küsst mich auf die Nase. „Ich bin mir nicht sicher, wie du darauf reagierst ..."

„Probieren geht über studieren ..."

Als Paul meine Hände in seine nimmt und mir in die Augen schaut, wird mir ganz schwummrig. Seine Lippen formen sich zu Worten. Ich sehe und höre es, als er mit seiner angenehm dunklen, festen Stimme zu mir sagt: „Mich hat es erwischt. Du hast mich erwischt, Clara. Und es ist mir egal, ob du in Paris lebst und ich in Seattle. Ich liebe dich."

7

WIE KANN man nach so einer Aussage schlafen? Ich kann es nicht. Paul schon. Und wie.

Er liegt auf dem Rücken, alle Viere von sich gestreckt. Ich liege halb in seinem Arm, halb auf seiner Brust, und lausche seinem Herzschlag. Nachdem sein Herz sich beruhigt hat, pocht es in einem gemächlichen, kräftigen Takt.

Vielleicht liegt es auch an dem stundenlangen, zärtlichen Sex, der den wunderbaren drei Worten gefolgt ist, dass er schläft wie ein Murmeltier. Vielleicht auch an dem *original französischen Omelette*, wie Paul seine Eier-Entgleisung an Speck und amerikanischem Schmelzkäse nennt, den er Gott weiß wo aufgetrieben hat. Vielleicht ist er ja davon ohnmächtig geworden.

Mit dem Zeigefinger fahre ich die feine Linie von Härchen nach, die sich von seinem Bauchnabel aus nach unten bahnt.

„Ich glaube, ich liebe dich auch, Paul."

Ich ziehe die Decke, die ich eben noch weggeschoben habe, weil es darunter zu warm wurde, bis zum Kinn hoch und betrachte Pauls männliches Gesicht. Seine altrosafarbenen Lippen sind leicht geöffnet. Seine Nase hat nicht ganz die klassische griechische Form. Dafür sind die Nasenflügel zu kräftig. Und doch ist diese Nase für mich der Inbegriff der Schönheit. Dazu der markante Kiefer, die geraden, dunklen Augenbrauen, die dichten Wimpern. Alles an ihm gefällt mir. Das Äußere wie das Innere.

Er ist ein Mann, auf den man sich verlassen kann. Ein Mann zum Heiraten, denke ich wehmütig.

Ich schnuppere an seinem Hals, inhaliere den typischen, leicht holzigen und doch so frischen Duft, der in all seinen Sachen steckt. Dann bedecke ich die mir zugewandte stoppelige Wange mit zarten Küssen. In dem Moment höre ich das leise Summen des Handys in meiner Tasche. Und es ist nicht das erste Mal, dass Olivier versucht, mich zu erreichen.

Herbst 1999

1

IM HERBST war mir unser Dorf schon immer am liebsten. Die Luft ist noch angenehm warm und das weiße Häuschen steht allein auf einem bunten Teppich aus Laub. Es ist das einzige in nächster Umgebung, das noch aus dem achtzehnten Jahrhundert stammt. Den Rest des Dorfes hat der steinreiche Bürgermeister mit Neubauten ausgestattet, die sich wie ein Ei dem anderen gleichen.

„Fortschritt nennt er das", erkläre ich Gabriel, als wir uns, nach einem kurzen Spaziergang, nur noch wenige Schritte von dem weißen Haus entfernt befinden.

„Ich nenne das den vollkommenen Verlust von Charme und Fantasie."

Ich zucke mit den Schultern. Gabriel wollte nach unserer Ankunft eine Rundführung. Er will sehen, wie das schnuckelige Dorf der Moderne und dem Kapitalismus verfällt. Ich glaube, das waren seine Worte. Mir ist es recht. Alles, was uns noch ein bisschen länger vom Haus meines Vaters fernhält.

Ich habe Gabriel gesagt, dass die Auffahrt neu gepflastert wurde, weshalb Gabriels roter Renault nun im Dorf parkt und nicht vor dem Haus meines Vaters.

„Ich komme nicht allein, Papa, ich bringe jemanden mit, der unsere Liebe für die Literatur teilt." Das waren in etwa meine Worte, als ich den Besuch zum zweiten Mal anmeldete. Kein Wort von Beziehung, denn das kam beim ersten Mal gar nicht gut an. Aber er hatte es vergessen und so hatte ich eine zweite Chance.

Gabriel weiß von nichts, was den Kloß in meinem Hals immer dicker werden lässt. Ich habe ihn nicht vorbereitet, denn bis heute habe ich es nicht laut ausgesprochen. Ich habe Gabriel bloß meine Bedenken über die Reaktion meines Vaters bezüglich unseres Altersunterschiedes mitgeteilt. Doch selbst das versteht er nicht.

Was hätte Gabriel gesagt, wenn seine Tochter noch leben würde und einen Freund mit nach Hause brächte, der zehn Jahre jünger ist als er, dafür aber zwanzig Jahre älter als seine Tochter? Das würde ihm sicher genauso wenig gefallen, wie es meinem Vater gefallen wird. Vermutlich genauso wenig wie es mir gefallen wird, wenn Gabriel herausfindet, was hier eigentlich vorgeht.

2

GABRIEL HÄMMERT an die Eingangstür, als würde er sich nicht einen Gedanken darüber machen, was mein Papa von ihm halten könnte, während mein Herz fast aus der Brust springt.

„Clara!"

Mein Vater öffnet freudestrahlend die Tür und schließt mich fest in seine Arme. Er riecht nach Kräuterbonbons und frisch gewaschenem Hemd. Es ist der gleiche Weichspüler wie aus meiner Kindheit. In dem Moment bin ich froh, dass ich hier bin. Ich hoffe nur, dass es so entspannt weitergeht.

„Schön dich zu sehen, Papa. Ich möchte dir jemanden vorstellen." Mit beiden Händen zeige ich auf Gabriel, als wolle ich einen Neuwagen präsentieren.

„Lass mich raten. Das ist dein Literaturprofessor, von dessen Unterricht du immer so schwärmst." Mein Vater hält Gabriel eine Hand entgegen. „Freut mich, Sie kennenzulernen, Professor!"

Ich spüre, wie mich Gabriel fragend aus dem Augenwinkel heraus ansieht, doch ich grinse weiter bloß meinen Vater an, der auf den Namen meines Professors wartet, den ich ihm bestimmt schon an die hundert Mal am Telefon gesagt habe.

„Nennen Sie mich doch bitte Gabriel, Monsieur." Dann greift Gabriel nach der Hand meines Vaters.

Papa platzt beinahe vor Stolz, als er sagt: „Dann müssen Sie mich aber Robert nennen."

„Robert, ich habe dir etwas mitgebracht." Gabriel drückt meinem Vater ein dickes Buch in die Hand, als wären sie langjährige Freunde.

Vielleicht wird dieser Nachmittag ja doch entspannter, als ich angenommen habe.

3

EINE WEILE beobachte ich die beiden Männer, wie sie fachsimpelnd vor der Bücherwand stehen und Papa Gabriels

Gastgeschenk immer wieder in den höchsten Tönen lobt. Es ist die Erstausgabe irgendeines Buches, von dem ich bislang noch nie gehört habe. Ich jedenfalls bin abgemeldet bei den beiden.

Allerdings steigt mir ein unangenehmer Duft in die Nase.

„Papa, was riecht hier so angebrannt?"

„Das ist der Braten." Mein Papa ist immer noch vollkommen gefesselt von der Erstausgabe, die Gabriel ihm geschenkt hat.

Kopfschüttelnd folge ich dem beißenden Rauch. Der Hackbraten, der kurz davor ist, die Küche in Brand zu stecken, ist ein Spezialrezept meiner Mutter. Seit sie tot ist, ist er zum Sonntagsbraten avanciert. Das ist Papas Art, mit dem frühen Tod meiner Mutter klarzukommen, denn sie hätte nicht gewollt, dass sich unser Leben um 180 Grad dreht, nur weil sie nicht mehr ist. Sie hätte sich gewünscht, dass wir weitermachen wie bisher.

Und genau deswegen bereitet mein Papa diesen Hackbraten jedes Mal zu, wenn ich ihn besuche. Den Geschmack trifft er zwar nicht wirklich, doch verbrannt ist er ihm bisher noch nie.

Ich stelle das angekokelte Fleisch auf den Esstisch, der im Wohnzimmer steht, und lege Teller und Besteck bereit.

Obwohl ich mit dem Geschirr herumklappere, und es überall nach angebranntem Rindfleisch duftet, bekommen die Männer von all dem nichts mit. Mir gefällt natürlich, wie intensiv sie sich unterhalten. Dafür spiele ich gern die kleine Hausfrau. Die beiden verstehen sich extrem gut, was aber vermutlich daran liegt, dass mein Papa denkt, Gabriel wäre bloß mein Professor. Ich kann mir kaum vorstellen, dass ihm in der Zwischenzeit wieder eingefallen ist, dass Gabriel mein Liebster ist.

„Das Essen ist fertig, meine Herren!"

Ich ernte schlappes Nicken.

„Papa?"

Es wäre schon schön, wenn er sich für uns freuen würde. Immerhin waren seine Eltern auch gegen eine Heirat mit meiner Mutter. Meine Eltern entschieden sich damals gegen ihre Eltern. Genau das möchte ich aber eigentlich nicht.

„Ja? Hast du mit mir gesprochen?", antwortet der Mann, der vorher noch nie Probleme mit dem Gehör hatte.

„Mit euch beiden. Das Essen ist angerichtet. Komm Schatz, das ist der Hackbraten meiner Mutter, der wird dir gefallen." Ich gebe Gabriel einen Kuss mitten auf den Mund. Gabriel fängt an zu lachen und wendet sich meinem zur Salzsäule erstarrten Vater zu.

„Ich glaube, wir sollten jetzt essen gehen, bevor sie uns noch die Köpfe abreißt, Robert."

Vollkommen entgeistert schaut mein Papa abwechselnd zu mir und dann zu Gabriel.

„Ihr beide...?"

„Ja, Papa. Gabriel ist mein Liebster, das wollte ich dir heute mitteilen."

4

SEIT DER Beerdigung meiner Mutter war es in diesem Raum nicht mehr so still. Gabriel sieht mich böse an, während sich mein Papa das erste Stück Hackbraten stumm in den Mund stopft.

„Papa, ist alles in Ordnung?”, frage ich vorsichtig.

„Sag du es mir!“ Er lässt seine Gabel so laut auf den Tisch sausen, dass ich zusammenzucke.

„Aus diesem Grund wollte ich dich nicht mit hierherbringen”, flüstere ich Gabriel zu, der angewidert sein Gesicht verzieht, als er auf dem Fleisch rumkaut.

„Warum hast du ihn nicht vorgewarnt?”, zischt Gabriel mir zu.

„Habe ich”, sage ich etwas lauter und fahre dann noch etwas lauter fort. „Aber er hat es wieder vergessen ...”

Ich will noch mehr dazu sagen, die ganze Geschichte, doch plötzlich fegt mein Vater das Besteck vom Tisch und richtet sich auf. Die Augen starr auf Gabriel gerichtet, der das versalzene Fleisch runterwürgt.

„Schämen Sie sich nicht? Sie sind doppelt so alt wie meine Tochter. Ich bin nur ein einfacher Handwerker, aber gibt es da nicht so ein Gesetz von wegen Schutzbefohlener?” Mein Vater schüttelt den Kopf, als wolle er eine Horde Käfer aus seinen dünnen Haaren verjagen.

„Das stimmt, ich verstehe deine Bedenken, Robert. Aber es ist nun einmal eine Tatsache: Alter schützt vor Liebe nicht. Ich bekenne mich schuldig im Sinne der Anklage. Mea culpa, mea maxima culpa.”

Was redet Gabriel denn? Spinnt er? Mein Vater läuft rot an. Jeden Moment wird er explodieren.

Vorsichtshalber stelle auch ich mich hin, um die Auflaufform zu schützen, die möglicherweise fliegen könnte.

„Verschwinden Sie aus meinem Haus!”, brüllt mein Vater und zeigt zum Geschirrschrank.

„Papa ..."

„Das kann ich nicht mitansehen, wie du dich von einem Weiberhelden, der seine Position ausnutzt, um den Finger wickeln lässt. Diese Beziehung hat keine Zukunft. Das habe ich dir bereits am Telefon gesagt. Sieh ihn dir doch an: Du bist nicht die erste Studentin, die er verführt. In ein paar Semestern kommen neue Studentinnen und dann sitzt du da und heulst. Ich hatte eigentlich gedacht, ich hätte dich zu einer vernünftigeren Frau erzogen."

Wütend läuft mein Vater auf und ab. Er erwartet, dass Gabriel verschwindet. Doch Gabriel erweckt nicht den Anschein gehen zu wollen. Vielmehr sieht es aus, als schenke er sich gerade ein weiteres Glas Rotwein ein.

„Deine Tochter ist vernünftig, Robert. Absolut vernünftig. Und ich habe nie zuvor eine Frau mit so viel Talent kennengelernt. Sie ist meine Muse. Und ich will sie auch nicht verführen. Unsere Beziehung geht sehr viel tiefer, ich habe, nun ja, ernste Absichten."

Mein Papa und ich starren gleichermaßen verdutzt zu Gabriel.

„SIE wollen meine Tochter heiraten?", platzt es aus meinem Vater raus, ehe er ein gekünsteltes Lachen hervorbringt.

Wie bitte? Ich stehe bloß da und starre zu Gabriel, der einen Schluck vom Rotwein nippt und dann aufsteht, um auf mich zuzugehen. Was meint er mit ernsten Absichten? Mein Herz pocht wie wild, als Gabriel dann aber doch an mir vorbei läuft und die Tür ansteuert.

„Da haben wir's: Jetzt macht er einen Rückzieher." Mein Vater berührt mich an der Schulter, als ich überlege, Gabriel sofort nachzulaufen.

„Clara, entweder ER oder ICH. Entscheide dich jetzt."

„Spinn nicht rum, Papa. Du bist doch sonst nicht so rückständig."

„Ich bin nicht rückständig, sondern gehe mit Verstand ans Leben. Das solltest du auch tun. Ich finanziere dir doch nicht das Studium, damit dich eine Person ausnutzt, die dich in einer Prüfung fallen lassen könnte. Kapierst du denn nicht, dass das ein Abhängigkeitsverhältnis ist.“ Er schmeißt seinen Teller quer durchs Wohnzimmer.

„Wir hauen ab." Ich schiebe Gabriel aus dem Wohnzimmer. „Da hinten ist die Haustür. Bloß weg hier."

In meinem Rücken nimmt mein Vater das Buch, das Gabriel ihm geschenkt hat, und läuft uns damit nach.

„Hier, nehmen Sie Ihr Buch und verschwinden Sie. Und lassen Sie in Zukunft meine Tochter in Ruhe!"

„Papa, ich schäme mich für dich." Ich bremse meinen Vater aus, damit ich zu Gabriel vor das Haus treten kann. Zu Gabriel sage ich: „Er meint es nicht so. Gestern war Mamas Todestag, da ist er immer etwas ..." Mit dem Zeigefinger mache ich eine kreisende Bewegung vor meiner Stirn und verdrehe die Augen. Inzwischen hat mein Vater es irgendwie geschafft, Gabriel das Buch in die Hand zu drücken. Gabriel legt es auf den Fenstersims und nimmt meine Hand.

In den Augen meines Vaters stehen Tränen.

„Was erzählst du denn da, Clara? Deine Mutter ist auf einer Fortbildung. Wenn sie zurückkommt, wird sie sicher auch etwas zu deinem Liebhaber zu sagen haben. Zum letzten Mal: Lassen Sie die Finger von meiner Tochter und verschwinden Sie!"

„Ist ja gut, Papa. Wir gehen, aber beruhige dich."

„Nein! Nicht IHR geht! Nur ER geht. DU bleibst hier, Clara!" Mein Vater schaut mich mit diesen verwirrten Augen an, die mir so viel Angst machen. Vermutlich weiß er längst nicht mehr, worüber er sich so geärgert hat.

Ich kann das nicht länger mitansehen. Ich zerre an Gabriels Hand. Er schaut fast genauso verwirrt drein wie mein Vater. Vom Grundstück bis zum Auto ziehe ich ihn mehr oder weniger hinter mir her. Wir sprechen kein Wort. Der Blick meines Papas brennt in meinem Nacken.

„Bist du sicher, dass du gehen willst?", fragt Gabriel.

„Ganz sicher."

Doch als wir zwei Stunden später wieder in Paris sind, breche ich zum ersten Mal vor Gabriel in Tränen aus.

Ende eines Wochenendes

1

ICH SITZE in einem Taxi und weiß weder, was hinter mir los ist, noch was mich erwartet. Ich weiß nur, dass das erste und einzige Wochenende, das ich außerhalb der Pariser Wohnung verbringen wollte, bereits in der ersten Nacht in einer Katastrophe endet.

Seit der Akku von meinem Handy leer ist, kann Olivier mich nicht mehr auf dem Laufenden halten. Der Taxifahrer weigert sich, mir sein Smartphone zu überlassen. Auch gegen Geld will er es mir nicht geben. Nicht für hundert Euro, nicht für zweihundert, gar nicht.

„Sie haben eine Taxifahrt gebucht, keine fahrende Telefonzentrale", sagt er.

Ich möchte ihm mein leeres Handy an den Schädel werfen, ich will ihn skalpieren, verprügeln, abstechen. Ich habe ehrlich Mordgedanken. Aber ich bin zu schwach, zu feige, zu, zu, zu. Außerdem habe ich keinen Führerschein. Es wäre somit auch noch unvernünftig, den Kerl abzumurksen. In Paris braucht man kein Auto. Es gibt sowieso schon viel zu viele und sie haben alle Beulen. Irgendwie ist es auch bezeichnend für meinen Zustand, dass ich jetzt an Beulen denke. Denn ich bin voller Beulen. Wäre ich ein Auto, würde man mich in die Autopresse werfen. Viermal gedreht, gewendet, gequetscht und weg mit dem Blechwürfel. Die

Katastrophen in meinem Leben wiederholen sich, ich mache anscheinend immer wieder dieselben Fehler.

Der wenig hilfsbereite Typ treibt sein Taxi mit 140 Sachen über die Autobahn, doch mir geht es immer noch zu langsam. Ich vergrabe das Gesicht in beide Hände, nehme es aber sofort wieder da raus und starre in die Dunkelheit. Ohne die Regenwolken wäre der Himmel vermutlich schwarz. Ich schätze, dass die Sterne sich alle verzogen haben. Aber klar doch. Sterne werden sowieso überbewertet.

Um mich abzulenken, zähle ich Straßenlaternen. Sonst kann ich nichts tun. Doch auch mit dem Laternenzählen komme ich nicht weit, sodass ich es aufgebe, bevor wir den inneren Ring von Paris erreichen.

Ich habe keine Ahnung, wann Paul aufwacht und wann er den Zettel findet, den ich ihm dagelassen habe. Wenn ich er wäre, hätte ich die Nase voll von mir. Ich würde mich zum Mond schießen oder noch weiter weg. In eine ferne Galaxie. Am besten in ein schwarzes Loch.

Wir zwei haben keine Chance als Paar. Für mehr als eine kleine, unverbindliche Affäre taugt das mit uns nicht. Es war dumm, es so weit kommen zu lassen. Vom ersten Tag an ging es viel zu weit, viel zu tief. Ich hätte mich nicht darauf einlassen dürfen. Aber ich konnte der Verlockung nicht widerstehen. Ich war ausgehungert nach Liebe, so leer. Und jetzt bin ich es wieder. Leer.

„Ich liebe dich", sagte er vor wenigen Stunden zu mir. Ich habe es schon lange in mir gefühlt, dass er es irgendwann sagen wird. Weil er es fühlt. So wie ich es fühle. Wir waren am richtigen Ort, um eine Liebe zu treffen. Doch es ist die falsche Zeit, um diese Liebe zu etwas Großem werden zu lassen.

Gastprofessor Paul Darlow gehört nach Seattle, mein Leben ist in Paris. Es findet in den Seminarräumen der Sorbonne statt und in einer renovierungsbedürftigen Altbauwohnung auf der Île de la Cité. Und an ein paar öffentlichen Orten, an meinem Seine-Ufer und in den Galerien. Das war und ist mein Leben. Dazu gehört kein liebenswerter, lustiger Amerikaner. Sobald er meine Nachricht findet, wird er das begreifen.

Dass ich mich nach dem Anruf wie ein Dieb davongeschlichen habe, mag feige sein. Dass ich ein Taxi genommen habe, anstatt ihn zu bitten, mich nach Hause zu fahren, passt zu unseren unbeschwerten Stunden. Doch es passt nicht zu dem *Ich liebe dich*, das im Übrigen auch nicht passt. Alles ist verquer.

Aber wie hätte ich es denn, wie man so nett sagt, auf einvernehmliche Weise beenden sollen? Das ist doch sowieso unmöglich. Verliebte Menschen sehen nicht den Tatsachen ins Auge. Sie treiben es immer weiter, bis sie schließlich vor einer Wand stehen. Und dann rennen sie so lange mit dem Kopf dagegen, bis sie begreifen, dass da kein Durchgang ist. Fini. Aus und vorbei. Hier ist Schluss. Und dann bekommt alles, was gewesen ist, einen faden Beigeschmack. Da erinnere ich mich lieber an eine große Liebe, die leider mit einem Drama enden musste.

Ich habe keine Zeit für diese Liebe. Die Zeit, die ich mir genommen habe, gehört mir nicht. Die habe ich gestohlen. Und jetzt zahlen wir alle dafür.

„Wollen Sie dahin?“

Mit einem Mal erwacht der Taxifahrer aus dieser seltsamen Trance, in der er aus den Außenbezirken von Paris immer weiter ins Zentrum vorgedrungen ist. Er klingt ungläubig und ich will nicht sehen, was wir beide sehen, aber ich muss. Denn dafür bin ich verantwortlich. Ganz allein ich.

2

VOR DEM Haus mit dem Baugerüst steht ein Polizeiwagen. Das Blaulicht blinkt stumm. Nachbarn haben sich versammelt. Viele Nachbarn.

Überall liegen Bücher herum. Die ganze Straße vor unserem Haus ist voll davon. Das Fenster der Bibliothek, die an das Wohnzimmer mit dem Krankenbett grenzt, ist weit geöffnet.

Und da ist auch Olivier, dieser sympathische, kompetente Pfleger. Wobei er wohl doch nicht ganz so kompetent ist, wie ich dachte. Er steht an der Haustür, neben dem Ziegenbock, den ich ewig nicht gesehen habe. Aber jetzt ist er natürlich da, der Kotzbrocken.

Es ist mir egal, dass ich dem Fahrer viel zu viel Geld in die Hand drücke. Ich höre nicht auf die Zurufe der Polizei, des Pflegers, laufe durch die umherstehende Menge, stoße irgendeine Frau, die in einem der angrenzenden, weißen Häuser wohnt, zur Seite.

Als ich ins Wohnzimmer komme, sehe ich, wie ein Mann in einem knielangen, weißen Kittel seine Hand verbindet.

„Ich wollte Ihren Vater daran hindern, die Bücher zum Fenster rauszuwerfen“, sagt Olivier, der mir gefolgt ist.

„So geht das nicht weiter!“, sagt Monsieur Bouceau.

„Clara! Da bist du ja endlich! Warum kommst du nicht pünktlich nach Hause? Deine Mutter ist auch weg. Sie hat den Gedichtband mitgenommen."

Meine Hand streicht über das volle, graue Haar. Ich schaue in ein Augenpaar. Diese Augen sind so fern, so fremd.

„Stubenarrest! Eine Woche Stubenarrest!"

Der Arzt wirft mir einen Blick zu, den ich nicht deuten kann. Vielleicht will ich ihn auch nicht deuten. Diesen Blick hat mir schon einmal ein Arzt zugeworfen. Er war jung, ich war jung. Dieser Arzt sieht erfahren aus. Und ich sollte eigentlich erfahren genug sein, um ihn zu verstehen.

Leila kommt mit einem frischen Schlafanzug in den Raum. In dem Stress hat er sich eingenässt.

„Warum trägt er keine Windel?", schreie ich den Pfleger an.

„Die hat er sich selbst ausgezogen und ins Klo gestopft. Frag diesen Vollpfosten, warum er ihm seinen Gedichtband nicht gegeben hat", faucht Leila. Erst jetzt realisiere ich wirklich, dass sie da ist, obwohl ich sie schon gesehen habe.

„Du bist doch zu Hause?", stoße ich hervor, während ich weiterhin über das graue Haar streichele.

„Ich bin nicht die einzige, die lügt."

Der leere Vogelkäfig liegt neben der Heizung am Boden. Als ich in die Augen des Arztes blicke, weiß ich, dass es ihm nicht entgangen ist. Aber wo ist der Vogel?

„Die Hand ist versorgt. In ein paar Tagen wird sie verheilt sein. Es ist zum Glück nur eine Schnittwunde. Aber wir müssen trotzdem reden", sagt der Arzt zu mir, die Augen zu Schlitzen zusammengekniffen.

Ich weiß, was er sagen will. Ich will es nicht hören, doch ich kann ihn nicht daran hindern, es auszusprechen.

„Es war unverantwortlich, ihn einem unerfahrenen Pfleger zu überlassen. Dieser Mann braucht 24-Stunden-Betreuung. Suchen Sie schnellstmöglich einen Heimplatz. Bis dahin würde ich ihn an Ihrer Stelle keine Sekunde aus den Augen lassen. Und ein Tier gehört ganz sicher nicht in die Hände eines Mannes, der Alzheimer im Endstadium hat.“

„Endstadium?“ Meine Stimme ist nur noch ein Hauch. Die Tränen lassen sich nicht länger aufhalten.

„Ja, sicher.“

„Aber es könnte doch noch schlimmer sein. Probleme mit dem Atmen, muskuläre Probleme ...“

„Gute Frau, das hat er doch schon alles.“

Ich nicke nur heulend, froh, dass der Mediziner ihn nicht sofort auf eine geschlossene Abteilung einweist.

Das Ganze ist ein einziger Alptraum.

3

ICH HABE keine Ahnung, wie ich es geschafft habe, all die Leute loszuwerden. Und sie auch noch dazu zu bringen, vorher die Bücher ins Arbeitszimmer zu schaffen. Doch um vier Uhr morgens sind wir endlich zu zweit.

„Wer sind Sie denn?”, fragt er mich.

Er sitzt aufrecht im Bett, in seinem frischen Schlafanzug und mit frischer Windel. Sein volles Haar ist zerzaust, sein Blick leer und wirr zugleich.

„Ich bin's, Clara. Das weißt du doch." Vermutlich sehe ich nicht viel anders aus als er. Innerlich geht es mir jedenfalls ähnlich. Auch ich bin leer und verwirrt.

Und voller Selbstvorwürfe.

Nie wieder werde ich ihn einem Fremden überlassen. Wie konnte ich nur. Das denke ich. Aber ich denke auch: Es gibt keinen anderen Weg, ich muss einen Heimplatz für ihn suchen.

„Wer bist du?", fragt er schon wieder.

„Ich bin Clara. Ich lese dir vor", antworte ich.

„Wer ist Clara?"

„Ich. Ich bin Clara." Ich zeige ihm den zerfledderten Gedichtband. Nur noch der Druck meiner Finger hält ihn zusammen. Warum hat Olivier ihm das Buch nicht gegeben? Dann wäre das alles nicht passiert.

Zwischen zwei vorgelesenen Gedichten schicke ich Paul, dem meine nächtliche Flucht inzwischen aufgefallen ist, und der *SOFORT!* mit mir reden will, eine Nachricht.

„Es tut mir leid. Das mit uns war ein Fehler. Lebewohl."

Wahrscheinlich war auch das ein Fehler. Ich mache anscheinend nur noch Fehler. Aber jetzt muss ich erstmal diesen verwirrten Mann, dessen Hände vor Angst zittern, dessen Augen voller Angst in die Welt starren, dessen Stimme klingt wie ein Wimmern, zur Ruhe bringen. Also schalte ich das Handy aus und nehme sicherheitshalber die Batterie aus der Klingel.

„Warum weinst du denn, Clara?", unterbricht er mich beim Vorlesen.

„Du weißt ja doch, wer ich bin", lächele ich durch den Tränenschleier.

„Natürlich weiß ich, wer du bist."

Und dann breitet er seine Arme aus und ich lasse mich in sie hineinfallen.

Jetzt gerade weiß er wirklich, wer ich bin. Die Frage ist nur, für wie lange. Für eine Sekunde, eine Minute? Oder sogar für zwei?

„Wo bist du gewesen, Clara? Wer ist dieser Paul? Ist es was Ernstes?"

„Nein, es ist nichts Ernstes", sage ich gegen seine magere Brust. „Es ist auch schon wieder vorbei."

Millennium wechsel

1

MIR IST schwindelig. Schon wieder eine Nacht, in der an Schlaf nicht mal zu denken ist. Meine Nase ist zugeschwollen, die Augenlider fühlen sich bleischwer an. So geht das jetzt seit Wochen.

Ich richte meinen Blick zum Fenster, die Sonne ist bereits aufgegangen und strahlt mir entgegen. Es fällt mir schwer, mich von dem schönen Licht anstecken zu lassen. Vor allem, wenn ich das Gesicht betrachte, das sich in dem beschlagenen Fenster spiegelt. Ich sehe aus, als hätte ich ein Wespennest verschluckt und wäre hochgradig allergisch. Kein Make-Up der Welt wird das retten können. Doch gerade heute wäre es echt nötig.

„Kann ich irgendetwas für dich tun, kleiner Vogel?"

Gabriel steht in der Schlafzimmertür. Ich sehe ihn nicht, spüre jedoch seine Anwesenheit.

„Alles gut", lüge ich und fahre mit dem Finger über die zwei Buchstaben, die ich in das Holz geritzt habe. Seit ich Hals über Kopf aus dem Haus meines Vaters geflohen bin, gehe ich Gabriel oft aus dem Weg. Er will mich trösten, doch ich lasse es nicht zu. Ich bin es leid, immer nur zu weinen. Ich will stark sein. Er soll sehen, dass ich zu meiner Entscheidung stehe. Auch wenn es sich anfühlt, als hätte ich den größten Fehler meines Lebens gemacht.

„Soll ich dich zur Uni fahren?"

„Es ist Silvester, Gabriel."

„Ah ja. Stimmt. Warum habe ich dann heute einen Termin?"

„Weil du ein Arbeitstier bist."

„Ich hab sie nicht alle. Außerdem ist das keine Arbeit, sondern ich treffe mich mit meinem Vermieter." Er vergräbt sein Gesicht im Kopfkissen.

„Da möchte ich nicht widersprechen. Ich will ein bisschen spazierengehen. Noch ist das Wetter schön. Später soll es Sturm geben."

Gabriel schnappt sich sein Handy.

„Dein Termin ist um elf, falls du danach suchst."

Ich springe von der Fensterbank, lege Gabriels dunkelblauen Bademantel ab, der mittlerweile nur noch mir gehört, ziehe den roten Pullover an und schlüpfe in die knallpinke Jeans, die mir Raphael ausgesucht hat, als wir noch miteinander redeten.

Knallige Farben haben hoffentlich die Wirkung, meine Laune zu heben, wenn die Sonne das schon nicht schafft. Aus demselben Grund möchte ich laufen, auch wenn es draußen minus drei Grad sind. Und vielleicht auch, um Gabriels Fragen aus dem Weg zu gehen.

„Soll ich denn die Party heute Abend absagen, Clara?"

Wieder dieser bedauernde Blick in Gabriels Augen. Wo ist bloß das Feuer geblieben? Kann er mich nicht einfach packen, aufs Bett werfen und mich meine schlimmen Gedanken vergessen lassen?

„Nein, bitte sag nicht ab. Heute ist ein besonderer Abend, den lasse ich mir nicht entgehen."

„Aber ..."

„Nichts aber. Und jetzt geh mir aus dem Weg, Gabriel. Wenn ich laufen will, muss ich mal langsam los. Später muss ich meine Haare machen, das Kleid aussuchen, ich will auch gemütlich baden."

„Gib mir einen Kuss." Gabriel hält mir seine stoppelige Wange entgegen. Ich gebe ihm den verlangten Schmatzer und noch einen obendrauf, ehe ich zur Wohnungstür stolpere.

„Soll ich gleich auf dem Weg noch etwas für heute Abend besorgen, kleiner Vogel?"

„Nö. Die Baguettes, die wir mitnehmen, habe ich schon vor Tagen bestellt. Die hole ich nach dem Spaziergang ab." Ich werfe Gabriel einen weiteren Kuss zu, doch der sieht mich bloß wieder besorgt an. Ich will das nicht mehr, ich will wieder lächeln und ich will, dass Gabriel sich keine Sorgen mehr um mich macht. Doch dafür muss ich erstmal den heutigen Abend überleben.

2

ZWANZIG MINUTEN Fußmarsch später, finde ich mich an der Seine wieder. Irgendetwas hat mich hier hingezogen. Die Luft ist eisig, der Wind ungewöhnlich stark. An der Sturmwarnung ist also tatsächlich was dran.

Das Wasser am äußersten Rand der Seine ist gefroren. Doch die eisige Luft ist genau richtig in diesem Moment. Ich fühle mich müde und ausgelaugt. Es ist anstrengend so tun tun, als würde es mir gut mit der Entscheidung gehen, meinem Vater aus dem Weg zu gehen. Doch auf die entgangenen Anrufe werde ich trotzdem nicht reagieren.

Ich kann nicht mit ansehen, wie mein Papa alt und ungerecht wird. Nicht nach dem Tod meiner Mutter. Ich habe Angst davor, dass er wirklich so dement wird, wie der Arzt es prophezeit hat. Auf der anderen Seite bin ich sauer auf Papa, weil er meine Liebe zu Gabriel nicht anerkennt. Wenn er wenigstens versuchen würde, mich zu verstehen. Ich bin doch seine Tochter. Er muss mir doch eigentlich alles Glück der Welt wünschen.

Ich laufe am Ufer der Seine entlang, bis ich an einen kleinen Kiosk komme. Ich liebe diese aus Metall gefertigten, verschnörkelten Wasserhäuschen, die man überall in Paris findet. Hier bekommt man Zeitschriften, belegte Baguettes und Kaffee. Auf dem Dach von diesem Kiosk thront eine Kuppel, die man eher auf einem orientalischen Palast erwartet. Dort natürlich um einiges größer.

Ich für meinen Teil hasse Kaffee, der schmeckt doch ehrlich wie Spülwasser. Kein Wunder, dass sich manche Leute einen Liter Milch und ne ganze Packung Zucker da rein kippen. Doch das Zeug macht wach, also hat es wenigstens einen positiven Effekt.

„Café au lait, s'il vous plaît!", sage ich zu dem Mann, der mich so nett aus dem Kiosk heraus anlächelt. Der freundliche Verkäufer reicht mir einen warmen Pappbecher, aus dem es wundervoll dampft. Wenn dieses Zeug doch bloß schmecken würde wie es riecht.

Ich setze mich auf eine der leeren Bänke, die hier überall stehen.

Widerlich. Café au lait - so ein schöner Name, aber solch ein grässlicher Geschmack.

Ich stehe von der Bank auf und laufe hinab zum Ufer der Seine. Dann kippe ich die bittere Brühe ins Wasser. Eine ältere Frau, läuft an mir vorbei und schüttelt mit dem Kopf. Im letzten Augenblick schafft sie es auf das silvesterlich dekorierte Ausflugsschiff, bevor es ablegt.

Ob Gabriel Spaß daran hätte, zusammen mit mir und hundert Rentnern eine Tour über die Seine zu machen?

Ich für meinen Teil hätte Lust, an Bord dieses Schiffes zu gehen und mich von den Wellen davontragen zu lassen. Leider würde ich wohl nicht so weit kommen, wie ich es mir erträume. Und auf den Eiffelturm bei Minusgraden habe ich nun wirklich kein Interesse.

Plötzlich muss ich lachen. Solch ein Leben führen wir nicht. Gabriel ist ein Künstler, ein Visionär, ein begnadeter Liebhaber. Er ist ganz sicher kein Spießer, der an so etwas Spaß hätte.

Es war die richtige Entscheidung, mich für Gabriel zu entscheiden. Wenn sich mein Papa noch an seine Jugend erinnern würde, dann wüsste er das. Immerhin wollten seine Eltern auch nicht, dass er mit meiner Mama ausgeht, da seine Familie politisch anders ausgerichtet war als ihre.

Gabriel macht mich glücklich. Er ist der Mann, den ich an meiner Seite haben möchte, vor allem in der heutigen Nacht. Nichts und niemand wird mehr zwischen uns kommen. Nicht einmal mein Papa.

3

ALS ICH um elf mit zehn backfrischen Baguettes unter dem Arm nach Hause komme, ist Gabriel weg. Doch ich höre ihn lachen.

Wo ist er denn?

„Gabriel?"

Da lachen noch mehr Leute. Aber nicht in unserer Wohnung. Die ist leer.

Das Gelächter kommt aus der Wohnung über uns. Jetzt höre ich auch die Schritte, die über den alten Holzboden poltern. Gestern ist die alte Dame, die im dritten Stock wohnte, ausgezogen.

Vielleicht zieht heute jemand Neues ein. Eine Familie mit Kindern?

Aber was macht Gabriel dabei?

Die Neugier treibt mich eine Etage höher. Die Wohnungstür steht sperrangelweit auf. Auf der Fußmatte stehen fünf Paar Schuhe. Darunter Gabriels Turnschuhe und zwei Paar dick gefütterte Kinderstiefel.

„Hallo?" Ich klopfe an die Tür.

Aber niemand bittet mich herein. Da ich meine Schuhe bereits unten ausgezogen habe, betrete ich die leerstehende Wohnung auf Socken. Und da sehe ich sie.

„Gabriel! Wer ist die Frau mit den Kindern?"

„Was machst du denn hier, Clara?" Gabriel schaut mich mit großen Augen an.

„Das frage ich dich", gebe ich zurück.

Hinter ihm kommt ein dunkelhäutiger Mann zum Vorschein, der mich genauso neugierig mustert wie die dunkelhaarige Schönheit und die beiden Kinder.

„Ich verhelfe Leila und ihrer Familie zu einer anständigen Wohnung. Leila ist die Krankenschwester, die meine Tochter in den letzten Stunden ihres Lebens in ihren Armen hielt.“

4

BIS WIR am Abend zur Silvesterparty gehen, habe ich den Schock des Tages halbwegs verdaut. Das Bild, wie Gabriel der marokkanischen Krankenschwester über den Schenkel streichelt, spukt trotzdem in meinem Kopf herum. Ab morgen wohnt sie auch noch über uns. Es trägt auch nicht zu meiner Beruhigung bei, dass sie Mann und Kinder hat. Was ich gesehen habe, das habe ich gesehen. Was soll das nur werden?

„Da unten ist es”, holt Gabriel mich aus meinen Gedanken, die ich für den Moment beiseite schiebe. Er klingt beinahe aufgeregt, dabei ist er die aufwendigen Partys doch gewöhnt. Ich folge seiner Hand, die ausgestreckt auf ein riesiges Hausboot zeigt.

„Welcher von unseren Freunden hat denn ein Hausboot?”

Was für ein Zufall, dass wir ausgerechnet auf einem Boot feiern. Und was für eine aufwändige Dekoration aus Lichterketten und Luftballons. Zum Glück hat sich der Sturm, der den ganzen Tag in Frankreich wütete und gegen

Mittag Paris erreichte, etwas gelegt. Es wäre zu schade, diese traumhafte Deko an die Seine zu verlieren.

„Das Boot gehört René." Gabriel kommt etwas näher und flüstert, dass sein Kumpel das hübsche Teil geerbt hat.

Die Sonne ist vor einer Stunde untergegangen und das Hausboot, auf dem wir den Abend verbringen werden, funkelt wie ein Weihnachtsbaum. Der Name des Schiffes wird von einer Plane mit der Aufschrift „Happy New Year 2000" verdeckt, und ein schmaler, goldener Teppich liegt auf dem Steg, der vom Kai auf das Boot führt.

Gabriel legt schützend einen Arm um meinen Rücken. Er muss bemerkt haben, wie sehr ich unter dieser kurzen, lila Felljacke friere. Und das grüne Glitzerkleid passt zwar wunderbar zu Silvester, aber vor dem plötzlichen Wintereinbruch rettet es mich nicht.

„Auch auf dieser Party wirst du die Schönste sein, kleiner Vogel", flüstert er, als wir die Treppe, die uns zum Ufer der Seine führt, hinuntersteigen.

„Und du siehst in deinen schwarzen Sachen genauso toll aus wie immer", gebe ich zurück und betrachte den Anzug, den Gabriel, seit wir zusammen sind, auf jeder dieser Partys getragen hat. Schwarz, ein bisschen abgewohnt, ausgesprochen Fünfziger Jahre, doch er steht ihm so gut. Das wird auch die Krankenschwester festgestellt haben, und zwar noch vor mir. Ich werde die Gedanken an die Frau einfach nicht los.

„Soll das ein Vorwurf sein?" Empört kneift Gabriel mir in den eingefrorenen Hintern. Zum Glück entdecke ich viele Heizpilze, als ich den Blick über das Deck des Hausbootes schweifen lasse.

„Nein, wie gesagt, du siehst toll aus, Gabriel!" Ich zwinkere ihm zu und gebe ihm einen Kuss auf die kratzige Wange.

„Das will ich hoffen. Ich habe übrigens eine Überraschung für dich", flüstert Gabriel mir ins Ohr und schiebt mich ein wenig schneller auf das Boot als ich mich traue.

„Eine Überraschung?"

Da wir im nächsten Moment mitten in einer Traube aus feierwütigen Gästen gefangen sind, erhalte ich keine Antwort. Küsschen hier, Küsschen da. „Willkommen zur Jahrtausendwende. Ab heute wird alles anders."

Was für ein tolles Versprechen, denke ich mir. Ich weiß auch schon, welche Veränderungen ich mir wünschen würde. Und zwar habe ich genau zwei Wünsche ...

„Clara, ich möchte dir meine Verlobte vorstellen." Der Gastgeber reißt mich aus meinen Gedanken und stellt mir seine magersüchtige Begleiterin vor, die übrigens schon die zweite Verlobte dieses Jahr ist. René ist ein richtiger Rumtreiber, doch vielleicht möchte auch er, dass sich im neuen Jahrtausend etwas ändert.

Eine Weile schüttele ich Hände und verteile Küsse, kurze Zeit verliere ich Gabriel aus den Augen, doch in diesem Moment greift er nach meiner Hand und zerrt mich aus der Menschentraube heraus. Endlich frische Luft. Aber im nächsten Augenblick halte ich den Atem an.

„Papa?"

5

AM HECK des Schiffes, zwischen Heizstrahlern und Musikboxen, steht mein Vater auf der provisorischen Tanzfläche und hält mir eine Hand entgegen.

Mit klopfendem Herzen gehe ich auf ihn zu, nehme die Hand, die mich zum Tanz auffordert, als könne sie sich in Luft auflösen, wenn ich nicht schnell genug zuschnappe.

„Wie kommst du hierher, Papa?" Obwohl ich in seinen Armen liege, kann ich nicht fassen, dass er wirklich da ist.

„Ich will mich bei dir entschuldigen, Clara. Dein Freund hat mich angerufen, und als ich nicht abhob, kam er vorbei."

„Gabriel war bei dir?"

Mein Papa dreht mich zweimal im Kreis.

„Ich habe mich mit ihm unterhalten und bin zu dem Entschluss gekommen, dass ich überreagiert habe."

Wir bleiben stehen.

„Ich bin halt auch nur ein Vater, der seine Tochter beschützen will."

„Ich weiß, Papa, aber das brauchst du nicht. Das kann ich mittlerweile selber."

„Ich will nicht, dass meine Krankheit dein Leben beeinflusst. Aber vor allem will ich, dass jemand für dich da ist, wenn ich einmal nicht mehr bin."

„Papa, hör auf so zu reden."

„Der Vater deiner Mutter wollte auch nie, dass ich mit deiner Mutter ..."

„Ich weiß, Papa. Ich weiß. Bitte hör auf, dich zu entschuldigen. Es war auch falsch von mir, dir aus dem Weg zu gehen." Ich spüre wie sich die Tränen in meinen Augen sammeln und dann schließe ich meinen Vater ganz fest in die Arme. Ich bin glücklich, ihn hier zu haben. Eine bessere Überraschung hätte Gabriel mir nicht machen können.

Der DJ legt eine schnellere Platte auf und das Begrüßungskomitee von eben findet sich zu uns auf der Tanzfläche ein. Es geht ab auf der Tanzfläche. Gabriel kommt zurück und mein Vater tanzt mit einer jungen Frau, deren Kleid kaum ihren Stringtanga bedeckt, und sieht verdammt zufrieden dabei aus.

„Danke, dass du meinen Vater hergeholt hast, Gabriel."

Er schleudert mich wild über die Tanzfläche und zieht mich dann nah an sich heran.

„Warum hast du mir nicht gesagt, dass dein Vater krank ist?"

„Weil du gewollt hättest, dass ich öfter zu ihm gehe, aber dazu war ich nicht bereit." Ich ziehe Gabriel von der Tanzfläche runter, denn mit einem Mal ist mir die ganze Feierei zuwider.

„Ich wollte nicht dabei zusehen, wie er nach und nach alles um sich herum vergisst. Es macht mich wahnsinnig zu erleben, wie er langsam verschwindet. Damals habe ich schon meiner Mutter beim Sterben zugesehen. Vermutlich wollte ich genau dem aus dem Weg gehen. Nicht vermutlich. Ich kann das einfach nicht."

„Und dabei gehst du eigentlich nur der wertvollen Zeit mit deinem Vater aus dem Weg."

Gabriel versetzt mir einen Stich ins Herz. Aber er hat recht. Ich bin meinem Vater aus dem Weg gegangen und habe damit wertvolle Stunden mit ihm vergeudet.

„Ich bin einfach nur froh, dass er jetzt hier ist. Und ich bin froh, dass du zu ihm gefahren bist. Danke, Gabriel."

„Ich wollte dich wieder lächeln sehen, kleiner Vogel. Außerdem musste ich den alten Herrn noch etwas fragen." Gabriel zieht mich zurück auf die Tanzfläche. Ich sträube mich nicht.

„Was musstest du ihn fragen?"

Im nächsten Moment finde ich mich in den Armen meines Vaters wieder, der so glücklich aussieht wie seit langem nicht. Doch dann setzt die Musik aus. Es wird ganz still auf dem Boot. Gemeinsam starten die Leute mit dem Countdown.

„Zehn ..."

Wo ist Gabriel?

„Neun ..."

Wen soll ich küssen, wenn Gabriel sich dazu entschlossen hat, vom Boot zu springen?

„Acht ..."

Dann teilt sich die Menge und Gabriel kommt auf mich zu.

„Sieben ..."

Mein Herz pocht wie wild, denn als er vor mir niederkniet weiß ich, dass sich meine beiden Neujahrswünsche schon heute erfüllt haben.

Mein Vater und ich haben uns zusammengerauft und der Mann meiner Träume fragt mich in diesem Augenblick, ob ich in guten wie in schlechten Tagen an seiner Seite sein möchte.

„Gabriel, hast du meinen Vater etwa um meine Hand gebeten?"

„Tief in meinem Herzen bin ich halt doch ein Spießer. Also, was sagst du?"

„Eins ..."

Die Menge jubelt.

„Frohes Neues Jahr", tönt es aus sämtlichen Richtungen und dann halte ich es nicht mehr aus.

„Ja! Tausendmal ja!"

6

DAS ALTE Jahr ist vorbei. Wahrscheinlich bin ich die glücklichste Frau in ganz Paris.

Vor mir steht mein Verlobter, der gerade feierlich verspricht, sich um mich zu kümmern und immer für mich da zu sein. Wie konnte ich annehmen, dass er für diese Krankenschwester etwas fühlt, als Dankbarkeit? Jetzt begreife ich mich selbst nicht mehr.

In der applaudierenden Menge suche ich nach dem Gesicht meines Vaters. Doch ich sehe ihn nicht.

Plötzlich ein Schrei.

Hastig blicke ich mich um. Mein Herz beginnt zu rasen. Um meinen Magen herum bildet sich ein riesiger Knoten, der sich immer fester zusammenzieht und mich innerlich zu erdrücken droht.

Ein Mann liegt am Boden.

Lebewohl

1

AM DIENSTAG liegt ein Schreiben vom Vormundschaftsamt im Briefkasten. Sie fordern mich auf nachzuweisen, dass ich meiner Aufsichtspflicht in vollem Umfang nachkomme.

„Dieses Mal hast du wirklich gründliche Arbeit geleistet", sage ich.

„Sprichst du mit deinem Vater, kleine Maus?"

„Ich habe nichts gesagt." Seufzend falte ich den Brief an den Knickstellen zusammen. Ich weiß nicht wohin mit dem Ding. Ganz zu schweigen davon, dass ich keine Ahnung habe, wie zum Teufel ich diesen Nachweis erbringen soll. Für den Polizeieinsatz muss ich auch zahlen. Aber die Kostennote ist noch nicht da.

„Was ist das für ein Ding?", reißt er mich aus meinen Gedanken.

Als ich den Kopf hebe und zu ihm sehe, zeigt er auf den Hasen, der den Umschlag des Gedichtbandes ziert. Das Buch ist gestern mit der Post eingetroffen.

„Das ist dein Lieblingsbuch. Wenn du willst, lese ich dir daraus vor."

„Der Hase sieht nicht aus wie der alte Hase", mault er.

„Warum sollte er? Sie haben den Umschlag neu gestaltet."

„Er gefällt mir aber nicht."

„Es kommt nicht auf die Hülle an, sondern auf den Inhalt."

„Aber ich mag ihn nicht."

Ich zucke mit den Schultern und werfe das dämliche Schreiben vom Amt in die Obstschüssel. Die Äpfel sind auch schon wieder aus.

„Ich gehe nach nebenan", sagt er. „Da sind mehr Bücher. Ich nehme ein anderes."

„Ich kann mein Glück kaum fassen", brumme ich vor mich hin.

„Was hast du gesagt?"

„Nichts."

„Du weißt schon, dass du mit deinem Vater sprichst?"

„Aber klar doch, *Papa*."

Ich helfe ihm beim Aufstehen und begleite ihn ins Arbeitszimmer. Es dauert ewig, bis er sich ein anderes Buch ausgesucht hat. Und dann dauert es nochmal eine Unendlichkeit, bis er in seinem Sessel sitzt. Ich hoffe, dass er bis dahin nicht vergessen hat, was er mit dem Buch vorhatte.

Hat er nicht. Lächelnd schlägt er es auf. Sogar das. Wenn er so drauf ist, wird der weitere Tag ein Kinderspiel. In letzter Zeit waren diese Tage eine Seltenheit.

„Du tust das Richtige", sagt Leila, bevor sie die Wohnung zum Einkaufen verlässt.

Obwohl sie es nicht mehr sieht, nicke ich. Diese vier Wände sind unser Zuhause. Seins und meins. Der Vorfall in der Nacht von Freitag auf Samstag hat mich auf den Boden der Tatsachen zurückgeholt, hat mir meinen Platz in der Welt unmissverständlich gezeigt. So ganz nebenbei bemerkt, ist es der Platz, den ich mir selbst ausgesucht habe.

Henri, der wievielte auch immer, zwitschert seit sechs Tagen schön leise vor sich hin. Unser Hausarzt hat mich die ganze Woche krank geschrieben. Heute ist Freitag, schon wieder steht ein Wochenende vor der Tür, und ich muss reagieren. Und ich werde reagieren, denn ich habe mich entschieden. Es ist keine Entscheidung für die Ewigkeit, es ist nur meine Entscheidung für die nächste Zeit.

Ich rufe den Dekan an. Als Vorsitzender des Fachbereichs Literaturwissenschaften ist er mein Ansprechpartner. Er weiß, dass ich nicht wirklich krank bin.

„Allô?", meldet er sich.

„Ich bin's, Clara. Grüß dich, Arnaud."

„Clara ... Ich wage nicht zu fragen, wie es dir geht. Wie hast du dich entschieden?"

Es tut gut, Arnauds Stimme zu hören. Ich höre auf damit, im Schlafzimmer auf und ab zu wandern, und setze mich halb auf das Fensterbrett.

„Was muss ich tun, um Sonderurlaub zu beantragen?"

„Mit sofortiger Wirkung? Bis zum Ende des Semesters?"

„Ja. Genau."

„Gut. Ich schicke Dénise jetzt sofort mit dem Antrag zu dir. Dann könnt ihr ihn gemeinsam ausfüllen, du unterschreibst, sie bringt ihn zurück, ich genehmige ihn. Den Wisch vom Arzt kannst du nachreichen. Ab Montag bist du für den Rest des Semesters freigestellt. Ich schau nach, wer deine Seminare übernehmen kann. Zur Not fallen sie aus. Oder weißt du jemanden?"

„Es tut mir leid, Arnaud."

„C'est la vie. Das ist das Leben. Sieh zu, dass du da einigermaßen durchkommst. Ruf mich jederzeit an, wenn du jemanden zum Reden brauchst, der sich mit diesem

Wahnsinn auskennt. Oder wenn ich irgendetwas für dich tun kann."

„Mach ich, Arnaud. Danke", sage ich und lege auf. Wir wissen beide, dass ich es nicht tun werde.

Ich will nicht über Dinge klagen, die sich nicht ändern lassen. Irgendwann werde ich wissen, wie es nach dem Sommer weitergehen soll, dann rufe ich ihn wieder an. Wie immer gibt es verschiedene Möglichkeiten, über die ich aber nicht nachdenken will, weil ich nicht bereit dafür bin. Ich werde einen Schritt nach dem anderen tun. Von Tag zu Tag. Ich lasse einfach alles auf mich zukommen. Anders geht es sowieso nicht. Anders kann ich es nicht.

„Clara? Wo bist du denn?"

Leila ist vom Einkaufen zurück. Sie klingt nicht sehr glücklich. Die Tür knallt zu.

„Hast du nicht alles gekriegt?"

„Du hast Besuch, Clara."

„Das ist Dénise von der Uni. Es geht um meine Beurlaubung. Würdest du sie herein bitten? Schick sie bitte in die Küche. Sie soll sich schon an den Tisch setzen. Ich komme sofort. Ich muss mir nur schnell einen anderen Pulli überziehen."

„Ich glaube nicht, dass dein Besuch Dénise heißt. Es ist ein Mann. Mit Blumenstrauß."

Ich erstarre.

„Mittleres Alter, er sieht aus wie ein amerikanischer Filmschauspieler, sein Französisch ist schlimmer als das von meinem Mann. Wenn ich nicht ganz blind geworden bin, ist er derselbe Typ, mit dem du letzten Freitag weggefahren bist. Du weißt schon, an diesem Katastrophen-Freitag." Leila schaut zu mir ins Arbeitszimmer. Ihr Gesicht ist eine personifizierte Gewitterwolke.

Paul ist gekommen? Oh, nein. Damit ich hätte rechnen müssen. Er ist absolut der Typ dafür.

„Ich will ihn nicht sehen."

„Ich habe mir bereits erlaubt, ihn darüber zu informieren. Eindringlich und ausgiebig. Aber ihn scheint nicht zu kümmern, was ich sage. Vielleicht versteht er mich auch nicht. Auf jeden Fall steht er noch da. Ich glaube, er sagt, er will nicht gehen, bevor er sich mit eigenen Augen davon überzeugt hat, dass es dir gut geht."

2

PAUL STEHT tatsächlich da. Neben einer schwarzen Plastikwanne voller Bauschutt. Mit einem Strauß Blumen, die aussehen wie die Blumen auf dem hellblauen Kleid, dass ich am Freitag trug, und einem sehr schiefen Lächeln auf dem Gesicht.

Ich ignoriere den schmerzhaften Stich in meinem Herzen, das Beben meiner Knie, das Pochen hinter den Schläfen. Ich ziehe die Tür hinter mir zu und verschränke die Arme vor der Brust, um das Zittern meiner Hände zu verstecken.

„Was willst du, Paul?"

Sein Lächeln stirbt.

„Ehrlich gesagt, verstehe ich gar nichts mehr. Was ist los mit dir? Du verschwindest bei Nacht und Nebel und servierst mich mit einer SMS ab. Findest du nicht, dass ich eine etwas ausführlichere Erklärung verdient habe?"

Ich hätte brutaler sein sollen in meiner SMS, aber ich bin auch nur ein Mensch. Außerdem habe ich nicht bloß eine SMS geschickt. In der Nacht habe ich eine Nachricht hinterlassen und dann habe ich auch noch einen Brief zu seinen Händen zu Yves Merveille geschickt.

„Das hat keinen Sinn mit uns, Paul. Diese Beziehung hat keine Zukunft. Wie ich dir ausführlich in meinem Brief erklärt habe."

Er macht einen Schritt auf mich zu, will mich umarmen, obwohl ich ihn deutlich abgewiesen habe.

Ich schüttele den Kopf. Mein Blick ist eisig genug, um seine Arme sinken zu lassen.

Er stößt einen Schwall Luft aus.

„Das ist doch reine Idiotie. Ich weiß, dass du das Semester frei genommen hast. Erklär es mir, sodass ich es verstehe. Ich dachte, wir wären über eine unverbindliche Fickbeziehung hinaus."

„Bitte schrei hier nicht so rum."

Die Bauarbeiter, die eben noch Bauschutt zusammengekehrt haben, sind verdächtig leise.

„Verdammt, Clara. Ich dachte, das mit uns ist was Besonderes. Wie wäre es, wenn du mich reinbittest? Dann hören auch die Nachbarn nicht mit. Oder erlaubt diese alte katholische Vermieterin überhaupt keinen Besuch? Dann lade ich dich gern ins Café ein. Komm schon. Lass uns miteinander reden. Es gibt für alles eine Lösung."

„Nein. Was du dir von mir wünschst, das kann ich dir nicht bieten. Ich möchte, dass du gehst. Jetzt sofort. Und komm bitte nicht noch einmal hierher."

„Was wünsche ich mir denn so Schlimmes von dir? Nein, Clara. So kannst du nicht mit mir umspringen.“

In dem Moment öffnet sich hinter mir die Wohnungstür.

„Komm schnell, kleine Maus. Henri ist tot.”

Ich schließe die Augen. Auch das noch.

„Wer ist dieser Mann? Und wer ist Henri?”, stößt Paul verständnislos hervor.

Abrupt nehme ich die Arme runter, schiebe den Mann in meinem Rücken nach hinten und gehe rückwärts in die Wohnung.

„Ich meine es ernst, Paul: Lebewohl.”

Leise schließe ich die Tür. Keine Diskussionen, keine weiteren Erklärungen. Ich kann nicht zwei Männern gerecht werden.

Und der, der mir auf der ausgestreckten Hand den toten Vogel zeigt, war zuerst da.

„Er ist nicht tot, er ist nur ohnmächtig. Lass uns eine Schachtel suchen. Ich bringe Henri nachher zum Arzt“, sage ich. Ich sage es genau so wie ich es in der Situation immer sage. Seit vier Jahren. Und wie seit vier Jahren schon, wische ich mir die Tränen aus dem Gesicht.

Nur, dass es dieses Mal nicht nur wegen der ganzen Misere und der unsäglichen Sache mit dem Vogel ist.

Sommer 2013

1

„WARUM HAST du denn die Sternschnuppen im Kühlschrank versteckt, meine kleine Maus? Die habe ich doch extra für deinen Geburtstag gekauft."

Tief in meiner Magengrube baut sich ein enormer Druck auf. Ob er schlafwandelt?

Verständnislos blicke ich dem Mann, zu dem ich immer aufgeschaut habe, in die verwirrten Augen. Ganz davon abgesehen, dass ER es war, der die Wunderkerzen eben noch in den Kühlschrank gelegt hat, war ich für ihn noch nie *meine kleine Maus*.

Ich beobachte, wie er dann endlich ganz normalen Kaffee in eine noch unversehrte Tasse füllt. Wenn er tatsächlich schlafwandelt, müsste er doch nach dem ersten Schluck aufwachen. Oder?

Doch der Kaffee landet nicht in seinem Mund. Er schüttet ihn über den gelb blühenden Kaktus auf der Fensterbank. Die Tasse stellt er danach in den Kühlschrank. Neben die Wunderkerzen.

Nein … Ich darf das alles nicht noch einmal erleben.

Verzweifelt und auch wütend drücke ich ihn zur Seite, schließe den Kühlschrank und sammele die Tücher vom Boden auf, die den verschütteten Rotwein aufgesogen haben.

Mein Gesicht brennt, ich versuche den negativen Gedankenschwall zu unterdrücken. Vergeblich. Er schlafwandelt nicht und das weiß ich genau. Das Schicksal erlaubt sich einen ganz bösen Scherz mit mir. Doch zum Lachen ist mir gar nicht zumute. Viel eher spüre ich, wie ein Heulkrampf naht.

Reiß dich zusammen, Clara. Nicht heulen.

Für das hier muss es einen anderen Grund geben. So war er doch schon immer. Zerstreut. Der zerstreute Professor. Er schwebt doch immer mit seinen Gedanken irgendwo, in Sphären, zu denen wir Normalsterbliche keinen Zugang haben. Nur so leistet man Großes, schreibt Gedichte, die andere zu Tränen rühren.

Als ich aufblicke, ist er weg. Mein Herz macht einen Satz. Keine Ahnung warum, doch mein Blick fällt auf das offene Fenster.

Zum Glück liege ich mit meiner ersten Vermutung falsch. Aus dem Wohnzimmer ertönt ein lautes Klirren.

2

ICH MÖCHTE sterben.

Jetzt und hier.

Ich starre auf die zerbrochene Urne, die am Boden liegt. Aschepartikel wirbeln durch die Luft. Alles, was noch schwebt, senkt sich nach und nach zu Boden.

„Was hast du getan, Gabriel?"

Von der zertrümmerten Urne bis zu den Füßen meines Ehemanns läuft eine Spur aus blutigen Fußabdrücken über das Parkett.

Die Tränen laufen literweise aus meinen Augen, als ich die Asche meines Vaters in eine Blumenvase umfülle. So elend habe ich mich zuletzt auf der Beerdigung gefühlt. Das war eine Woche, nachdem er auf dem Hausboot zusammenbrach und mich wenige Stunden danach nicht mehr erkannte. Ob es nur an der Krankheit lag oder daran, dass ich mich in den letzten Jahren so wenig um ihn kümmerte, weiß ich bis heute nicht. Doch eins weiß ich. Ich werde es mein Leben lang bereuen, ihn allein gelassen zu haben, weil ich nicht mit ansehen wollte, wie mein geliebter Papa ein anderer Mensch wird und mich schließlich verlässt. Das war der größte Fehler meines Lebens.

3

„WAS IST hier los, kleiner Vogel?"

Ich schrecke auf. Gabriel sitzt zusammengekauert in der Ecke des Wohnzimmers. Er umklammert seine Beine und sieht noch verwirrter aus als vorhin in der Küche.

Ich stelle die Vase mit der Asche meines Vaters zurück ins Regal und falle vor meinem Mann, der verzweifelt nach einer Antwort sucht, auf die Knie. Doch ich kann sie ihm nicht geben, auch wenn ich diese Antwort kenne. Die Worte auszusprechen, würde uns beide komplett zu Boden reißen. Es zu wissen, ist schwer genug.

Mein Schluchzen erstickend, ziehe ich Gabriel in die Arme und drücke ihn so fest es geht an mich. Er erwidert die Umarmung. Obwohl er heute so vergesslich ist, hat er sein Parfum aufgelegt, den Duft, den ich so an ihm liebe. So wie ich alles an ihm liebe und bei ihm bleiben werde, an seiner Seite, egal was uns bevorsteht. Ich werde für ihn da sein und alles tun, was notwendig ist, damit sein Leben wenigstens noch ein winziges bisschen so lebenswert ist wie dieser Mann mein Leben zu etwas ganz Besonderem gemacht hat.

Panthéon-Sorbonne

Paul, Juli 2018

Es ist mein letzter Abend in Paris. An der Uni geben sie eine kleine Abschiedsfeier für mich. Sie haben den Besprechungsraum mit Blumen schmücken und ein warmes Büffet liefern lassen. Meine Koffer stehen bereits gepackt in dem Büro, das sie mir für die Dauer des Forschungsaufenthalts überlassen haben. Mein Flieger geht noch vor Mitternacht.

Ich verstehe mich gut mit meinen französischen Kollegen. Selbst meine Sprachkenntnisse sind inzwischen auf einem sehr ordentlichen Niveau, wie ich bei den letzten Gesprächen am Büffet feststelle. Die meisten wollen mit mir in Kontakt bleiben. In seiner kurzen Abschiedsrede vorhin bedauerte der Dekan ausdrücklich, dass ich den Aufenthalt nicht verlängern will.

„Wie können wir dich umstimmen, Paul?“, fragte er mehrfach, die Kollegen nickten zustimmend.

„Ich würde wirklich liebend gern bei euch bleiben“, erklärte ich lächelnd und schon auch ein bisschen geschmeichelt. „Aber wie ihr inzwischen alle wisst, werde ich demnächst Großvater. Da möchte ich dabei sein.“

„Großvater mit 40 ... Und dann will er auch noch dabei sein ... Der Mann ist in jeder Hinsicht beachtlich“, schmunzelte der Dekan.

„Unser Paul ist eben ein moderner Mann“, behauptete Yves und legte einen Arm um mich.

Um acht Uhr begleitet er mich zum Taxi.

„Hast du nochmal was von Clara gehört?", fragt er.

„Nein."

„Okay. Hast du die Verlängerung deswegen abgelehnt?"

Ich zucke mit den Schultern. „Es war eine schöne Zeit mit ihr, aber sie ist vorbei. Danke, Yves. Danke für alles."

Wir umarmen uns und dann bin ich auf dem Weg zum Flughafen Charles de Gaulle.

Als wir an der Île de la Cité vorbei fahren, verspüre ich einen Stich in meiner Brust. Meine Zeit in Paris ist vorüber. Sie war sowieso nur kurz, auch wenn ich das Gefühl habe, ich wäre eine kleine Ewigkeit hier gewesen. Doch in den letzten Wochen ist das Verlangen in mir, wieder in meinem eigenen Bett aufzuwachen, im Schlafanzug in die Küche runterzugehen, mir den ersten Kaffee des Tages zu machen und mich mit der Zeitung an den Tresen zu setzen, beinahe übermächtig geworden. All die schönen Gebäude, die vielen Möglichkeiten, die Paris bietet, die grandiose Universität und die Geschichte, die diese Stadt aus allen Poren atmet, ermüden mich. Es wird Zeit für mich, in mein altes Leben zurückzukehren. Zumal sich dort einschneidende Veränderungen anbahnen. Zum Beispiel hat meine Tochter in unseren letzten Telefonaten von Hochzeit gesprochen.

Mein Ich in deinen Augen

1

WIE KANN man so leben?

Man steht morgens auf, man geht unter die Dusche, macht sich die Haare und einen Kaffee. So wie andere Menschen auch.

Das Windelwechseln ist reine Routine. Einen erwachsenen Mann umzuziehen ist eine körperliche Herausforderung, die mich so sehr fordert, dass ich vorübergehend zu denken vergesse. Und wer hat nicht gern mal Ruhe im Kopf. Gedankenkarussell anhalten und sich auf ein paar Handgriffe konzentrieren. Ganz aufgehen im Moment.

Es macht mich glücklich, wenn er in seinem alten, orangenen Sessel sitzt, mit dem Finger über die Stelle eines Buches fährt und sagt: „Dieser Vers ist so schön. Ihn muss ein Engel geschrieben haben."

„Du hast das geschrieben, Papa. Früher."

In diesen Momenten weiß ich, dass ich das Richtige tue. Dann schaue ich in ein Paar grüne Augen und manchmal finde ich mich in ihnen.

Ich weiß jetzt die Antwort auf die Frage, der ich seit Jahren hinterher laufe. Hier ist sie: Die Liebe währt diese eine Sekunde, in der man sich selbst in den Augen des anderen erkennt.

Und die Liebe, die du schenkst, währt diese eine Sekunde, in der sich der Andere in deinen Augen erkennt.

Für diese Sekunden leben wir. Ich lebe für sie. Und so lange diese Sekunden passieren, will ich bereit sein, sie zu erleben.

Ich weiß, dass sie eines Tages ausbleiben. Der Arzt, der dreimal in der Woche herkommt, sagt, dass er jetzt auch körperlich stark nachlässt. Das Laufen sowieso, aber auch das selbständige Essen, selbst der Toilettengang machen Probleme.

Aber was ist schon ein Körper, wenn man dafür in eine Seele schauen kann? Solange sich das Fenster zu dieser Seele hin und wieder öffnet, will ich durch dieses Fenster schauen. Und ich will da sein, wenn er durch mein Fenster schauen kann. Es ist weit geöffnet.

Als meine Mutter starb, war sie allein, weil niemand damit rechnete, dass es so schnell gehen würde. Alle dachten, sie erholt sich wieder. Aber sie erholte sich nie und wir ließen die Zeit, die uns das Schicksal bot, ungenutzt verstreichen.

Dasselbe mit meinem Vater. Ich war zu sehr mit mir selbst beschäftigt. Klar, ich war jung, musste meinen Platz im Leben finden. Doch diesen Fehler mache ich nicht noch einmal.

Da akzeptiere ich lieber, dass mich irgendwann der Tierschutzbund zum Tode verurteilt, weil ich nicht verhindert habe, dass eine ganze Generation blauer Piepmätze dran glauben musste. Aber das war, bevor ich verstand, dass ein Plüschvogel ebensogut auf den Gedichtband mit dem Hasen aufpassen kann. Gilt das als Entschuldigung?

Zumal ich auch erstmal kapieren musste, dass das Federvieh auf das verdammte Buch aufpasst. Was sind das für Fehlschaltungen, die so etwas bewirken?

Ich kapierte es an dem Tag, als es in der Zoohandlung keinen einzigen blauen Vogel gab und ich vor lauter Verzweiflung das Plüschvieh mit der Batterie kaufte. Das hat sicherlich ein paar Vögeln das Leben gerettet. Vielleicht werde ich deswegen begnadigt.

2

UNSER BRIEFKASTEN quillt über.

Fünf Wochenzeitungen, die niemand liest, Werbung, die niemanden interessiert, noch mehr Werbung. Vier offiziell aussehende Briefe.

Die Stunde der Wahrheit. Ich reiße die Umschläge direkt vor den glänzenden, neuen Briefkästen stehend auf.

Der Polizeieinsatz kostet mich 1800 Euro. Ein Schnäppchen. Ich hatte mit mehr gerechnet.

Ich muss auch mehr zahlen. Denn es gibt noch eine Mahnung zu der Rechnung von der Polizei. Zu den 1800 Euro kommen 35 Euro Mahngebühren. Vielleicht sollte ich doch öfter mal den Briefkasten leeren.

Der nächste Altpapierumschlag, bitte.

Eine Mieterhöhung.

Das darf nicht wahr sein. Die Anstreicher arbeiten noch an der Treppe und der Ziegenbock schickt bereits die Mieterhöhungen rum. Ein Blick auf den Poststempel zeigt mir, dass dieser widerliche Vermieter den Brief gestern zur Post gebracht hat.

Dafür ist das Schreiben vom Vormundschaftsamt eine Woche alt. Sie teilen mir mit, dass ich meiner Aufsichtspflicht jetzt hinreichend genüge. *Hinreichend genüge* ... Gebe ich denn nicht alles?

Und dann ist da noch eine Postkarte, die meinen Puls auf 200 treibt.

Ich brauche sie nicht umzudrehen, um zu wissen, wer sie mir schickt. Es ist eine dieser Kunstkarten. Sie stammt aus der Galerie mit den Kussbildern und zeigt eine wirre Ansammlung flüchtig hingeworfener Striche auf der Vorderseite. Es ist der Kuss.

Sechs Wochen sind seit Pauls Auftauchen vor meiner Wohnungstür vergangen. Ungefähr so alt ist auch diese Karte.

„Ruf mich an, komm zu mir, wann immer du willst. Jederzeit. Egal wann. Ich bin für dich da. Egal, was du mir zu sagen hast. Dein Paul“, steht darauf.

Tja, wir haben Juli. Paul ist wieder in Seattle.

3

„ES IST nicht zu fassen, wie viele Batterien dieser Vogel verbraucht. Kann es sein, dass die Hitze da draußen die Batterien schneller leer werden lässt?“, stöhne ich, denn inzwischen ist es mitten im August und das Thermometer sinkt selten unter dreißig Grad. Heute sind es sogar fünfunddreißig. Es ist die Hölle.

„Da siehst du, wie wichtig ihm das Tierchen ist“, meint Leila schulterzuckend.

Es ist eine kleine Spitze gegen mich. Sie kannte schon immer die Bedeutung des Piepmatzes. Aber sie hat es für sich behalten. Ich kann nur spekulieren, warum sie das getan hat, lasse es aber lieber sein, da ich sie sonst wahrscheinlich hochkant rauswerfe. Sie kommt sowieso nur noch für zwei Stunden am Tag zu uns. Mehr kann ich mir nicht leisten, seit ich unbezahlten Urlaub genommen habe. Aber die zwei Stunden sind notwendig, zum Beispiel, um Batterien zu kaufen.

Als Leila weg ist, mache ich Hausputz, obwohl alles sauber ist. Im Wohnzimmer mache ich extra viel Radau.

„Du kannst nicht den ganzen Tag verschlafen, Papa“, brülle ich in den Staubsaugerlärm hinein.

Das ist der neueste Schrei. Seit letzter Woche geistert er in der Nacht durch die Wohnung, da ist er am Tag natürlich hundemüde. Damit wirft er meinen Tag- und Nachtrhythmus ebenfalls durcheinander, da ich ihn ja nicht allein hier herumlaufen und Unsinn machen lassen kann.

In der vergangenen Nacht zum Beispiel bin ich nur kurz auf dem Sofa eingenickt, da hat er Milch in die Badewanne gekippt und sich mitsamt Schlafanzug hinein gelegt.

Alle haben Recht, wenn sie sagen, dass ich mir zuviel zumute. Auch in mir selbst wächst jeden Tag ein wenig mehr die Gewissheit, dass es nicht mehr lange so weitergehen kann.

Nur noch morgen, sage ich mir an jedem neuen Tag. *Dann triffst du die Entscheidung.*

Doch wenn ich morgens aufstehe, verschiebe ich es wieder. Weil ich immer noch warte, dass eine dieser Sekunden kommt. Einmal noch. Bitte. Doch es kommt keine.

„Wach auf, du Schlafmütze“, schimpfe ich und haue absichtlich mit dem Staubsauger gegen sein hässliches Bett. Es nutzt nichts. Er schläft und schläft und schläft.

Ein paarmal habe ich ihm schon einen Handspiegel vor die Lippen gehalten, um nachzusehen ob er überhaupt noch atmet. Aber es ist einfach so, dass er einen unglaublich tiefen Schlaf hat.

Das kann wieder eine Nacht werden, denke ich und erschrecke, wie genervt ich bin. Es fällt mir von Tag zu Tag schwerer, die Erinnerung an den wirklichen Gabriel aufrecht zu erhalten. Ich habe Angst, dass ich meine Liebe zu ihm verliere.

Um elf wird es dunkel. Da stehe ich am frisch geputzten Wohnzimmerfenster und warte nur darauf, dass er aufwacht. Meine Finger fahren über den ausgeblichenen weißen Rahmen, zeichnen die kleine romantische Liebeserklärung nach, die eine frühere Version von mir mit einer Haarnadel in das Holz geritzt hat.

C & G. Dahinter das kleine, krakelige Herz.

Clara und Gabriel.

„Kleiner Vogel, was ist los mit dir? Woran denkst du?“

Obwohl ich seit Stunden darauf warte, dass er aufwacht, bleibt mir fast das Herz stehen.

Es ist nicht die Tatsache, dass er mich anspricht oder worüber er spricht, es ist der Kosename.

„Wie hast du mich genannt?”, sage ich atemlos.

„Was ist denn los mit dir, kleiner Vogel?”

Was mit mir los ist? Diesen Kosenamen habe ich ewig nicht gehört. Nicht seit dem Tag, an dem er seinen Gedichtband neben den Socken im Kühlschrank fand und zu mir sagte, ich solle mir einen Termin beim Arzt holen. Es gäbe auch frühe Formen von Alzheimer.

Er steigt aus dem Bett. Seine dürren Beine sind wackelig, doch sie tragen ihn viel leichter als gestern über den dunklen Holzfußboden.

„Wie sieht das hier eigentlich aus? Seit wann steht das Bett in unserem Wohnzimmer? Feiern wir eine Orgie?"

Ich stehe da, die Finger, die gerade noch über die Buchstaben wanderten, auf die Lippen gepresst, die Augen tränenblind. Gott, das ist eine dieser Sekunden. Nur, dass er mir nicht nur in einem wachen Moment in die Augen sieht, sondern sich auch benimmt wie früher.

„Warum lag ich da eigentlich im Wohnzimmer, wie ein seniler Mann?"

Auf wackeligen Beinen laufe ich hinter ihm her, als er in die Küche stakst und sich wie früher Wein einschenkt.

„Willst du auch ein Glas?" Ohne mich anzusehen, füllt er ein Weinglas für mich.

Es kommt mir vor, als würde ich einen Geist sehen. Die Sekunde ist längst keine Sekunde mehr. Ich weiß nicht, wie lange sie schon währt und er sich wie früher benimmt.

Ich kann es nicht länger zurückhalten und schluchze hysterisch auf, als er sich zu mir umdreht und mir das Glas entgegen hält. Wie festgenagelt stehe ich vor ihm und heule. Die Tränen laufen mir in Sturzbächen über die Wangen. Ich will nicht weinen, nicht jetzt, doch ich kann es nicht beenden.

„Wenn du mir nicht langsam sagst, was passiert ist, versohle ich dir den Hintern", sagt er. Als hätte er so etwas je getan.

„Du bist wieder da", schluchze ich laut auf und werfe meine Arme um seinen Hals.

„Ganz schön stürmisch für so einen kleinen Vogel." Er stellt das Weinglas, das er für mich eingeschenkt hat, hinter sich auf die Arbeitsplatte und zieht mich in seine Arme, meinen Kopf drückt er mit einer Hand gegen sein Schlüsselbein. So wie er es immer getan hat. Früher, als er noch Er selbst war.

Wie sehr ich mir in den vergangenen Jahren gewünscht habe, dass das passiert. Doch die Berührung seiner Lippen bringt mich beinahe um. Ich habe das Gefühl zu sterben. Ich kann nicht atmen und halte die Luft an, anstatt ihn zurückzuküssen.

4

WENN MENSCHEN im Endstadium von Alzheimer plötzlich klar bei Verstand sind, ist das oft ein Zeichen, dass sie bald sterben.

Plötzlich zittert er am ganzen Körper. Seine Arme fallen von mir ab. Und dann sinkt er einfach in sich zusammen.

„Gabriel", schreie ich. „Gabriel, bleib bei mir!"

Und dann schreie ich auch noch „Papa! Papa, bleib bei mir!"

5

DREI WOCHEN nach unserem letzten Kuss stehe ich neben Leila in der Diele und schaue zu, wie fremde Leute Gabriels Krankenbett aus der Wohnung tragen.

Herbst 2018

1

„LIEB' IST kein Narr der Zeit ... Ihr Ziel ist endlos, wie die Ewigkeit."

„Verschone uns bitte damit, Julianne! den Shakespeare-Mist hast du schon im letzten Semester aufgesagt", brüllt Richard quer durch das Café.

„Es heißt: Im *vergangenen* Semester", korrigiert ihn die Rothaarige mit dem schiefen Mund, die ihre Mähne zu einem Pagenschnitt mit superkurzem Pony gestutzt hat. Sie wirkt älter, gereifter. So wie wir alle, vermute ich.

Fast alle Studenten, die im vergangenen Semester das Lyrik-Praxisseminar begonnen hatten und das Thema wegen meiner Beurlaubung nicht abschließen konnten, sind im Herbstsemester wieder da. Wir sind schon in der zweiten Woche. Außerdem sind zwei Neue dabei, ein Paar. Sie haben den Seminarraum Händchen haltend betreten.

Ich habe gerade große Zweifel, ob ich wirklich schon soweit bin, mich dem auszusetzen. Der Sommer ist zwar definitiv vorbei, doch nur weil sich das Wetter ändert, heißt das nicht, dass auch ich mich häute. Ich stecke in meiner alten Beulenhaut und darunter tut es noch so furchtbar weh. Viel mehr als nach Kaffee und Diskussionen über die Dauer einer großen Liebe ist mir nach einer Runde Jammern.

Andererseits habe ich meine Wunden schon reichlich geleckt und ich muss wirklich langsam auf die Beine kommen. Ich muss mich damit abfinden, dass Gabriel nicht mehr da ist. Und Leila sagt ganz richtig, dass er sich schon vor Jahren verabschiedet hat.

Es war ein Tod auf Raten. Trotzdem trauere ich um ihn und ich vermisse ihn so sehr. Ich habe ihn bis zuletzt geliebt, auch wenn Leila sagt, ich hätte bloß die Erinnerung an unsere Liebe geliebt.

Kann sein, dass ich nicht wahrhaben wollte, dass es vorbei ist, dass ich mich darum mit Zähnen und Klauen an unsere Liebe geklammert habe. Aber wer freut sich schon über den Tod eines Menschen? Es wird doch nicht einfacher, jemanden zu verlieren, wenn es länger dauert. Dann kommen andere Schwierigkeiten dazu. Wie zum Beispiel die Tatsache, dass man sich damit auseinandersetzen muss, dass man sich nach Dingen sehnt, die einem der Partner nicht mehr bieten kann.

Das geht los bei dem gewohnten Leben insgesamt, lieb gewonnenen Ritualen und Angewohnheiten, bei denen man an die Decke gehen könnte. Und es endet damit, dass man verdammt nochmal geliebt werden will.

Die Küsse fehlen, aber vor allem fehlt der Blick, in dem das Erkennen liegt. *Ich sehe dich, Clara.* Das hat mir am meisten gefehlt. Und gerade das konnte er mir nicht bieten.

„Professeur Morel, was sagen Sie dazu?"

Ich hätte nach dem Seminar nach Hause gehen sollen. Oder runter an die Seine, denn ich bin keine Bereicherung für diese Studenten. Doch an beiden Orten erwarten mich die Erinnerungen und quälen mich. Darum habe ich eingewilligt, noch mit ins Café Odette zu gehen, wo wir die komplette obere Etage belegen. Nur leider sind die Erinnerungen in mir. Sie begleiten mich an jeden Ort. Ich kann ihnen nicht entkommen. Ich kann nur mit ihnen leben. Und mit der Zeit verblassen sie. Bestimmt. Das sagen alle. Leila, Arnaud, Gabriels Arzt, die Leute aus der Selbsthilfegruppe, in die ich mich weigere aufzusuchen.

„Tut mir leid. Ich habe nicht zugehört."

Vierzehn Augenpaare sind auf mich gerichtet. Julianne hat ihres sogar verdreht, wenn ich das richtig mitbekommen habe. Ach, ich kann die Streberin nicht leiden. Von Anfang an nicht. Ihr Referat war eine einzige Ansammlung wiedergekäuter Plattitüden. Sie plappert nur Zeug, von dem sie denkt, dass ich es hören will, damit sie die beste Note bekommt.

„Wir sind immer noch beim Seminar-Thema. Wie lange währt eine große Liebe - um das zu wiederholen - für den Fall, dass jemand es vergessen hat", sagt Julianne mit einem Lächeln, das ihre Augen nicht erreicht.

Ich atme tief durch.

„Ich stelle mir die Frage nicht mehr. Für mich ist sie irrelevant geworden."

Ein Raunen geht durch die kleine Menge, als ich das sage. Ich nehme einen Schluck von meinem Kaffee, obwohl er mir nicht schmeckt. Früher mochte ich auch keinen Kaffee. Dafür habe ich geraucht. Doch auch danach verspüre ich kein Verlangen.

„Aber wir besuchen das Seminar wegen dieser Frage", kontert Barbara.

„Stimmt", entgegne ich und wende mich herausfordernd an die Neuen. „Ihr beiden, Louanne und Christoph, ihr seid ein Paar. Welche Antwort habt ihr?" Bestimmt sind sie erst seit Kurzem zusammen, denn auch hier im Café können sie die Finger nicht voneinander lassen. „Was erwartet ihr? Wie lange wird das mit euch gehen? Ihr liebt euch doch, oder?"

Die junge Frau errötet. Sie ist bis über beide Ohren in ihn verknallt. Klarer Fall. Die Arme wird enttäuscht werden.

„Man wird sehen, was die Zeit bringt", sagt er grinsend und rückt ein wenig von ihr ab, ohne die Hand von ihrem Oberschenkel zu nehmen.

Tja, dass er ihr demnächst einen Antrag macht, kann sie vergessen. Er versteht unter Liebe hauptsächlich das Eine.

„Weiß man es nicht von Anfang an, wenn es einen erwischt, dass ER der sogenannte EINE ist? Der Mann für die Ewigkeit", stochere ich in Louannes Wunde herum.

Sie nickt. „Doch, ja. Wenn es Liebe auf den ersten Blick ist."

„Gefühle sind doch nicht immer von Anfang an in vollem Umfang da. Sie entwickeln sich", sagt der mit den blonden Locken.

„Ja, sie werden stärker", sagt ein anderer.

„Manchmal werden sie auch schwächer."

„Oder sie verschwinden ganz."

„Und dann kommt eine neue Liebe und alles geht wieder von vorn los."

Wirklich?

„Wie lang eine Liebe währt, hängt also von den Gefühlen ab", bringe ich auf den Punkt, was diese Männer und Frauen, die noch am Anfang ihres Lebens stehen, eigentlich sagen wollen.

„Ja. Eine große Liebe braucht große Gefühle, denn nur mit großen Gefühlen währt sie ewig."

Gott, die Streberin ist ein Bündel Bohnenstroh.

„Und wenn einer der Partner, die zu der großen Liebe gehören, stirbt? Sterben dann die Gefühle mit ihm? Und wo bleibt dann die Liebe? Ist sie dann nur noch einseitig? Oder ist sie immer noch da? Irgendwo im Himmel oder an weiß Gott, der Teufel oder der Henker für einem metaphorischen Ort? Und was ist, wenn die große Liebe mehr als zwei Personen umfasst?"

„Das ist aber selten", behauptet Julianne.

„Ach ja? Woher willst du das wissen? Hast du darüber Statistiken erhoben?" Ich recke mein Kinn.

„Das liegt doch auf der Hand. Ich sehe jedenfalls nie drei Leute einander heiraten."

Einige Studenten lachen zögernd.

„Heirat und Liebe sind nicht unbedingt eine Einheit", meint Richard, der sich bisher rausgehalten hat.

„Für die Männer nicht", sagt Barbara.

„Ich verrate euch die Antwort, die ich auf die Frage gefunden habe, meine Lieben", jetzt schauen sie fast schon erschrocken zu mir, „und dann stelle ich eine andere Frage. Macht euch darüber Gedanken, diskutiert darüber weiter. Alles andere ist Zeitverschwendung"

„Okay", sagt Julianne. „Aber es könnte sein, dass ich das Seminar dann verlasse. Ich interessiere mich nämlich für die ursprüngliche Frage."

Ein paar der Studentinnen nicken zustimmend.

Tut, was ihr nicht lassen könnt.

„Erst einmal dürft ihr nicht vergessen, dass es nicht um irgendeine Liebe geht, sondern um *die große Liebe*. Da wir uns darauf geeinigt haben, geht es für die meisten von euch vermutlich um den einen Menschen, der *alles* für uns bedeutet, für den wir unser Leben geben würden."

Ich schaue wieder zu dem Neuen.

„Würdest du dein Leben für Louanne geben? Heute? In diesem Augenblick? Keine Angst. Ich erwarte keine Antwort.“

Ich warte die Lacher ab, bevor ich fortfahre: „Ich gebe eine Antwort, und zwar meine persönliche. Die große Liebe währt genau die eine Sekunde, in der sich die Blicke zweier Menschen begegnen und sich gegenseitig versichern: Ich sehe dich.“

Ein Raunen geht durch den Raum.

„Und ich gebe euch noch einen Tipp: Manchmal schließt sich an die eine Sekunde eine weitere an und noch eine und noch eine. Manchmal gibt es diese Sekunde zu unterschiedlichen Zeiten, an verschiedenen Orten, entweder mit demselben oder mit einem anderen Partner. Und manchmal verhindert ein Ereignis, ausgelöst von was oder durch wen auch immer, dass es eine weitere Sekunde gibt. Also, Leute, denkt darüber nach.“

„Sprechen Sie aus Erfahrung, Professeur Morel?“

„Können wir die Fragestellung schriftlich haben?“, schnaubt Julianne.

„Genieße den Augenblick“, sagt der Neue triumphierend.

„Ja, es kommt darauf an, was man aus den Sekunden macht“, kommt es aus einer Ecke.

„Man lebt nur einmal. Das eigene Glück sollte oberste Entscheidungsprämisse sein?”, fragt Barbara.

„Wir sehen uns nächste Woche. Ich bin mir sicher, dass ihr bis dahin alle eine eigene Meinung zu dem Thema habt.“ Ich lege einen Geldschein auf den Tisch, der für eine Runde Kaffee für alle reichen sollte, und verlasse das Café.

2

„INZWISCHEN DENKEN sie, dass die Liebe für jeden Menschen, jedes Paar eine ganz individuelle, ureigene Angelegenheit ist. Was sagt man dazu ... Dass sie noch jung sind und es nicht besser wissen können? Wahrscheinlich gehe ich es nicht richtig an. Wahrscheinlich muss ich auch geduldiger mit ihnen sein."

Es ist Allerheiligen und ich lege einen Strauß Chrysanthemen auf das Familiengrab der Morels. Inzwischen sind hier vier Menschen begraben: Gabriel, seine Eltern und Ciara. Ciara Louise Morel, Gabriels Tochter, die mit siebzehn bei einem Motorradunfall ums Leben kam, und für die er mich seit dem Ausbruch der Krankheit meist hielt. Außer in seinen wenigen lichten Momenten, die uns beiden vergönnt waren.

„Habe ich dir eigentlich jemals gesagt, wie sauer ich auf dich bin, Gabriel, weil du mich für deine Tochter gehalten hast? War es wegen der Namensähnlichkeit? Oder weil wir beide blond waren? Weil ich damals noch so jung war, als wir beide zusammenkamen? War das ein Zufall oder war es Absicht? Wolltest du an mir gutmachen, was du an ihr versäumt hast? Das sind die Gedanken, mit denen ich mich geplagt habe. Ich war so furchtbar eifersüchtig auf sie. Und ich habe mich so geschämt, weil ich so empfunden habe. Du musst zugeben, es war schon ein wenig viel verlangt, dass ich dich *Papa* nennen musste, damit du keinen Wutanfall kriegst. Wie ich dich dafür gehasst habe!"

Mein Blick wandert zu dem Grabstein, in den die Namen, Geburts- und Sterbedaten der vier Toten eingraviert sind. Nebst einer Inschrift.

„Und weißt du eigentlich wie sauer ich bin, weil du zwar jede Menge kluges Zeug geschrieben hast, aber niemals etwas, das mir das Leben erleichtert. Was ist das für eine blöde Grabinschrift, Herr Professor? Ist dir nichts Besseres eingefallen als *Die Liebe währt ewig*? Von dir hätte ich wirklich etwas Klügeres erwartet. Nicht etwas, was eine meiner Studentinnen von sich gibt. Noch dazu ist sie eine mittelmäßige Streberin mit einer wirklich gruseligen Frisur, die ihr überhaupt nicht steht. Ich glaube, sie meint, was der Amélie aus dem Film steht, ist auch gut für sie. Aber sie sieht einfach nur bescheuert aus."

Ich warte ab, bis ein paar Leute an mir vorbei gegangen sind, bevor ich meine Wut weiter rauslasse.

„An die Liebe zu deiner Tochter hast du dich bis zum deinem Tod erinnert. Die Liebe zu mir war dir gerade mal ein paar Sekunden wert. Aber natürlich ist meine Liebe für dich ewig. Du kannst ja nichts dafür. Aber ich etwa? Kann ich denn was dafür? Das ist ein bisschen ungerecht, oder? Ich komme mir vor wie diese Louanne, die darauf wartet, dass ihr Freund sie endlich so sehr liebt wie sie ihn. Ehrlich, Gabriel, du hast mich dazu gebracht, dass ich dich ziemlich oft gehasst habe. Ich habe nur noch die Erinnerung an unsere Liebe geliebt, ganz so wie Leila es sagt. Was für eine beschissene Krankheit! Und was das mit Leila war ... Danach will ich gar nicht fragen. Aber ich glaube bis heute nicht, dass sie nur Ciaras Krankenschwester war. Da war doch noch was zwischen euch. Habt ihr auf der Kommode gevögelt, die ich später schwarz angestrichen habe? Ich hoffe nur, dass das vor meiner Zeit war. Was ich glaube. Aber ich weiß es nicht. Mein Gott, ich habe nicht mal mehr Tränen."

Verwundert berühre ich die Haut unter meinen Augen.

„Weißt du, Gabriel, ich wollte dich nicht verlieren, ich wollte mein ganzes Leben mit dir verbringen. Aber wegen dir habe ich mich ständig schlecht gefühlt. Und trotzdem liebe ich dich bis ans Ende meiner Tage. Kannst du mir das erklären? Nein. Natürlich kannst du das nicht. Du könntest es vermutlich nicht mal, wenn du noch leben würdest. Außerdem hast du mir eine neue Liebe vermasselt", füge ich flüsternd hinzu. „Und jetzt fühle ich mich schon wieder schuldig."

Winter 2018/2019

1

DAMIT DER Novemberregen und die Weihnachtszeit mich nicht endgültig in die Depression reißen, helfe ich an drei Abenden die Woche und sonntags ehrenamtlich in dem Altenheim, in dem Leila jetzt arbeitet. Ich verteile Essen und lese ein paar interessierten Menschen aus einfachen Romanen vor. Die anderen Abende powere ich mich im Fitnessstudio aus. Ich radele, renne, rudere, stemme Gewichte und schwitze. Allein und mit gesenktem Kopf.

Es regnet, es schneit, Weihnachten kommt und geht. Sylvester verbringe ich mit Bleigießen und leckerem marokkanischen Essen oben bei Leila, Hassan und ihren beiden erwachsenen Söhnen samt deren Freundinnen. Um die Farce komplett zu machen, sind Lydia und die Kinder auch dabei.

Als das Semester zu Ende ist und alle Prüfungen gelaufen sind, kaufe ich Farbe und streiche die Wohnung. Damit sie zum Rest des inzwischen renovierten Hauses passt. Es ist alles sehr geschmackvoll. Die Fassade grau-beige mit weißen Akzenten, das Treppenhaus weiß mit grau-beigen Akzenten, auch die Treppe wurde weiß gestrichen. Allerdings hat sie strapazierfähige Stufen aus dunklem Holz bekommen. Nachdem alles fertig renoviert war, verkaufte der alte

Ziegenbock die Hütte Ende Januar klamm und heimlich an einen anderen alten Sack. Aber der wohnt nicht im Erdgeschoss, sondern in einer Villa in St. Tropez. Im Erdgeschoss wohnt jetzt eine alte Dame, die als junge Frau gern Nonne geworden wäre. Die Liebe hat ihr einen Strich durch die Rechnung gemacht. Ich wohne in einem Haus voller wunderlicher Gestalten. Und ich bin eine von ihnen.

„Ein rosa Wohnzimmer?"

Leila hilft mir, das Sofa und den Lesesessel ins Wohnzimmer zu rücken. Dass sie und Gabriel mal was miteinander hatten, sogar noch manchmal während er und ich ein Paar waren, und sie den Job bloß übernommen hat, um ihm nah sein zu können, habe ich ihr verziehen. Am Ende hat sie uns das Leben erleichtert, das ist alles, was noch zählt. Außerdem hatte sie sowieso eingesehen, dass sie bei ihm nicht wirklich landen konnte. Auf eine Art befriedigt es mich sogar, dass Leila ihren Mann betrogen hat.

„Es wirkt heiter, findest du nicht?"

Sie zieht ihre Nase kraus. „Na ja."

„Was soll das heißen?"

„Dass mir die lindgrüne Küche besser gefällt. Das babyblaue Schlafzimmer übrigens auch. Selbst die fliederfarbene Diele. Das sonnengelbe Bad sowieso. Aber rosa ... Es erinnert mich an Schlüpfer!", sagt sie mit in die Seiten gestemmten Händen.

„An *Schlüpfer*? Unterhosen?"

„Ja, an die Häkelunterhosen aus meiner Kindheit. Meine Oma hat die für uns Mädchen gehäkelt. Jetzt guck mich nicht so an. Wir waren arm."

„Wie gucke ich denn? Und warum hattest du als Kind auch rosa Häkelschlüpfer an?" Ich pruste los.

„Weißt du eigentlich, wie peinlich das war?“

„Ich kann es mir vorstellen.“

„Na, ich weiß nicht. Stell es dir bildlich vor, denn du hast jetzt ein schlüpferrosa Wohnzimmer. Das ist sogar mehr als peinlich. Es ist widerlich.“ Sie dreht mir eine lange Nase.

„Wenn schon, dann ist es schlüpfrig“, kichere ich.

„Und du hast endlich mal gute Laune“, grinst sie zufrieden.

„Ja“, sage ich. „Ich habe gute Laune.“

„Ja. Ist selten genug vorgekommen in den vergangenen Jahren.“

„Stimmt. Und jetzt gehen wir ins Kino? Mit Bier und Popcorn?“

„Was läuft denn?“

„Keine Ahnung.“

„Dann lassen wir uns überraschen?“ Leila macht große Augen.

„Genau. Wir lassen uns überraschen. Oder wir sehen uns einfach irgendeinen Scheiß an. Komm schon. Hauen wir ab aus dem schlüpferrosa Paradies.“

2

DIE DREI Schneeflocken, die über den Winter gefallen sind, schmelzen endgültig. Draußen erwacht ganz langsam die Natur und auch ich komme mehr und mehr ins Leben zurück.

Ich beende endlich meine Arbeit über die Dauer der wahren Liebe. Und zwar indem ich alles, was ich bisher darüber gesammelt und geschrieben habe, durch den Schredder jage.

In einem Anflug von Wahnsinn streiche ich sogar mein Büro in der Uni. Farbton: Apricot.

Am Tag darauf fahre ich das erste Mal seit Gabriels Tod mit dem Fahrrad an die Seine runter.

Ich muss es wagen. Das Wetter ist fast schon frühlingshaft. Es ist zwar kalt, doch der Himmel ist knallblau, es stehen schon Schneeglöckchen, Tulpen und Narzissen draußen vor den Blumenläden.

Und trotzdem wirft mich dieser Ausflug mehr zurück, als ich es mir je vorgestellt hätte.

Schon als ich oben an der Kaimauer entlang fahre, zieht sich in meiner Brust alles zusammen. Es droht mir den Hals zusammenzuschnüren, als ich mir einen Coffee to Go kaufen will und Gerard nicht mehr in der Bude arbeitet.

Sein Nachfolger hat keine Ahnung, was mit Gerard los ist oder wo er jetzt ist. Nichts ist mehr wie es war. Mein ganzes Leben ist aus den Fugen. Immer noch. Vielleicht mehr als je zuvor. Ich war mal jemand, eine ganz bestimmte Person. Zumindest hatte ich eine Vorstellung von dem Menschen, der ich war. Doch dann wurden Gabriels Erinnerungslücken immer größer und ich zerfiel in tausend Fliesenstückchen. Und jetzt liegt da dieser Scherbenhaufen vor mir. Ein Haufen unregelmäßig geformter Splitter, der sich in pastellfarbenen Räumen bewegt und nicht in der Lage ist, sich einen Coffee to Go bei einem Fremden zu kaufen, damit die Stufen zum Kai hinunter zu gehen und den Seine-Bötchen beim Vorbeischippern zuzuschauen.

3

VIELLEICHT SOLLTE ich eine Therapie machen. Oder doch in die Trauergruppe gehen. Oder mir einen Hund kaufen.

Ich mache nichts davon. Stattdessen ziehe ich zum ersten Mal in diesem Jahr meinen gereinigten, beigen Trenchcoat an, gehe zum Friseur und lasse mir die überschulterlangen Haare bis zum Kinn kürzen.

Danach sitze ich im Mantel und mit meinem neuen Haarschnitt am Wohnzimmerfenster und zeichne mit einem Finger die Ritzerei ab. Wieder einmal.

C & G. Das Herz.

Ein bitterer Zug schleicht sich um meinen Mund, als ich sehe, dass der Lack um den Schriftzug herum splittert. Es erinnert mich an das kleine Fliesenstück aus dem Bad, das in meiner Schmuckschatulle liegt.

Ich muss die Ritzerei retten. Jetzt sofort, bevor sie genauso verfällt wie alles andere.

Es ist eine ziemliche Hackerei mit dem Brotmesser, doch nach einer Weile halte ich einen großen Splitter in meinen Händen. Fast wie ein Stück Strandgut.

Zufrieden lege ich es zu dem Fliesenstück und zu der Kette, an der mein Ehering hängt. Gabriel und ich haben den Ring nie getragen und ich werde auch jetzt nicht damit anfangen. Aber es gibt mir ein gutes Gefühl zu wissen, dass die greifbaren Erinnerungen an meinen Mann einen festen Ort haben.

Als ich den Deckel der Schmuckschatulle zuklappe, fällt mein Blick auf die beiden Postkarten.

Die greifbaren Erinnerungen an einen amerikanischen Gastprofessor.

Paul.

Paul Darlow aus Seattle. Der Mann, den zu lieben mir die Zeit fehlte.

Ich nehme die Karten in beide Hände, drehe sie, lese sie durch, stelle mir vor, dass seine Hände die dünne Pappe berührten und bekomme glatt eine Gänsehaut.

Ich verfolge einen verwegenen Gedanken, schüttele den Kopf, lege die Postkarten weg und nehme sie wieder raus. Bis ich schließlich ins Arbeitszimmer laufe, meinen Laptop aufklappe und zu schreiben beginne.

Plötzlich sind da all diese Gedichte. Eins nach dem anderen will aus mir raus. Meine Finger fliegen nur so über die Tasten. Ich kann gar nicht so schnell tippen, wie sich die Worte formen.

Den ganzen Abend, die ganze Nacht schreibe ich durch. Erst am nächsten Tag klappe ich den Laptop zu.

Ich habe neunundneunzig Gedichte verfasst. Über allen Texten habe ich diesen Titel geschrieben: Des Schicksals mieser Zeitplan der Liebe.

Zur selben Zeit in Seattle

Paul, Februar 2018

„NATÜRLICH ENTWICKELT er sich prächtig."

„Natürlich."

„Boah, Daddy. Wie wäre es, wenn du dich mal entspannen würdest. Ich muss mal. Halte das." Riley drückt mir den winzigen Caspar in die Arme.

Der Kleine verzieht das Mündchen zu einem zahnlosen Lächeln.

Am Neujahrsmorgen lächelte er mich zum ersten Mal an. Seitdem lächelt er mit wachsender Begeisterung, wenn er mein Gesicht sieht, was wiederum mich begeistert. Er ist wirklich putzig mit seinem würfelförmigen Gesicht und den Pausbacken. Vermutlich ist er das schönste Baby gleich nach Riley.

Außerdem ist er ziemlich schlau. Die Rassel konnte er viel früher halten als andere Babys. Er plappert sogar schon einzelne Silben. „Wa", „Da", „Ma". Riley meint, ich spinne. Aber ich denke doch, er könnte hochbegabt sein. Ich höre doch, was er sagt.

„Na, du hast aber einen lieben Papa", sagt die Frau, die neben mir sitzt und die Frau von gegenüber nickt.

So ein Baby ist ein wahrer Frauenmagnet. Würde ich mir ein Schild mit der Aufschrift „Ich bin Single und noch zu haben" um den Hals hängen, ginge ich weg wie eine warme Semmel. Die meisten halten mich ohnehin für den Vater des Kindes. Aber zurzeit bin ich nicht wirklich zu haben. Zu vieles ändert sich momentan in meinem Leben.

Und damit meine ich nicht, dass Riley gleich nach Caspars Geburt zu mir zurückzog und damit sowohl der Schlaf als auch meine Freizeit sich aus meinem Leben verabschiedeten. Ich habe das Haus damals gekauft, als Riley mit 13 solchen Ärger mit ihrer Mom und deren neuem Lover hatte, dass sie nicht mehr dort wohnen wollte. In unserem Haus haben wir reichlich Platz. Es gibt einen Garten und den Madison Park können wir zu Fuß erreichen. In einer Viertelstunde sind wir am Lake Washington, wo es sogar Strände gibt. Es ist eine gute Wohngegend, alle Schulen sind in der Nähe. Nicht, dass ich meiner Tochter empfehlen würde, in Massenproduktion zu gehen. Aber es ist schön, dass das Haus mit Leben gefüllt ist. Die ersten Monate nach meiner Rückkehr aus Paris, als Riley abwechselnd im Studentenwohnheim wohnte, bei Wesley übernachtete und heulend bei mir auftauchte, waren grauenvoll. Entweder lag ich mit Weltuntergangsstimmung auf dem Sofa meines ausgestorbenen Hauses. Oder Riley saß heulend darauf.

Es dauerte ziemlich lange, bis ich nicht mehr auf dem Sofa saß und mir wünschte, die Französin säße neben mir. Clara. Das mit uns hätte was werden können. Schade.

„Ich glaube, bevor wir losgehen, wickele ihn nochmal."

Riley ist von der Toilette zurück. Sie steckt die Arme nach Caspar aus, doch der schmiegt sein Köpfchen an meine Brust.

„Da will wohl einer lieber vom Opa gewickelt werden", grinst meine Tochter.

„Ich glaube auch", sage ich und gehe mit dem Kleinen zum Wickelraum.

„Da", sagt er. Ich habe es ganz genau gehört.

Fast Frühjahr 2019

1

Es IST der zweite Tag im neuen Semester. Der erste Tag für mich. Ich habe jetzt einen Tag in der Woche frei, an dem ich von morgens bis abends im Altenheim helfe. Außerdem gebe ich nur noch die Grundlagenvorlesungen, keine anstrengenden Lyrik-Seminare, die mich dazu bringen, die Studenten über Gebühr anzugreifen.

Vielleicht bin ich im nächsten Herbst wieder soweit, mich existentiellen Themen widmen zu können. Irgendwann muss ich, denn mein Schwerpunkt ist der ganze Bereich der romantischen Literatur. Doch noch gibt der Dekan mir Freiraum. Ich habe wirklich ein unglaubliches Glück mit Arnaud. Leider wird er im übernächsten Jahr pensioniert. Dann bin ich hoffentlich wieder ganz auf dem Posten.

Bis dahin genieße ich aber zumindest mein Glück, auch das mit dem Wetter. Es ist ziemlich kalt, doch die Sonne lacht, nur vereinzelt flitzt ein Wölkchen über den Himmel und ich fahre mit dem Rad zur Arbeit. Ich trage das himbeerfarbene Kleid mit der dazu passenden, kurzen Jacke oben drüber, das ich mir gestern, zu meinem Vierzigsten, in den *Galeries Lafayette* gekauft habe. Und darüber trage ich den Wintermantel, Handschuhe, Mütze, Schal. In diesem Jahr habe ich meinen Geburtstag nicht ausfallen lassen, ihn nicht einfach totgeschwiegen. Ich habe mich ins Getümmel gestürzt, bin Rolltreppe gefahren und habe von einer Verkäuferin das hübscheste Kleid von einer Anziehpuppe abnehmen lassen. Es ist aus einer einfachen Baumwoll-Leinen-Mischung genäht. Mein Outfit wirkt präsent und fröhlich, aber nicht zu leger. Dazu trage ich ein Paar hohe Stiefel, weil es einfach zu kalt ist für die weißen Mary Janes.

Sieht so eine Professorin aus? Um ehrlich zu sein, ist es mir egal. Ich will wieder die alte Clara sein, jeden Tag ein klein wenig mehr. Wobei ich mir schon bewusst bin, dass ich die Zeit nicht zurückdrehen kann.

Würde ich das tun? Wenn ich könnte?

Aber was von all den Dingen, die ich je getan habe, würde ich anders machen?

Sollte ich mich nicht von Papas Bücherleidenschaft anstecken lassen?

Sollte ich nicht zum Studieren nach Paris gehen?

Sollte ich die Seminare mit dem heißen Professor Morel meiden?

Sollte ich eine bestimmte einsame Stunde an der Seine ausfallen lassen? Die, wo ein gewisser amerikanischer Gastprofessor und ich uns gegenseitig mit Kaffee übergossen?

Vielleicht bin ich ja doch schon bereit für ein tiefes, den Menschen in seinem tiefsten Innern berührendes Thema. Was wäre wenn ...? Darüber muss ich unbedingt nachdenken. Das wäre etwas für ein neues Projekt. Für eins, das nicht im Schredder landet. Und nicht vom Wissenschaftsministerium wegen Belanglosigkeit abgelehnt wird, so wie das Projekt, das mich so viele Nerven kostete.

Auf dem Weg in mein Büro ziehe ich nicht nur den Mantel und all das andere Winterzeug aus, sondern stecke sogar den Kopf ins Sekretariat. Der Sekretärin purzeln beinahe die Augen aus dem hübschen Gesicht, als sie mich sieht.

„Bonjour, Gisèle! Erkennen Sie mich noch?", grinse ich.

„Madame le Professeur! Das ist eine ... gute Frage ..." Sie schlägt die Hände auf ihre Wangen. „Wir wäre es mit einem Himbeertee, passend zu Ihren schönen Anziehsachen? Und zu Ihren Wangen. Bei der Kälte sind Sie wohl nicht mit dem Fahrrad gekommen?"

„Doch."

Als ich mit meinem Tee abhaue, starrt sie mir immer noch hinterher. Wie lange hat sie mich nicht zu Gesicht bekommen? Ein Jahr, zwei? Oder sind es doch schon drei? So lange bin ich allen Kolleginnen und Kollegen aus dem Weg gegangen, wann immer es möglich war.

In meinem aprikotfarbenen Büro tausche ich meine viel zu schwere Tasche gegen eine flache Mappe mit ein paar Stichworten für die Vorlesung. Dann muss ich auch schon los, denn ich bin tatsächlich spät dran. Was vermutlich daran liegt, dass ich mir jetzt morgens immer ein frisches Croissant beim Bäcker kaufe und es gleich dort mit einem gesüßten Milchkaffee verdrücke, denn so schmeckt er mir. Und dabei plaudere ich mit der netten, älteren Verkäuferin, deren Mann in dem Altenheim lebt, in dem ich ehrenamtlich arbeite. Ich kann ihre Sorgen verstehen und ihr hoffentlich einige davon erträglicher machen.

Ja, mein Leben hat wieder einen Sinn. Auch wenn ich Gabriel vermutlich bis in alle Ewigkeit vermissen werde. Nicht den Gabriel, der mich für seine Tochter hält, und, in seiner heillosen Aufregung, mit seinen zittrigen Händen einen armen Vogel erdrückt, wenn der nicht auf das Hasenbuch achtet. Ich vermisse den Gabriel, dessen Augen mir sagen: Ich sehe dich! Den vermisse ich so sehr, dass es bis in die Spitzen der Härchen auf meiner Haut weh tut.

Die Tür zu dem altehrwürdigen Vorlesungssaal steht sperrangelweit auf. Jetzt bin ich doch ein wenig früh. Zehn Minuten noch, bis ich den Neulingen einen Überblick über die französische Philologie geben werde.

Die meisten Plätze sind schon besetzt. Besonders die vorderen Reihen sind gerammelt voll.

Obwohl im Fach Literaturwissenschaften ein enormer Frauenüberschuss herrscht, sitzen überraschend viele junge Männer in der ersten Reihe. Anscheinend hat sich herumgesprochen, dass es in den heiligen Hallen mindestens eine tageslichttaugliche Professorin gibt.

Ich lege meine Notizen auf das Pult, besorge mir ein Stück Kreide, als mich eine Studentin anspricht. Groß, schlank, kurzes, dunkles Haar. Sie hat einen kleinen, aber dennoch unüberhörbar amerikanischen Akzent.

„Bonjour, Professeur Morel, ich habe mich dazu zwingen lassen, Ihnen eine Nachricht zu überreichen. Mein Name ist Riley Darlow. Mein Vater ist der romantischste Idiot unter der Sonne. Ich entschuldige mich schonmal vorab für ihn. Ich fürchte, er ist ziemlich verknallt in Sie ... Aber - pssst - nicht verraten, dass ich Ihnen das verraten habe ...“

Mein Herz poltert

1

Liebste Clara!
Ich weiß alles. Schon lange. Seit fast von Anfang an. Sei nicht böse mit Yves, der mich Arnaud vorstellte. Und sei nicht böse mit Arnaud, mit dem ich einen regen Austausch über WhatsApp pflege. Wenn, dann sei böse mit mir, weil ich dich immer wieder gedrängt habe, dir Zeit für mich zu nehmen, obwohl ich um deine Nöte wusste. Ich hätte es dir sagen sollen, müssen, können. Dann hätten wir vielleicht gemeinsam einen Weg gefunden. Ich hoffe, du kannst mir verzeihen, dass mir dazu die Größe und die Stärke fehlten. Vielleicht wollte ich dich ihn auch in Ruhe zu Ende lieben lassen. Aber das kann ich nicht mit Sicherheit sagen. Ich bin kein Heiliger, sondern ein Mann, der sich in eine wunderbare Frau verliebt hat. Aber ich bin ein Mann, der mit beiden Beinen im Leben steht. Von daher weiß ich, dass Menschen in unserem Alter Lasten mit sich herumtragen. Und deine war wirklich sehr schwer.
Wie du inzwischen weißt, hat meine Tochter einen der begehrten Studienplätze für Ausländer bekommen. Dein Freund Arnaud hat ihn abgezeichnet. Schlag ihm nicht auf die Finger, schlag mich. Gelegenheit dazu besteht heute Abend, 20 Uhr, im Se'Bon. Ich habe den Tisch in der Nische reserviert.
Ich warte auf dich und auf unsere zweite Chance.
Paul

2

ICH LEHNE mein Rad an die Straßenlaterne. Ich wage kaum, mich umzudrehen, nachdem ich die Kette penibel um sämtliche Räder und das Gestell geschwungen und mit dem Laternenpfosten verbunden habe.

Berühr mich, berühr mich immer mehr, berühr mich bis ich nicht mehr weiß, wie ich heiß
Leg deine Arme um mich, erdrück mich, stiehl mir Atem von den Lippen
Gib mir Hitze, mit deiner Hitze, denn ich sehe dich
In dieser Sekunde und in der danach
In einer weiteren und noch einer
Weiter rinnt die Zeit, der Augenblick folgt dem anderen,
Der mir sagt: Ich seh dich, ich seh dich immer mehr
Ich seh dich bis ... in alle Ewigkeit

Der Schluss ist kitschig. Die Kritiker werden ihn zerreißen. Vielleicht ändere ich ihn. Irgendwann. Wenn die nächsten Millionen Augenblicke vorüber sind.

Da ist er. Paul Darlow. Der Mann, dem ich vor fast einem Jahr zum ersten Mal begegnete. Der Mann, in den ich mich verliebt habe, obwohl ich einen anderen liebte. Ich verliebte mich in den großen Amerikaner, immer und immer mehr. Und mein Herz will gar nicht aufhören, wie verrückt zu pochen. Als wollte es mir sagen: Mach endlich auf, öffne mich! Öffne dein Herz, Clara.

Als stünde es nicht längst sperrangelweit offen. So wie die Tür zum Restaurant.

„*Rhämh.*“

Oh Gott, dieser Ton.

„Dein Herz klopft?“, fragt Paul mit rauer Stimme, nachdem er das Restaurant verlassen hat. Sein Französisch ist wirklich gut geworden.

„Es poltert.“

„Deine Knie zittern?“

„Sie brechen zusammen.“

„Du schwitzt?“

„Einen Wasserfall.“

„Du hast das Gefühl, dass nicht ein Dreivierteljahr vergangen ist, seit wir uns zuletzt gesehen haben? Sondern es fühlt sich an, als hätten wir uns erst gestern gesehen? Aber es ist trotzdem auch, als träfen wir uns zum allerersten Mal?“

Ich nicke lächelnd und mit Tränen in den Augen.

„Dann geht es dir wie mir, Clara-mit-langem-A-am-Ende.“

„Das ist gut.“

„Ja, das ist gut.“

„Dann küss mich. Dann küss mich immer mehr ...“

3

„ICH SCHULDE dir noch eine Antwort, Paul”, keuche ich, nachdem wir ein 3-Gang-Menü verschlungen und zu unserer Brücke runter gelaufen sind und das Unvermeidliche getan haben.

„Auf welche Frage?”

Ich ziehe mir den zerrissenen Seidenstrumpf vom Bein, schlinge ihn um mein und um sein Handgelenk und mache einen Knoten, den ich nicht aus den Augen lasse.

„Es ist nicht ganz eine Frage. Nur so ein bisschen. Du hast mir mal etwas gesagt, in einer Nacht. Es war eine der schönsten und zugleich eine der schlimmsten Nächte meines Lebens."

„Ich nehme an, wir befinden uns in einer Holzhütte auf einem Pariser Campingplatz."

Paul legt einen Finger unter mein Kinn und hebt es ganz sanft an. Nur ein wenig. Gerade so viel, dass ich ihm in die Augen schauen muss und er mein ganzes glühendes Gesicht sieht.

„Ich liebe dich auch, Paul."

Île de la Cité, 15. April 2019

Epilog

1

GEGEN 19 UHR.

Ich war gerade dabei gewesen, die Whats-App des Tages zu lesen, die Leila mir immer abends von ihrem Jacobsweg zuschickt, als ein unsägliches Sirenengeheul einsetzt.

Paul wirft mir über das Fachbuch, in dem er seit geraumer Zeit vor und zurück blättert, einen Blick zu. Dann sehen wir beide gleichzeitig zum Himmel hinauf.

„Ach, du Scheiße. Es brennt."

„Ja, es brennt. Aber wo?"

Während in den umliegenden Häusern überall Fenster geöffnet werden, drückt Riley den fünf Monate alten Caspar an sich und läuft mit ihm bis ans Ende des Gartens.

Die Sirenen werden lauter statt leiser. Auch scheinen es immer mehr zu werden. Der Lärm kommt ständig näher. Die Menschen an den Fenstern und in den Gärten rufen sich Fragen zu.

„Was ist hier los?"

„Habt ihr was mitbekommen?"

„Wo zum Teufel kommt der Rauch her?"

„Rolande hat sicher wieder zu viel Holzkohle auf den Grill geworfen", ruft irgendein Witzbold.

„Ein Attentat?"

Das Rätselraten hört schlagartig auf, als jemand aus Leibeskräften schreit: „Notre Dame brennt!"

Dann kommt ein weiteres Geräusch dazu. Ein Dröhnen. Als würde irgendetwas ganz großes zusammenbrechen.

2

DAS DRÖHNEN kommt von den Wasserwerfern. Es ist einfach unbeschreiblich. Ganz Notre Dame ist umstellt von Feuerwehrfahrzeugen. Riesige Flammen lodern aus dem Dach der Kathedrale. Es kracht, ständig klingt es, als würde irgendetwas explodieren. Zusätzlich rasen immer noch Feuerwehrfahrzeuge und Polizeiwagen mit heulenden Sirenen durch die Stadt.

Wie so viele, hat auch uns die Neugier auf die Straße getrieben. Riley verfolgt das Geschehen zusätzlich über Twitter. Wir sind viel zu nah dran und von fünf- bis achtstöckigen Altbauten umgeben. Wir sehen nur Rauch, Mauern, die quer gestellten Löschfahrzeuge und Streifenwagen. Die Menschen, die auf der anderen Seite am Seine-Ufer stehen, beobachten die Katastrophe in vollem Ausmaß. Selbst Trump weiß mehr als wir.

3

„LASST UNS ein paar Sachen packen, Geld, Papiere. Ich kündige uns bei Yves an. Sie werden uns sowieso evakuieren“, sagt Paul, als wir wieder im Haus sind.

Als wir das Haus um 19:30 Uhr mit Kinderwagen, Windeln, Babynahrung und einem Rollkoffer mit dem Nötigsten für uns Erwachsene verlassen, fährt ein Streifenwagen durch unsere Straße und kündigt die Evakuierung an.

Am Ende der Straße holen Polizisten die Menschen aus den Häusern.

„Diese Richtung. Sammeln Sie sich am Ende der Straße“, ruft uns ein Polizist zu. „Wenn Sie niemanden haben, zu dem Sie gehen können, bringen wir Sie in Notunterkünfte.“

Die ganze Gegend um Notre Dame ist abgesperrt. Die Feuerwehrmänner löschen nicht nur Notre Dame, sondern müssen auch verhindern, dass die umliegenden Altbauten Feuer fangen. Unser Haus liegt im gefährdeten Bereich. Wir schaffen es über die *Pont de l'Archevêché* von der Insel runter.

Die Notunterkünfte bleiben uns zum Glück erspart. Wir können zu Yves und Lorraine Merveille. Das Gästezimmer ist frei und sie überlassen uns zusätzlich das Wohnzimmer.

Doch es dauert bis weit nach Mitternacht, ehe wir endlich bei ihnen sind.

Die beiden haben sich bis zu uns durchgeschlagen. Sie wollen das Spektakel wenigstens kurz aus der Nähe sehen, bevor wir gemeinsam mit der Metro zu ihnen fahren.

„Was ist mit euren Nachbarn? Gabriels Pflegerin lebt doch auch in dem Haus“, sagt Yves.

„Herzlichen Glückwunsch, du zerstreuter Professor. Du hast Paul ja mal wieder gut zugehört. Leila hat Hassan rausgeworfen, die Wohnung für ein Jahr an Paul untervermietet und pilgert seitdem auf dem Jacobsweg. Und wenn sie damit fertig ist, will sie eine Art Weltreise machen. So wie die Frau aus *Eat, Pray, Love*", sagt Lorraine.

„Sie ist schon in Italien, in Florenz. Und Lydia hat Hassan ebenfalls endlich vor die Tür gesetzt", sage ich.

„Was ist nur bei euch los? Lasst uns von hier abhauen. Das ist so deprimierend", sagt Riley.

Doch es ist kaum ein Durchkommen. Die Straßen sind verstopft mit Autos, überall stehen Schaulustige und filmen den Brand mit ihren Smartphones.

Wir sind immer noch in der Nähe der Kathedrale, als sich Bewohner und Touristen versammeln und das Ave Maria singen. Wir sind alle fünf zu geschockt, um zu singen. Es ist auch zweifelhaft, ob einer von uns den Text kennt.

Um vier Uhr morgens sind wir endlich in Yves und Lorraines winziger Wohnung in Clichy und betrinken uns mit einem Grauburgunder, an den ich im Nachhinein gesehen ziemlich gute Erinnerungen habe.

4

DREI TAGE nach dem Brand sind wir wieder Zuhause. Riley ist mit dem Baby in der Wohnung von Leila.

Paul wohnt mehr oder weniger seit dem Tag, an dem Riley mit der Nachricht in meinem Vorlesungssaal auftauchte, bei mir.

Auch Lydia und die fromme Dame aus dem Erdgeschoss sind wieder aus den Notunterkünften zurück.

Das mit Notre Dame ist furchtbar traurig. Aber ich bin trotzdem das Gegenteil davon. Ich könnte die ganze Welt umarmen, als Paul splitterfasernackt aus dem Bad kommt und mich fragt, ob wir die Sommerferien in Seattle verbringen wollen.

So langsam fange ich wirklich an zu glauben, dass es für den Gastprofessor und mich eine Zukunft gibt.

„Habe ich dir eigentlich heute schon gesagt, dass ich dich liebe, Clara?“

„Ja. Gleich nachdem du mich gefragt hast, ob Riley den alten Vogelkäfig haben kann.“

„Und du uns allen strikt verboten hast, einen blauen Vogel zu kaufen. Stimmt. Aber ich sage es dir lieber noch einmal. Nur für den Fall, dass du es vergessen haben solltest.“

„Das war ein ziemlich makabrer Scherz, Paul.“ Ich werfe ein pastellfarbenes Sofakissen nach ihm, das er natürlich mit Links auffängt.

„Stimmt. Aber du weißt auch, dass es ganz dumme, schmerzhafte Zufälle gibt und du nicht dreimal erleben musst, was du zweimal durchgemacht hast. Und darum werde ich dir immer wieder beweisen, dass mein Gedächtnis funktioniert.“

„Und ich dir, Paul.“

„Darum bitte ich. Damit kannst du übrigens gleich mal beginnen. Trag mir doch noch mal dieses eine Gedicht vor …“

Dieses Grinsen auf Pauls Gesicht. Dieses Strahlen und Blinzeln in seinen blauen Augen. Die feinen Fältchen in seinen Augenwinkeln. Ich könnte heulen und lachen und seufzen gleichzeitig.

„Küss mich noch einmal, küss mich wieder, küsse mich ohne Ende ..."

„Na gut."

ENDE

Dank

Wir danken Robin, besonders auch für die Unterstützung bei der Anfertigung der Hörproben. Ansonsten danken wir unseren Männern für das Verständnis und die emotionale Unterstützung, wenn wir in andere Welten abtauchen, Stunden, Wochen und Monate dort verbringen und währenddessen sehr viel Schokolade brauchen.

Wir danken Julies und Majas treuen und lieben Followern auf Facebook und Instagram. Ein besonderer Dank geht auch an die Leserinnen, die uns mit ihren Likes und Kommentaren auf SNIPSL moralische Unterstützung gegeben haben. Dicken Kuss an Stefanie K.

Viele Küsschen auch an Ernie, Amelie, Svenja, mrsninachartier, Romina und Sonja.

Viele schöne Buchgewinne und mehr

Gewinnspiele auf Facebook und Instagram

Wir veranstalten manchmal auf Facebook und Instagram Gewinnspiele.

Schreib eine Rezension und komm in die Lostrommel für ein signiertes Taschenbuch

Ein signiertes Taschenbuch kann auch gewinnen, wer auf Amazon eine Rezension hinterlässt. Unter 20 Rezensionen pro Monat verlosen wir ein signiertes Taschenbuch. Um in diesen Lostopf zu kommen, bitte MajaKeaton auf Facebook und/oder Instagram folgen und eine Nachricht mit dem Link zur Rezension schicken.

Unterstützt ihr uns?

Wenn euch dieses Buch gefallen hat und ihr uns einen ganz lieben Gefallen tun wollt, dann hinterlasst eine Rezension auf Facebook und berichtet anderen von dem Buch. Auf Facebook, Instagram, in euren Blogs, eurer Freundin … Ganz, ganz lieben Dank schon im Voraus!

Printed in Poland
by Amazon Fulfillment
Poland Sp. z o.o., Wrocław

56806405R00197